सुरंग के पार बिहार

[राजनीतिक, आर्थिक और सामाजिक कायांतरण की डायरी]

कुमार दिनेश

प्रभात
प्रकाशन

प्रकाशक • **प्रभात प्रकाशन प्रा. लि.**
4/19 आसफ अली रोड,
नई दिल्ली–110002

संस्करण • 2025
मूल्य • छह सौ रुपए
मुद्रक • नरुला प्रिंटर्स, दिल्ली

SURANG KE PAAR BIHAR
by Kumar Dinesh ₹ 600.00
Published by Prabhat Prakashan Pvt. Ltd., 4/19 Asaf Ali Road, New Delhi-2
e-mail: prabhatbooks@gmail.com ISBN 978-93-5048-290-2

प्रस्तावना

सुरंग के पार बिहार

बिहार में विधान सभा चुनाव-2005 के बाद जो ऐतिहासिक सत्ता-परिवर्तन हुआ, उसके पाँच साल एक-एक कर पूरे हुए। शुरुआती दिनों में भरोसा नहीं हो रहा था कि लंबी राजनीतिक जड़ता कैसे टूट गई और यदि टूटी भी है, तो नई सरकार को कितने दिन चलने दिया जाएगा। अंदेशा खुद उन लोगों की तरफ से भी था, जो सत्ता सँभालने जा रहे थे। ऐसा लग रहा था कि 1977 के आम चुनाव के बाद अपार बहुमत से बनी जनता पार्टी की सरकार जैसे बीच में ही चली गई, कुछ उसी तरह जनता दल-यूनाइटेड (जदयू) और भारतीय जनता पार्टी (भाजपा) की गठबंधन सरकार भी अल्पायु होगी। जोड़-तोड़ में माहिर और मजबूत जनाधारवाले नेता लालूप्रसाद यादव की पार्टी राष्ट्रीय जनता दल (राजद) को 15 साल बाद विपक्ष में बैठना पड़ा था। वे भविष्यवाणी की भाषा में इशारा भी कर रहे थे कि नई सरकार गिराई जा सकती है। इसके बावजूद मुख्यमंत्री के रूप में नीतीश कुमार के सुचिंतित और धैर्यवान नेतृत्व में गठबंधन सरकार पग बढ़ाने लगी। 1977 में दूध से जले लोग फूँक-फूँककर राजनीतिक, प्रशासनिक और संगठनात्मक फैसले करने लगे। साझेदार दलों के नेतृत्व ने मुद्दों और व्यक्तिगत अहम् को कभी इतना उठने नहीं दिया कि ये सरकार के पतन का कारण बन जाएँ। प्रारंभिक चुनौतियों से उबरने पर राष्ट्रीय जनतांत्रिक गठबंधन (राजग) यानी जदयू-भाजपा की सरकार ने जब रफ्तार पकड़ी, तो लोग देखते रह गए। पटना के ब्रिटिशकालीन भव्य सचिवालय में शाम के बाद अँधेरा नहीं घिरने लगा, बल्कि रोशन दफ्तरों में देर रात तक काम होने लगा। तार्किक ढंग से फैसले किए जाने लगे। सबसे बड़ी बात यह हुई कि अपराधियों की तेज धर-पकड़ और स्पीडी ट्रायल के जरिए उन्हें सजा दिलाने में सरकार ने पूरी तत्परता दिखाई। पाँच साल में 56 हजार लोग जेलों में डाले गए। अपराधियों का पोषण-संरक्षण बंद हुआ। इससे लोगों के मन से डर निकलता गया। पहले लोग आतंक के साये में

जीने को मजबूर थे, इसलिए उद्योग-व्यापार ठप पड़ गए थे। पूँजी, श्रम और प्रतिभा का पलायन बढ़ गया था। लेकिन सरकार ने जो अपराध-मुक्त वातावरण बनाया, उससे अब सड़कों पर देर रात तक रौनक रहने लगी। लोग परिवार सहित राजधानी के होटलों में दिखने लगे। नाइट-लाइफ की आहट तेज होने लगी। ढाँचागत विकास को देखते हुए निवेशक बिहार आने लगे हैं। सरकार का दूसरा महत्त्वपूर्ण काम रहा बिहार प्रदेश को दंगामुक्त रखना। इससे दुष्प्रचार और नफरत की राजनीति करनेवाले लोग हताश हुए हैं। आर्थिक विकास की इस राजनीतिक बाँधा को दूर करना आसान नहीं था। भाजपा को भी अपना वह चेहरा साफ करने में मदद मिली, जिस पर विपक्ष (खासकर राजद) अल्पसंख्यक विरोधी होने के आरोप लगाता रहा था। भाजपा ने मुसलिम हित के किसी प्रयास में अड़ंगा नहीं लगाकर आरोपों को झूठा सिद्ध करने की कोशिश की।

उधर सरकार ने मुख्यमंत्री बालिका साइकिल योजना, बालिका पोशाक योजना, हुनर कार्यक्रम और पंचायतों में आधी आबादी को आधी हिस्सेदारी (50 : आरक्षण) देकर महिला सशक्तीकरण के लिहाज से कई ऐसे कदम उठाए, जिनसे दूरगामी बदलाव होंगे। शिक्षक नियुक्ति, सैप का गठन और उच्च शिक्षा के नए केंद्रों के विकास की दृष्टि से भी सरकार को सराहा जा सकता है, लेकिन लोकतांत्रिक कर्मकांड का पालन करते हुए विपक्षी दलों ने उपलब्धियों से भरते सरकार के झोले को हमेशा खाली ही बताया। विपक्ष ने स्वस्थ आलोचना की राह छोड़ दी, इसलिए 2009 के लोकसभा चुनाव और उससे पहले के सभी उपचुनावों में लालूप्रसाद यादव के नेतृत्ववाले राजद सहित सभी विपक्षी दलों को हार का सामना करना पड़ा। लोकसभा चुनाव में प्रदेश की 40 संसदीय सीटों में से 32 पर राष्ट्रीय जनतांत्रिक गठबंधन (राजग) को शानदार सफलता मिली। बाद में बटाईदारी कानून में संशोधन और बंद्योपाध्याय समिति की सिफारिशों को लेकर फैले भ्रम की वजह से कठिनाइयाँ आईं। विधानसभा की 18 सीटों के लिए हुए उप-चुनाव में राजग को झटका लगा, लेकिन भ्रम दूर करने का वक्त भी मिल गया। अक्तूबर-नवंबर 2010 के विधानसभा चुनाव में राजग ने 243 सदस्यीय सदन की 206 सीटों पर सफलता के साथ शानदार वापसी की। सत्ता-विरोधी माहौल बनाने में विपक्ष पूरी तरह नाकाम रहा। लालूप्रसाद यादव ने बहुमत मिलने पर स्वयं को मुख्यमंत्री और अपनी सहयोगी पार्टी लोजपा (लोक जनशक्ति पार्टी) के पशुपति कुमार पारस को उप-मुख्यमंत्री बनाने की घोषणा कर चुनाव लड़ा। उनकी पत्नी और 14वीं विधानसभा में विपक्ष की नेता राबड़ी देवी दो क्षेत्रों में उम्मीदवार बनाई गई। लालू-राबड़ी राज (1990–2005) की वापसी के भय से मतदाताओं ने राजग के

पक्ष में लगभग एकतरफा मतदान किया। राबड़ी दोनों चुनाव क्षेत्रों से तो हारीं ही, उनकी पार्टी राजद को इतनी भी सीट नहीं मिली कि वह विपक्ष के नेता-पद की दावेदारी कर सकें। यह अलग बात थी कि मुख्यमंत्री नीतीश कुमार और उनके नेतृत्ववाले सत्तापक्ष ने विपक्ष का सम्मान किया और 22 सीट पानेवाले राजद के नेता अब्दुल बारी सिद्दकी को नेता, प्रतिपक्ष के पद पर बैठाया। यह जनादेश परिवारवाद की राजनीति के खिलाफ और विकासपरक सरकार के पक्ष में था।

2005 से 2010 तक यह बिहार की राजनीति का अति संक्षिप्त परिचय है। इसका जिक्र इसलिए किया गया है कि इस पुस्तक में शिक्षा, कानून-व्यवस्था, उद्योग-व्यापार, उग्रवाद, महिला सशक्तीकारण, स्वास्थ्य, भ्रष्टाचार के विरुद्ध अभियान, कल्याणकारी कार्यक्रम और केंद्र-राज्य-संबंध जैसे जिन विषयों पर टिप्पणियाँ की गई हैं, उन्हें राजनीतिक बदलाव के सापेक्ष देखा जा सके। ये पत्रकारीय आकलन बिहार में घटित उस परिवर्तन को परत-दर-परत समझने में सहायक हो सकते हैं, जिसने देश-दुनिया का ध्यान खींचा। अमेरिकी पत्रिका 'फोर्ब्स इंडिया' ने 18 दिसंबर, 2010 को इस ऐतिहासिक बदलाव को रेखांकित करते हुए नीतीश कुमार को पर्सन ऑफ द ईयर (2010) का पुरस्कार देने की घोषणा की।

राजनीति ने जब सकारात्मक मोड़ लिया, तो उसके अनुरूप परिवर्तन के रंग समाज के विभिन्न क्षेत्रों में दिखने लगे। 'दैनिक जागरण' के बिहार संस्करणों में प्रकाशित मेरे अग्रलेख इन सतरंगे बदलावों की तिथिवार झलक-मात्र हैं। इसकी उपादेयता तो पाठक ही तय करेंगे, किंतु अपने सामने से गुजरते वक्त को गौर से देखना, समझना और अभिव्यक्त करना मेरे जैसे सामान्य पत्रकार के लिए आसान नहीं था। फिर भी, बिहार में 'जागरण' के स्टेट-हेड और वरिष्ठ पत्रकार **शैलेंद्र दीक्षित** ने यदि मुझ पर भरोसा किया और यह सब लिखा जा सका, तो इसका श्रेय उन्हीं को है। मैं और भी कई कारणों से उनका आभारी हूँ। अग्रलेखों का चयन करने में बिहार हितैषी पुस्तकालय के प्रधान सचिव तथा सामाजिक कार्यकर्त्ता **महेंद्र अरोड़ा** और मेरे कविमित्र भाई **आनंदवर्धन ओझा** ने अपना काफी समय और श्रम लगाया। ये सारे सुयोग पुस्तक रूप में व्यक्त हुए हैं। अग्रलेखों के वस्तुपरक और कठोर चयन के बावजूद उपयोगी सामग्री को एक जगह समाहित करना कठिन था, इसलिए इसे दो पुस्तक-काया की जरूरत पड़ी। 'सुरंग के पार रोशनी' इसकी प्रथम अभिव्यक्ति है। पत्रकार-कथाकार मित्र **हेमंत** एवं श्रीकांत ने अपने निजी जीवन की जटिलताओं से जूझते हुए भी पुस्तक-प्रकाशन में जो सहयोग दिया, उसके लिए आभारी हूँ। जून 2008 से सितंबर 2011 के बीच लिखी टिप्पणियों में से कुछ चुनी हुई यहाँ छापी जा रही हैं, ताकि एक बीमार,

बदनाम और प्रभाहीन होते प्रदेश के फिर से खड़ा होने की कथा को कई फलकों से पढ़ा जा सके। यह एक डायरी भी है, जिसमें 21वीं सदी के पहले दशक में अँधी सुरंग से बाहर निकलते बिहार की विडंबनाएँ दर्ज हैं–बेशक, कुछ उम्मीदों के साथ।

–कुमार दिनेश

श्यामा-स्मृति, कचौड़ी गली,
पटना-800008
संपर्क : (मो.) 09835944917

भूमिका

सफर का साझीदार

जब कुमार दिनेशजी ने ऐसी सूचना दी कि वो अपने आलेखों के संग्रह को पुस्तकाकार प्रकाशित कराने के निर्णय के समीप पहुँच गए हैं, तो अत्यंत प्रसन्नता की अनुभूति हुई। किंतु जब उन्होंने प्रस्तावित पुस्तक की भूमिका-स्वरूप कुछ लिखने का आग्रह किया तो जेहन में दो सवाल उभरे–(1) क्या मैं इस योग्य हूँ? अगर हाँ, तो (2) क्या लिखा जाएगा? मैंने पहले प्रश्न से दिनेशजी को तत्काल अवगत करा दिया और उसका उत्तर समय के हवाले कर दिया। बारंबार दिनेशजी के आग्रह और उस आग्रह को कर्त्तव्य मान पहले तो पहले प्रश्न को ही तिलांजलि दे दी। फिर इस शोध में संलग्न हो गया कि अगर लिखना ही है तो क्या लिखूँ? सोचने की प्रक्रिया जारी रही और फिर ये समाधान सुनिश्चित हुआ कि प्रस्तावित पुस्तक की भूमिका सहित दिनेशजी के बारे में भी वो लिखेंगे, जो हमारे मन में अनगढ़ स्वरूप में विद्यमान है।

तो पहले कुमार दिनेशजी के बारे में···

मैं उन सौभाग्यशाली लोगों में हूँ, जिनको कुमार दिनेशजी के साथ एक मेज पर आमने-सामने बैठकर काम करने का अवसर मिला है। उनके साथ काम करना आरुणी आभा के सान्निध्य में हरसिंगार के बगल से गुजर जाने जैसा है। निरंतर स्मित-मुद्रा के साथ वो हमेशा खिली हुई सुबह की तरह रहते हैं। मितभाषी हैं, जैसा लिखते हैं, वैसा ही बोलते हैं। हमको ऐसे कम लोग मिले, जो लिखने के साथ-साथ बोलने में भी शब्दों के चयन में अत्यंत चूज़ी हैं, सतर्क रहते हैं। मैं अभी तक उनके इस गुण को अपने में उतारने की कोशिश ही कर रहा हूँ। बातों-बातों में ही विशिष्ट विचारोत्पादन का अवगाहन उनकी कार्यशैली में एक खास किस्म की महक का एहसास कराता है। इसलिए मैं खासकर नियोजनपूर्वक हरसिंगार का यहाँ पर उल्लेख कर रहा हूँ। जो शिव को प्रिय है और अपने में समोय हुए सुकुआर सौंदर्य के साथ जीवन में कटु सत्य के अनुष्ठान से कभी विरत नहीं होता। उनके फलक

पर सत्य का श्वेत है और आधार में यज्ञाग्नि की प्रभा है। उस पुष्प में एक संधि-स्थान पर ये दोनों रंग एकाकार होते भी दिखते हैं। दिनेशजी भी बिलकुल वैसे ही दिखते हैं, दिखते ही नहीं है, वैसे ही हैं। सांध्यकालीन रसोपरस की प्रक्रिया में कई बार दिनेशजी से उनके निजी जीवन को जानने का मौका मिला। हर मौका उनके और ज्यादा नजदीक जाने और उन्हें ज्यादा जानने में सहायक साबित हुआ। उनको अपने पूज्य पिताजी और स्नेही मामाजी के संसर्ग में रहते हुए रामकथा के अनेकानेक प्रसंगों के बहाने दाशरथि सीतापतिरामभद्र के जीवनीय व्यावहारिक, किंतु सैद्धांतिक पक्षों से अवगत होने का लाभ हासिल हुआ। इसलिए व्यवहार में वो सौ फीसदी मर्यादित रहते हैं और इस खातिर दूसरों को प्रेरित भी करते हैं। मैं उनकी इस प्रेरणा को भी खुद में समायोजित करने की अभी भी कोशिश ही कर रहा हूँ। आजकल की शब्दावली में कहें तो वो मुझे प्रगतिशील परंपरावादी लगते हैं। जो अच्छा लगता है, उसको निश्छल हास्य के साथ बगैर लागलपेट स्वीकार करते हैं। जो अच्छा नहीं लगता, उसके बारे में वो अक्सर मौन साध जाते हैं, लेकिन चेहरे पर तत्क्षण उभरी अतिरिक्त लालिमा, नथुनों के स्फुरण से प्रतिक्रिया जाहिर तो हो ही जाती है। कई बार उनका मुखर मौन भी किसी क्रिया की प्रतिक्रिया होता है। शायद ये उनकी असहमति की मर्यादित शैली है। उनके विचारों में राष्ट्रवाद ने सदैव असर जमाये रखा है, उनका लेखन और बोलन इसको प्रमाणित करता है। दिनेशजी संकोचशील आग्रही अहिंसक राष्ट्रवादी हैं। वो सहज एवं सायास ईमानदार हैं। मुझे उनसे इस बात की ईर्ष्या होती है कि उन्होंने अभी तक अपना पत्रकारीय जीवन ईमानदारी के साथ निभाये रखने में पूर्ण सफलता हासिल की है। पत्रकारीय बाबूगीरी या खबरीय लिपिकरण के इस दौर में ये बहुत कठिन आचारण है। हमारे जैसे लोग अपने बारे में ऐसा दावा करने की कोशिश भी कर सकें, ये भी बहुत कठिन है। उनका प्रगट व्यक्तित्व ही ऐसा है कि बहुमत लोगों को उनका जीवन रसमय नहीं लगता हो, किंतु ऐसा है नहीं। वह प्रकृति-प्रदत्त रस-रसायनों से भिज्ञ और मित्रवत हैं। उनका जीवन सुगठित छांदोग्य है। एक पत्रकार यानी जल्दबाजी के साहित्यकार होने के नाते वह रस, छंद और अलंकरण से अभिपूर्त हैं। इसीलिए वह नीरस और अतालित कॉपियों को भी अपने कुशल संपादन में सरस छंदमय तालबद्ध कर देते हैं। खबरों को बेचने की प्रक्रिया में बिकाऊ एंगिल की तलाश हम पत्रकारों को स्वाभाविक रूप से एक अवगुण प्रदान कर देती है, हमें पता नहीं चलता कि हम कब निंदारसज्ञ हो गए। दिनेशजी ने खुद को इस अवगुण से बचाए रखा है, अभी उनके शब्दकोश में निंदा, शास्त्रीय समालोचना का अतिक्रमण नहीं कर पाई है। इसीलिए वह स्वयं में भी अनिंद्य हैं, अनिंदित हैं। मैं परमप्रभु से प्रार्थना करता हूँ

कि वह जैसे हैं, वैसे ही बने रहें। 'कुमार' भी बने रहें और 'दिनेश' भी…।

और अब भूमिका…

दिनेशजी ने अपनी पुस्तक के उप-शीर्षक में 'कायांतरण' शब्द का प्रयोग किया है। यही शब्द इस पुस्तक की आधार-भूमिका को स्पष्ट कर देता है। वह चाहते तो इसकी जगह एक शब्द 'कायाकल्प' भी रख सकते थे। बिहार के बारे में कायाकल्प जैसे दावे किए भी जा रहे हैं। लेकिन, जैसा कि मैंने पहले भी कहा है कि वह शब्द-चयन को लेकर बहुत सतर्क रहते हैं। इसमें कोई शक नहीं कि एक अँधेरी सुरंग में कसमसाहट के साथ मंजिल की ओर बढ़ते सुरंग के दूसरे छोर की रोशनी की झलक कौंध गई है। ये कौंधना ही उम्मीद की लौ जगाता है, लक्ष्य निहित भविष्य के प्रति आश्वस्त करता है और पहाड़ सरीखी अपेक्षाओं की बाढ़ भी लाता है। हम ऐसा कतई नहीं कहेंगे कि बिहार इस वक्त सकारात्मक संक्रमण के दौर से गुजर रहा है, बल्कि ऐसा कहना चाहेंगे कि संक्रांति पर्व सन्निकट है, यद्यपि शब्दार्थ समान हैं। जब हम संक्रांति पर्व का शब्दोल्लेख करते हैं, तो उसमें ये निहित है कि भुवन भास्कर उत्तरायण हो रहे हैं, वसंत अपनी छटा से प्रकृति को मोहनेवाला है, ऊष्मा प्रफुल्लित करनेवाली है। जिस बिहार ने अपनी मेधा और प्रतिभा से संपूर्ण जगत् को अभिसिंचित किया, वह लगभग डेढ़ दशक हास्यप्रधान अगंभीर राजनीतिक नेतृत्व की उस प्रबंधन-शैली का शिकार रहा, जिसके तात्कालिक चर्चे कुछ स्वनामधन्य प्रबंधन संस्थानों की विषयवस्तु भी बने। लोकतंत्र की जन्मभूमि में मात्र सत्ता के लिए सामाजिक ताने-बाने के कतिपय मुहावरों को जोड़-गाँठकर सिर्फ कुछ दुरभिसंधियाँ हुईं और बिहार फिर बिहार न रहा। दिनेशजी के आलेखों का कालखंड बिहार का वह कालखंड है, जब समग्र जन-मानस में संशय पूरी तरह तारी था। लोग पसोपेश में थे। संकोच के साथ कहना पड़ रहा है कि यथा राजा तथा प्रजा की भाँति कुछ हद तक तात्कालिक अपेक्षाओं की पूर्त्ति में संलग्न जैसे हो गए थे। ये हमारा कुछ भारतीय मानवीय स्वभाव भी है कि कई बार हम कोउ नृप होय हमें का हानी...वाली मानसिकता के वशीभूत हो जाते हैं। यही वजह है कि राजनीतिक परिवर्तन की एक प्रक्रिया कुछ अधूरी-सी रह गई थी, हालाँकि तत्काल बाद हुए चुनावों में पूरे परिवर्तन के रंग में रंगी।

जब हम प्रतिष्ठित समाचार पत्र 'दैनिक जागरण' के सौजंय से फलीभूत कुमार दिनेशजी की इस 'डायरी' के साथ-साथ चलते हैं तो हम परिवर्तन की प्रक्रिया से गुजर रहे बिहार की मानसिकता के हमसफर होते हैं। पहले संशय, फिर कुछ आश्वस्ति और फिर पूर्ण आश्वस्ति का भाव। ये जो परिवर्तन की प्रक्रिया समूचे बिहार की मानसिकता को धीरे-धीरे आलोड़ित कर रही थी या कर रही है, गंभीर

लेखक भी उसमें एक जिम्मेदार बिहारी, जिम्मेदार पत्रकार होने के नाते पूर्णतया निमग्न होता चलता प्रतीत होता है। हम में से तमाम लोगों ने बिहार में हो रहे परिवर्तन या कायांतरण को अलग-अलग किस्म की खबरों तथा राजनीतिक-प्रशासनिक-सामाजिक घटनाओं के जरिए फुटकर तरीके से देखा, समझा या महसूस किया है। कभी-कभी नहीं भी महसूस किया, नहीं कर पाए। ये डायरी हमको समग्रता में एकमुश्त तरीके से परिवर्तन के सफर का साझीदार बनाती है। कई बार हमने किसी घटना-परिघटना को परिवर्तन के संदर्भ में उतनी गंभीरता से नहीं लिया या सीमित सोच के चलते उसकी गंभीरता, महत्ता या उपादेयता समझ नहीं सके, लेकिन दिनेशजी की पर्यवेक्षक दृष्टि हमको उस मामूली घटना की परिवर्तन के मद्देनजर महत्ता से अवगत कराती है। ये डायरी एक घटनाक्रम का ऐतिहासिक दस्तावेज भी साबित होनेवाली है। बिहार के समग्र अद्यतन इतिहास पर गौर फरमायेंगे तो हम देखेंगे कि 2005 से पहले हुए लगभग डेढ़ दशक के दुर्घटना-क्रम का परिदृश्य किस तरह से उसी साल हुए विधायी चुनावों के बाद घटनाक्रम में तब्दील होता है। आधे दशक से कुछ बड़ा ये घटनाक्रम बिहार के इतिहास में उल्लेखनीय अध्याय के रूप में दर्ज होना ही है। भविष्य में तमाम सामाजिक-राजनीतिक शोधार्थियों के लिए ये घटना-क्रम एक केस-स्टडी के रूप में शुमार होना ही है। इस घटनाक्रम से हम ये भी संदेश लेते हैं कि एक परिपुष्ट लोकतंत्र में सामाजिक-आर्थिक परिवर्तन के लिए राजनीतिक इच्छाशक्ति कितना बड़ा मायने रखती है।

पुस्तक के बारे में सतही पूर्वावधारणा थी कि ये एक राजनीतिक समीक्षाओं का संग्रह मात्र होगा। कई बार ऐसी पुस्तकें वैचारिक संग्रहणी रोग का बायस बन जाती हैं। किंतु पांडुलिपि के थोड़े ही पन्नों को पढ़ते-पढ़ते ये विश्वास पनपने लगा कि वाकई ये संग्रहणीय है। संग्रहणीय इसलिए कि ये बिहार में परिवर्तन या कायांतरण के दौर को समग्रता से देखती है। मानवीय जीवन के जितने भी पहलू हैं, कायांतरण की प्रक्रिया में पत्रकारीय नजरिए में वो अपने-अपने हिस्से के मुताबिक विद्यमान हैं। ब्रेकिंग न्यूज की होड़मचाई और तथाकथित युवा-मन पठनीयता का बहाना बनाते हुए ट्रिविया टाइप स्टोरीज़ के इस दौर में ये गंभीर लेखन हिंदी पत्रकारिता के स्तर को लेकर विश्वास जगाता है और उसके प्रति आस्था क़ा भी संचार करता है। लेखक के इस पुण्यकर्म के बूते तमाम आलोचनाओं के बीच हम ये दावा कर सकते हैं कि हिंदी पत्रकारिता में गंभीर और सार्थक लेखन अपनी जगह पूरी तरह से बनाए हुए है। यद्यपि संग्रह में शुमार आलेख वास्तविक डायरी लेखन नहीं है, अनियोजन में सुनियोजित आलेखों का क्रम है, फिर भी पत्रकार की डायरी नामक विधा के क्षेत्र

में ये एक प्रेरणादायक प्रसंग है। ये हमारे जैसे लोगों के लिए एक प्रेरणा है। ये समूचे पत्रकार जगत् को सुरंग का दूसरा छोर दिखाने का अद्भुत उपक्रम है। उम्मीद है कि गौरवशाली अतीतवाला बिहार कायाकल्प की कल्पना को साकार करने के दावे की स्थिति में होगा तो हमको इसका आगामी संस्करण पढ़ने का अवसर मिलेगा। ये कुमार दिनेशजी से एक पाठक का विनीत निवेदन है।

–विष्णुप्रकाश त्रिपाठी

एसोसिएट एडीटर,

दैनिक जागरण, दिल्ली

संप्रति

संक्रमण-काल का रेखांकन

मैंने अपने छात्र-जीवन में ही ट्रेन-यात्रा के दौरान एक जागरूक पाठक से अखबार के बारे में एक टिप्पणी सुनी थी। वह बात मुझे अब तक याद है। उन्होंने कहा था कि किसी अखबार की पहचान इस बात से होती है कि उसके संपादक क्या लिखते हैं और 'संपादक के नाम पत्र' कॉलम में उसके पाठक क्या लिखते हैं।

यानी उनकी नजर में संपादकीय और संपादक के नाम पत्र किसी अखबार के स्वभाव की पहचान करा देते हैं। यानी किसी अखबार के ये दो महत्त्वपूर्ण कॉलम हैं।

यह बात सही है कि किसी भी अखबार के संपादकीय पृष्ठ अपेक्षाकृत कम लोग ही पढ़ते हैं। पर जो कुछ लोग पढ़ते हैं, वे उस अखबार के सबसे प्रबुद्ध पाठक होते हैं और उनके दिलो-दिमाग पर इस लेखन का आमतौर पर असर भी पड़ता है।

इस पृष्ठभूमि में कुमार दिनेश के सुलझे दिमाग और सधी कलम से 'दैनिक जागरण' में लिखे गए संपादकीय के संकलन का विशेष महत्त्व है।

प्रस्तुत पुस्तक में संकलित संपादकीय टिप्पणियाँ बिहार के ऐसे कालखंड के विश्लेषात्मक विवरण हैं, जिसे इतिहास का संक्रमण-काल कहा जा सकता है)। यह बदलते बिहार का कालखंड है। यह सचमुच राजनीतिक, आर्थिक और सामाजिक कायांतरण की संक्षिप्त डायरी है।

विभिन्न विषयों व मुद्दों पर लिखे गए संपादकीय इस संक्रमण-काल को बेहतर तरीके से रेखांकित करते हैं; इसलिए पठनीय बन गए हैं।

–सुरेंद्र किशोर
वरिष्ठ पत्रकार एवं
राजनीतिक विश्लेषक
पटना

अनुक्रमणिका

सुशासन और विकास

उग्रवाद, कानून-व्यवस्था, पुलिस-प्रशासन और नक्सलवाद

महिला सशक्तीकरण

चुनाव, राजनीति और गठबंधन

सुशासन और विकास

हाईस्पीड मोड में सरकार मेट्रो बनने लगी राजधानी

जैसे बिहार के पास अब भी कोई केंद्रीय विश्वविद्यालय नहीं है, वैसे ही लगभग दस करोड़ की आबादीवाले इस राज्य में अपना कोई वास्तविक महानगर (मेट्रो सिटी) नहीं होने की भी कसक है। राजधानी में इन दोनों आकांक्षाओं के साकार होने की संभावना बढ़ने लगी है। केंद्रीय विश्वविद्यालय के लिए हर स्तर से दबाव बढ़ रहा है और मेट्रो सिटी की कामना को पूरा करने के लिए तो शहर खुद ही तेजी से बदल रहा है। सड़क, निजी निवेश, बिजली और कानून-व्यवस्था में सुधार के लिए पिछले ढाई साल में जितना काम हुआ है, उससे भी लोगों का आत्मविश्वास बढ़ा और नजरिया बदला है। पटना अब आधी रात तक जागने लगा है और यहाँ महानगर में कायांतरण की सपनीली प्रक्रिया दीखने लगी है। रात का खाना घर से बाहर किसी अच्छे होटल या रेस्तराँ में खाने का शौक बढ़ने लगा है। जन्मदिन की पार्टी या शादी की वर्षगाँठ जैसी छोटी-छोटी खुशियाँ मनाने की बात हो या सिर्फ जाएका बदलने का मूड, मध्यवर्गीय पटनाइट्स होटल की शोभा बढ़ाने लगे हैं। कुछ चौराहों पर आइसक्रीम के वेंडर भी जिंदगी के खुशनुमा पलों के गवाह बनने लगे हैं। इस बदलाव को खुली निष्पक्ष आँखों से देखा जा सकता है।

यह बदलाव अँधियारे के लंबे दौर के बाद आया है। अब लोग उन दिनों को भूल जाना चाहते हैं, जब प्रदेश में हर तरह की आपराधिक गतिविधियाँ उफान पर थीं और उसकी काली छाया से राजधानी भी वंचित नहीं थी। उन दिनों सूर्यास्त के बाद बाजार में अंधेरे के साथ सन्नटा बढ़ने लगता था। रात के नौ बजते-बजते दुकानों के शटर गिर चुके होते थे। कई इलाकों में रात दस बजे के बाद न टेंपो चलते थे, न कोई अच्छा रेस्टुरेंट खुला मिलता था। बदलाव की वजह यह है कि

जिन अपराधियों ने कभी शहर का जीना हराम कर रखा था, अब खुद उनकी जिंदगी कठिन दौर से गुजर रही है। स्पीडी ट्रायल में ऐसे कई अपराधियों को सजा मिल चुकी है। वे विभिन्न जेलों में ड्यूटी करने को मजबूर हैं। कभी जिनके नाम से इलाका थर्राता था, आज उन्हें जेल के वार्डों की चौकीदारी करनी पड़ रही है। अपराध की बदौलत जो कभी ब्रांडेड जींस पैंट आदि में डॉन बने खुलेआम घूमते थे, उन्हें जेल की वर्दी पहना दी गई है। राजधानी के दस थाना क्षेत्रों में दो वर्ष पूर्व तक शिवगोप व पिंटू सिंह के बीच वर्चस्व को लेकर भीषण गैंगवार चल रहा था। उनके डर से सामान्य व्यवसायी की क्या मजाल, छोटे-बड़े अपराधी भी छिप जाते थे। शिव गोप को सश्रम कारावास की सजा हो चुकी है और वह भी वार्डों का चौकीदार है। यही हाल अजीत सरकार हत्याकांड में उम्रकैद काटनेवाले अनिल यादव का है। अनिल के नाम से कभी कोसी काँपती थी। राजनीतिक संरक्षण हटने के बाद ऐसे ही एकदूसरे दबंग की हालत पतली है। कभी ये जनाब जेल का भोजन नहीं करते थे, अब उन्हें कैदियो का भोजन बनाना पड़ रहा है। इनकी दशा पर छत्रपति शिवाजी के काल के प्रसिद्ध कवि भूषण की वह पंक्ति याद आती है, जो उन्होंने पराजित मुगलों की बेगमों के अच्छे-बुरे दिनों का फर्क बताने के लिए लिखी थीं–'तीन बेर खातीं, सो तीन बेर खाती हैं।' अपराधी जेल में रहें, तभी शहर की रातें रोशन होंगी।

[दैनिक जागरण : 21 अप्रैल 2008]

□

पलटने लगी पलायन की दिशा

कहते हैं कि रात का अंधेरा गहराया है तो सुबह करीब ही होगी। बिहार से श्रम पलायन के बारे में यह बात सच होती जान पड़ रही है। रोजी की तलाश में 15-20 साल के भीतर कोई 60 लाख लोग घर-बार छोड़कर अपने ही देश में पहले 'परदेसी' हुए। हाल में वे दूसरे प्रदेशों में स्थानीय द्वेष का हिंसक दंश झेलने को तक को विवश हुए। इन लोगों को कम मजदूरी और सम्मानरहित परिस्थितियों में राजधानी दिल्ली समेत कई राज्यों में काम करना पड़ा है। अब, जब उनके अपने बिहार में बहुत कुछ तेजी से बदलने लगा है, लगता है कि रात खत्म ही होनेवाली है। पौ फटने के आभास के साथ बिहारी श्रमिक घर लौटने लगे हैं। राज्य सरकार ने सड़क, स्कूल, पुल, फ्लाईओवर, तटबंध की मरम्मत आदि की कई विकास योजनाओं को तेजी से लागू करने का जो अभियान शुरू किया है, उससे प्रदेश में ही रोजगार के अवसर बढ़ने लगे हैं। निजी निवेश को बढ़ावा देने और केंद्र सरकार की नरेगा जैसी योजनाओं के क्रियान्वयन से भी यहाँ के लोगों के लिए घर के पास ही आजीविका की संभावना बढ़ी है। राष्ट्रीय रोजगार गारंटी स्कीम (नरेगा) पर भले ही गड़बड़ी और सुस्ती के आरोप लगते रहे हैं, लेकिन कुछ जिलों ने इस मामले में ठीक-ठाक प्रगति की है। इसका लाभ यह हुआ है कि आवंटित निधि का 60 प्रतिशत हिस्सा खर्च करनेवाले ऐसे 28 जिलों को केंद्र सरकार ने 215 करोड़ की किस्त जारी कर दी है। सर्वाधिक 35.81 करोड़ की राशि मधेपुरा और सबसे कम पैसा गोपालगंज को मिला है। मतलब यह कि 10 जिलों में नरेगा के पैसे से मजदूरों को काम देने में कोताही बरती जा रही है या अड़चनें हावी हैं। चयनित योजनाओं के कार्यान्वयन का फार्मूला बदलने के बाद सरकार को उम्मीद है कि मामला गति पकड़ेगा। इसकी योजनाओं के लिए वार्ड सदस्यों को अब अभिकर्त्ता बना दिया गया है। इसमें राज्य सरकार का अंशदान करीब 10 फीसदी है। ग्रामीण विकास विभाग के मुताबिक राज्यांश के

फ्रंट पर कोई दिक्कत नहीं है।

नरेगा और अन्य विकास योजनाओं की रफ्ततार जितनी तेज होगी, मजदूरों के लिए अपने प्रदेश लौटना उतना आसान होगा। मुख्यमंत्री नीतीश कुमार ने कई अवसरों पर कहा है कि सरकार ऐसा वातावरण बनाना चाहती है कि किसी को पेट भरने भर काम की तलाश में राज्य से बाहर नहीं जाना पड़े। सरकार ने ढाई साल के शेष कार्यकाल में योजनाओं के क्रियान्वयन की रफ्तार बढ़ायी और आशंकित घोटालों पर शिकंजा कसा रहा, तो नए बिहार का सूरजतेजी से चढ़ेगा। इधर यदि अवसरों की धूप खिली, तो समझिए कि पंजाब, हरियाणा, दिल्ली, असम और उग्र प्रांतवाद पर उतारू हुए महाराष्ट्र तक के श्रम-क्षेत्र पर भी अंधेरा छाने लगेगा। वे विकास के लिए अब सस्ते श्रम के लिए तरस जाएँगे। बात महाराष्ट्र की फक्ट्रियों की हो या पंजाब के खलिहान की, ज्यादा मजदूरी पर भी मजदूरों का मिलना कठिन होने लगा है। देश के श्रम बाजार में यह प्रवृत्ति बढ़ने वाली है। मेहनतकश लोगों के प्रति हिकारत की प्रतिक्रिया तो होनी ही है। पलायन की दिशा पलटने लगी है।

[26 अप्रैल 2008]

□

तांतिया से आगे की सड़क

प्रदेश में राजग काल की शुरुआत के साथ शासन के प्रायः हर हलके में कुछ ताजा हवा चली थी। फाइलें निबटाने के लिए सचिवालय देर रात तक रौशन रहने लगे थे। एक तरह से अंग्रेजी का मुहावरा 'बर्निंग द मिडनाइट ऑयल' (देर रात तक मेहनत करना) अमल में आ गया था। कवायद का अंदाज कुछ ऐसा था, जैसे कई सालों से उपेक्षित पड़े किसी विशाल शाही महल में उसके वाजिब वारिस लौट आए हैं और मेज-कुरसी, खिड़की-दरवाजे, आलमारी-दीवान से लेकर झाड़-फानूश तक, हर जगह से धूल की मोटी परतें हटाई जा रही हों। यह सफाई अभियान वाकई रंग लाया और इसका असर जल्द ही प्रदेश के बाहर भी अनुभव किया जाने लगा। बिहार का विकास महल नए आभा-मंडल के साथ दमकने लगा। कानून-व्यवस्था में सुधार और सड़क-निर्माण सरकार की प्राथमिकताओं में सबसे ऊपर है। पथ-निर्माण के क्षेत्र में पिछले ढाई साल में इतना काम हुआ है कि सरकार का पुल निर्माण निगम न सिर्फ घाटे से उबरा, बल्कि मुनाफा कमाने लगा। प्रदेश के बाहर भी निगम को काम करने के प्रस्ताव मिलने लगे। पथ निर्माण के सफर में राजधानी की 29 सड़कों के कायाकल्प और विस्तार की अहम मंजिल भी सामने रखी गई। पटना रोड प्रोजेक्ट के तहत दिसंबर 2006 में यह काम काफी ठोक-बजाकर तांतिया कंस्ट्रक्शन नामक निजी कंपनी को सौंपा गया, लेकिन इसने 16 महीनों में सिर्फ 38 फीसदी काम दिखाकर सरकार और जनता को काफी निराश किया।

तांतिया कंस्ट्रक्शन की विफलता के कारण अंततः गत 30 अप्रैल को उससे काम छीन लिए गए, लेकिन इसके साथ ही पथ-निर्माण के तौर-तरीकों पर बहस छिड़ गई है। उन सरकारी विभागों पर भी उँगलियाँ उठने लगीं, जिन्होंने बिजली और टेलीफोन के पोल, पेड़, अतिक्रमण आदि हटाने के काम में पुरानी सुस्त चाल नहीं छोड़ी। इस तरह सरकारी विभाग भी सड़क-निर्माण संबंधी अनुबंध की शर्तों

पर खरे उतरते नहीं दिखते। कंपनी से काम छीन लेना तो ठीक है, लेकिन सरकारी विभागों की जिम्मेदारी और सजा कैसे तय होगी ? जो हालात सामने आए हैं, उससे साफ है कि राजनीतिक नेतृत्व जिस रफ्तार से विकास चाहता है, उससे कदम मिलाने के लिए सरकारी दफ्तरों में विराजमान छोटे-बड़े बाबू तैयार नहीं। हालाँकि मुख्यमंत्री ने अपने अफसरों पर काफी विश्वास प्रकट किया है, लेकिन नौकरशाही अपनी सुविधापरक और सुरक्षित खोल से बाहर आना नहीं चाहती। मुख्यमंत्री नीतीश कुमार ने परिस्थिति से निकलने में सहयोग माँगा है और कहा है कि लोगों को थोड़ा बरदाश्त तो करना ही पड़ेगा। सालभर कष्ट और भले हो, पर बेहतर निर्माण से समझौता नहीं किया जा सकता। उनका यह कहना भरोसा बढ़ानेवाला बयान है कि हम (सरकार) इतने बेबस नहीं कि निर्माण एजेंसी को लूट व मनमानी की छूट दे दें। हमारी क्षमता नहीं थी, तभी तो निर्माण कार्य के लिए हमने बाहर की एजेंसी का सहारा लिया। हम अपनी एजेंसियों को सशक्त करने में भी लगे। उनका इशारा सरकारी विभागों की कार्य-संस्कृति बदलने की ओर है। यदि ऐसा हो पाया, तो बात कुछ सड़कों की सूरत बदलने से आगे दूर तक जाएगी।

[5 मई 2008]

□

गाँव न जोड़ पाईं सड़कें

प्रधानमंत्री ग्राम सड़क योजना में भी भारी अनियमितता और सुस्ती के आरोप लग रहे हैं। वैशाली के सैकड़ों ग्रामीण हस्ताक्षरित आवेदन केंद्रीय ग्रामीण विकास मंत्रालय, मुख्यमंत्री और जिलाधिकारी को भेजकर घटिया सड़क निर्माण की उच्च स्तरीय जाँच की माँग कर चुके हैं। हाजीपुर-मुजफ्फरपुर के बीच एन.एच. 77 से जोड़नेवाली सड़क की 2.65 कि.मी. लंबाई में कार्य की अवधि पिछले साल अक्तूबर में ही समाप्त हो चुकी है। ग्रामीणों के मुताबिक वहाँ मिट्टी भराई नाम मात्र की हुई। कुछ लोग केंद्र व राज्य सरकारों के बीच तालमेल में अभाव व भ्रष्टाचार, दोनों को इसके लिए जिम्मेवार मानते हैं। नतीजा यह है कि ग्रामीण सड़क योजना खंड-खंड होकर उखड़ने लगी है। जिन सड़कों पर करोड़ों रुपए खर्च कर निर्माण शुरू किया गया, उन्हें पूरा किए बगैर आधा-अधूरा छोड़ दिया गया। तालमेल में कमी की वजह एक और बताई जा रही है। प्रधानमंत्री ग्रामीण सड़क योजना के तहत बनाई जानेवाली सड़कों के बारे में राज्यों की राय जाने बगैर केंद्र की योजना को मंजूरी देने से यह नौबत आई है। संसद की लोक लेखा समिति की रिपोर्ट में इन गड़बड़ियों का विस्तृत उल्लेख किया गया है। रिपोर्ट के मुताबिक कई राज्यों में निर्माण कार्यों को बीच में ही छोड़ दिया गया। आंध्रप्रदेश, बिहार, हिमाचल प्रदेश, जम्मू-कश्मीर, उड़ीसा, पंजाब, तमिलनाडु और उत्तरांचल के 75 निर्माण कार्य अधूरे छोड़ दिए गए। इन कार्यों पर 25 करोड़ रुपए से अधिक व्यय किए जा चुके हैं। केंद्र सरकार के पास इस अधूरे, सुस्त और घटिया निर्माण के लिए लगभग वही तर्क हैं, जो पटना रोड प्रोजेक्ट से वंचित होने के बाद तांतिया कंस्ट्रक्शन ने दिए हैं। मंत्रालय का तर्क है कि वन विभाग की अनुमति न मिलने के कारण ये आधी-अधूरी सड़कें बेकार हो रही हैं। संसदीय समिति ने मंत्रालय के इस तर्क पर सख्त नाराजगी जताई है; क्योंकि हर सड़क के निर्माण के प्रस्ताव के साथ ही भूमि की उपलब्धता से संबंधित सभी दस्तावेज पेश करने पड़ते हैं।

बिहार में उग्रवाद से त्रस्त अरवल जिले के करपी में प्रधानमंत्री ग्रामीण सड़क योजना में चयनित करपी (बारह माइल) पथ का निर्माण पूरा नहीं होने से लोग लंबे समय से परेशान हैं। इस सड़क से लखमीलपुर नगर, झिकटिया तथा बाग सहित दर्जन भर गाँव जुड़ने हैं। वर्ष 2006 में इसका निर्माण कार्य प्रारंभ किया गया था। इसके लिए विभागीय पदाधिकारियों पर लोगों की गुहार का असर नहीं हो पाया है। ग्रामीण क्षेत्र की दर्जनों सड़कों का हाल यह है कि तय तारीख तक उनका बन पाना संभव नहीं। इधर विभाग के स्तर से उन सड़कों के निर्माण में लगे ठेकेदारों की भी समीक्षा शुरू हुई है, लेकिन इसके ठोस परिणाम की उम्मीद कम ही है। इस निराशा से निकलने का एक रास्ता मांझ प्रखंड के बेलदारी तिनटोलिया के ग्रामवासियों ने निकाला। मुखिया की दृढ़ इच्छाशक्ति और जनसहयोग से संपर्क सड़क बन गई, लेकिन सवाल यह है कि जब जनता को बुनियादी सुविधाएँ इसी तरह मिलनी हैं, तो करोड़ों की योजनाएँ किसके लिए बनती हैं?

[10 मई 2008]

□

मिशन पर मुख्यमंत्री

अतीत का गौरवगान बहुधा हमें वर्तमान की समस्याओं से उबरने का रास्ता तो दिखाता ही है, स्वप्नदर्शी भी बनाता है। बिना बड़े सपने देखे उन्हें साकार करने की दिशा में प्रयत्न करने की जमीन ही तैयार नहीं होती। मिसाइल वैज्ञानिक और पूर्व राष्ट्रपति डॉ. ए.पी.जे. अब्दुल कलाम सपने देखने और उसके लिए कड़ी मेहनत करने वालों को प्रोत्साहित करते रहे हैं। मुख्यमंत्री नीतीश कुमार शायद इस लिहाज से भी खुद को डॉ. कलाम के करीब पाते हैं। श्रीकुमार जब बिहार को ज्ञान संपदा का आधुनिक केंद्र बनाने के विचार से अपने को आवेशित करते हैं, तब इसकी वास्तविक ऊर्जा वे पाँचवीं सदी के विश्वविद्यालय नालंदा और विक्रमशिला से ग्रहण करते हैं। बुधवार (11 जून) को राजधानी में चंद्रगुप्त इंस्टीच्यूट ऑफ मेनेजमेंट (सी.आई.एम.पी.) के शुभारंभ के मौके पर उन्होंने ऐतिहासिक दृष्टि से ऐसी महत्त्वपूर्ण बात कही, जिससे प्रदेश का शैक्षिक समुदाय स्वयं को एक स्वप्नदर्शी मिशन से जोड़ सकता है। मुख्यमंत्री ने कहा कि जब वैश्विक स्तर के हमारे अध्ययन केंद्र नालंदा और विक्रमशिला विश्वविद्यालय नष्ट किए जा चुके थे, तब पश्चिम में ऑक्सफोर्ड विश्वविद्यालय (ब्रिटेन) की नींव पड़ी। यह एक ऐतिहासिक सच है कि बिहार के ये दोनों विश्वविद्यालय पाँचवीं और 12वीं सदी के बीच विकसित हुए थे। नालंदा दुनिया का ऐसा पहला आवासीय विश्वविद्यालय था, जिसमें बौद्ध देशों से आए विद्यार्थियों समेत 10 हजार छात्रों को पढ़ाने के लिए 2000 शिक्षक थे। इन विश्वविद्यालयों ने कई सम्राटों का उत्थान-पतन देखा। उधर ऑक्सफोर्ड विश्वविद्यालय की शुरुआत 11वीं सदी के अंत में मानी जाती है। जब हेनरी द्वितीय ने सन् 1167 में अंग्रेज छात्रों के पेरिस विश्वविद्यालय में अध्ययन करने पर रोक लगाई, तब ऑक्सफोर्ड का विकास तेजी से किया जाने लगा। इस तुलना का तात्पर्य यह है कि नालंदा-विक्रमशिला के विश्वविद्यालय बचे होते तो हमारे पास विश्व के प्राचीनतम और ऑक्सफोर्ड से

बेहतर ज्ञान-केंद्र होते। यह कसक हमें भविष्य के ज्ञान-केंद्र विकसित करने के लिए प्रेरित करती है। कुछ बड़ा करने का ऐतिहासिक दायित्व हमारे वर्तमान को यही अनुभूति सौंप सकती है।

राज्य सरकार चाहती है कि सी.आई.एम.पी. एक ऐसा सेंटर भी चलाए, जहाँ एस.सी., एस.टी., पिछड़ा व अत्यंत पिछड़ा वर्ग के गरीब छात्रों को मुफ्त में इस तरह का प्रशिक्षण दिया जाए कि वे दूसरे प्रतिष्ठित संस्थानों की प्रवेश परीक्षा में सम्मानजनक स्थान पाने में सफल हो सकें। सी.आई.एम.पी. में बिहार के छात्रों के लिए पचास फीसदी सीटें तो सुरक्षित रहेंगी ही रहेंगी। इसके शुभारंभ के अवसर पर शिक्षाविद् उप-राष्ट्रपति हामिद अंसारी की यह टिप्पणी भविष्य को राह दिखानेवाली है कि वास्तव में ज्ञान संपदा (नॉलेज सोसाइटी) के बूते ही बिहार की गरिमा पुनर्स्थापित होगी। पटना में बी.आई.टी., मेसरा की शाखा का शिलान्यास, चाणक्य लॉ यूनिवर्सिटी की शुरूआत और अब सी.आई.एम.पी. का शुभारंभ–ठोस प्रयत्नों की इस कतार से लगता है कि मुख्यमंत्री अपने मिशन की दिशा, गति और लय को बनाए रखने के लिए वाकई पसीना बहा रहे हैं।

[12 जून 2008]

□

आँसुओं में डूबी समता !

उत्तरपूर्व बिहार में कोसी ने हर आर्थिक, सामाजिक और मजहबी फासले को बड़ी निष्ठुरता से मिटा दिया है। रमजान का रोजा खुलना और तीज व्रत के अनुष्ठान यदि एक ही शिविर में पूरे हो रहे हैं, तो यह भावात्मक राहत का नजारा है, लेकिन कल का करोड़पति और मजदूर, दोनों ही अगर भोजन के पत्तल-पैकेट पाने के लिए एक ही लाइन में खड़े एक-दूसरे के धक्के खा रहे हों, तो ऐसी 'समता' पर खुश होना मुश्किल है। पूर्णियाँ के राहत-शिविर में एक रघुवंश साह भी हैं, जो 25 एकड़ भूमि के मालिक हैं। उन्हें हाथों में पत्तल लिए लोगों के साथ पंक्तिबद्ध होकर भोजन पाने के लिए जद्दोजहद करनी पड़ रही है। उसी कतार में उनके साथ गाँव के कई ऐसे लोग हैं, जो 18 अगस्त के कोसी प्रलय के पहले तक उनके ही खेतों में काम किया करते थे। मुरलीगंज (अररिया) में कोल्ड स्टोरज, खेत और कई गाड़ियों के मालिक प्रवीण कुमार हों या मार्के कॉम्प्लेक्स के करोड़पति मालिक जीवन कुमार सिंह, बाढ़ ने गरीब, मध्यवर्गीय संपन्न और अमीर–सबको एक झटके में राहत शिविर पहुँचाकर कृपाजीवी याचक बना दिया है। लगभग पौने पाँच लाख परिवारों पर प्रकृति के प्रकोप और मानवीय लापरवाहियों की दुरभिसंधि ने आँसुओं में डूबी जो समानता थोपी है, उससे उबरने के लिए प्रदेश को कठोर परिश्रम करना पड़ेगा। ये लोग फिर से अपने पैरों पर खड़े हो सकें और शिविर-टेंट या स्टेशन की जहालत भरी जिंदगी के बुरे वक्त काटकर जल्दी-से-जल्दी अपनी कड़ी मेहनत और मजबूत इरादे के साथ बेहतर जिंदगी की शुरूआत कर सकें, इसके लिए भारतीय रिजर्व बैंक (आर.बी.आई.) ने सही वक्त पर पहल की है। उसकी ओर से वाणिज्यिक बैंकों को जारी निर्देश में कहा गया है कि वे बाढ़ प्रभावित इलाकों में घर-घर जाकर ऋण दें। प्यासे अभी मुसीबत में हैं, तो कुआँ ही उनके पास जाए। बैंक अब अपने स्तर पर 10 हजार रुपए या इससे अधिक का कर्ज बाढ़ पीड़ितों को तत्काल दे सकते हैं। इस निर्देश

का सबसे पहले पालन करते हुए भारतीय स्टेट बैंक ने देश के सबसे बड़े बैंक होने का फर्ज निभाया है और एक कदम आगे बढ़कर मंगलवार, 2 दिसंबर से प्रदेश के बाढ़ प्रभावित इलाकों के लिए चलंत बैंकिंग सेवा शुरू कर दी। विभिन्न राहत शिविरों पर इस चलंत बैंक (मोबाइल बैंकिंग) शाखा से बाढ़ पीड़ित 5 हजार रुपए तक की निकासी कर सकेंगे।

देश के सबसे बड़े उद्योग चेंबर फिक्की ने बिहार के लिए चार सूत्रीय कार्यक्रम तैयार किया है। सबसे बड़ी बात चेंबर ने यह कही है कि स्थिति सामान्य होने के बाद वह वहाँ रोजगार सृजन पर सबसे ज्यादा ध्यान देगा। इसके लिए 'केयर' जैसे संस्थानों की मदद ली जाएगी, ताकि बड़े पैमाने पर स्वरोजगार को बढ़ावा दिया सके। भोजन के पैकेट, नमक-सलाई-मोमबत्ती जैसे सामान, दान में मिले पुराने कपड़े, पॉलीथीन की शीट और राहत शिविर के फर्श पर जिंदगी नहीं कट सकती। इस विपदा के पार जाकर अगर लाखों परिवारों को फिर से अपने आँगन में होठों पर हँसी के साथ ईद और दीवाली मनानी है, तो उसका रास्ता बैंक और फिक्की के फार्मूले से ही फूटता है। इस गाढ़े वक्त में चमक-दमकवाले निजी बैंक क्या कर रहे हैं, यह भी लोग जानना चाहेंगे।

[3 सितंबर 2008]

□

सरकार में छिपे दशानन

राज्य सरकार के 23 विभागों में पैरवी-पैसे की ताकत ने महत्त्वपूर्ण पदों पर नौ सौ तबादले कराकर एकबार फिर साबित किया कि भ्रष्टाचार अगर हमारी राजनीति और नौकरशाही की रगों में दौड़ने लगा है, तो इसका उपचार आसान और प्रतीकात्मक तरीके से कठिन है। इस साल मध्य अप्रैल में जब राज्य मंत्रिपरिषद् का महापुनर्गठन हुआ था, तब सत्तारूढ़ गठबंधन (भाजपा-जदयू) में असंतोष की तेज आँधी उठी थी। कोई मंत्री पद से वंचित होने से खफा था, तो कोई विभाग बदलने से। गुस्से के घोषित कारण बड़े दूध के धुले लग रहे थे, लेकिन उनकी सफेदी सिर्फ ऊपरी थी, यह माजरा अब खुलने लगा है। जो बातें सामने आई हैं, उससे लगता है कि अप्रैल के आखिर तक पद सँभालने-समझने के बाद जून में ही अधिकतर नए मंत्री और उनके पी.ए. तबादला उद्योग को पुनर्जीवित करने में लग गए थे। कभी इसके लिए कांग्रेस की सरकारें बदनाम हुआ करती थीं। नए बिहार की सपनीली आकांक्षा के साथ सत्ता में आए लोग ढाई साल में ही ऐसा सामूहिक चरित्र दिखायेंगे, यह किसे पता था ? इस सरकार के एक मंत्री और एक विधायक खुद पोल खोल रहे हैं।

तीन वर्ष से ज्यादा किसी लोकसेवक को एक ही स्थान पर पदस्थापित नहीं रहने देने और उसकी नियुक्ति गृह-जिले में न करने के मानक की धज्जियाँ उड़ाई गईं। यह मानक भ्रष्टाचार रोकने के लिए है और भ्रष्टाचार के डंडे से ही इसे अधमरा किया गया। कई विभागों में एक साथ पाँच-पाँच सौ अनियमित तबादले हुए। यह खेल आर.आई.ओ., ग्रामीण विकास, स्वास्थ्य, मानव संसाधन, भवन निरमाण और उत्पाद विभाग में जमकर खेला गया था। लोग इनके मंत्रियों का सलोना चेहरा याद कर सकते हैं। शायद ही कोई विभाग इससे बच पाया। मुख्यमंत्री नीतीश कुमार ने ऐसे सारे तबादलों को रद्द करने का आदेश दिया है। इससे संदेश मिलता है कि कम-से-कम प्रदेश का मुखिया बेदाग और अपनी धुन

का पक्का है, लेकिन अकेले चने से यह भाँड़ कैसे फूटेगा ? क्या दागी मंत्री और सचिव दंडित किए जा सकेंगे ? उनके खिलाफ आय से अधिक संपत्ति की जाँच होगी ? आय कर विभाग इसके लिए तैयार है ? क्या रिश्वतखोरों से पैसे वसूल किए जा सकते हैं ? इन सवालों के उत्तर लोकतंत्र के इस तल पर आसान नहीं हैं। हम ईश्वर से प्रार्थना ही कर सकते हैं कि वे मुख्यमंत्री को भ्रष्ट्राचार के दशानन-वध की शक्ति अवश्य प्रदान करें। यहाँ तो दशानन सरकार में ही छिपे बैठे हैं।

[5 अक्तूबर 2008]

□

शांतिपूर्ण दशहरा से आगे

प्रदेश में इस बार दशहरा शांतिपूर्ण रहा। राजधानी में पिछले साल रामनवमी रक्तरंजित हो गई थी। शराब के नशे में तिहरा हत्याकांड हुआ था। धर्मोपदेशक तो हमेशा कहते रहे हैं कि मदिरा बुराइयों की जड़ है, खास बात यह कि इस बार प्रशासन ने इस उपदेश पर थोड़ा आचरण किया। महिषासुर-वध करती देवी प्रतिमाओं के पट खुलने से पहले मदिरा-वध (शराबबंदी) की कोशिश की गई। पूजा के दौरान शराब बिक्री पर सख्त रोक रही। राजधानी के निकटवर्ती मनेर में अवैध शराब बिक्री एवं भट्ठी-संचालकों के खिलाफ अभियान चला। गिरफ्तारियाँ भी हुईं। दशहरा के पहले वहाँ हजार लीटर से अधिक मदिरा बरामद की गई। दावा किया गया कि शराब माफियों के खिलाफ यह अभियान इतना कारगर था कि गिरफ्तार लोगों को जकड़ने के लिए हथकड़ियाँ कम पड़ गई। पर्व पर अनुभूत शांति में मदिरा-विरोधी मुहिम का भी योगदान रहा।

वैसे, व्यापक स्तर पर इसे पुलिस प्रशासन में सुधार की झलक कहा जा सकता है। कड़क छविवाले वरिष्ठ आई.पी.एस. अफसर देवकीनंदन गौतम को डी. जी.पी. की कमान सौंपने का सरकार का फैसला एक बड़े पर्व पर अमन-चैन बनाए रखने की चुनौती के पैमाने पर फिलहाल सही साबित हुआ है। राजधानी में प्रशासनिक चूलें कसने के उपाय दो सप्ताह पहले से ही किए गए थे। उत्सव का रंग चढ़ने से पहले पुलिस ने शहर में फ्लैग मार्च किया था। निषेधाज्ञा लागू करने के अलावा थानेदारों को आदेश दिया गया था कि वे अपने-अपने क्षेत्र में धारा 107 की कारवाई से वरीय आरक्षी अधीक्षक को अवगत कराएँगे। हर दरोगा की देखरेख में कम-से-कम चार पूजा पंडाल डाले गए थे और यह साफ कर दिया गया था कि उन पंडालों में यदि गड़बड़ी हुई, तो वही दरोगा जिम्मेदार होंगे। इस तरह सघन और योजनाबद्ध पुलिसिंग का फल यह हुआ कि लोगों ने खुलकर खुशी मनायी। सड़कों पर भीड़ उमड़ी। रात भर लोग देवी-दर्शन करते देखे गए।

आइसक्रीम के ठेलों से लेकर चाट, पाव-भाजी, फास्ट फूड आदि के स्टाल पर ग्राहकों का ताँता लगा रहा। इसके जरिए जीविका पानेवाले हजारों लोगों के घर तक उल्लास पहुँचा। यदि कानून-व्यवस्था की नकेल ऐसी ही कसी रहे, तो राजधानी समेत राज्य के कुछ प्रमुख शहरों में नाइटलाइफ की शुरूआत ज्यादा दूर नहीं रहेगी। इससे अर्थव्यवस्था को गति मिलेगी और अधिकाधिक चेहरों की रेखाएँ खुशनुमा हो सकेंगी। गौतम ने इसकी आशा तो जगा ही दी है।

[10 अक्तूबर 2008]

□

मेले में मुख्यमंत्री

राज्य सरकार ने अपने कार्यकाल के चौथे साल में बुधवार को राजधानी में द्वितीय राज्यस्तरीय नियोजन सह-मार्गदर्शन मेला-2008 आयोजित किया। इसमें 36 निजी कंपनियाँ 6000 रिक्तियाँ लेकर आईं। पिछली सरकारों ने ऐसी कोई पहल नहीं की, इसलिए ताजा पहल की स्वाभाविक सराहना हो रही है। यह सेवा क्षेत्र में आने को उत्सुक विशाल युवा वर्ग और उनके अभिभावकों को सुखद संदेश देने का प्रयास है कि सरकार न सिर्फ अपने दायरे में रोजगार के अवसर बढ़ा रही है, बल्कि जिस निजी क्षेत्र में उसका सीधा हस्तक्षेप नहीं है, उसमें भी नौकरी दिलाने का प्रयास जारी है। नियोजन मेला दरअसल रोजगार देने और इसे पाने के इच्छुक लोगों के बीच रचा गया एक अस्थायी पुल है। यहाँ दोनों पक्ष आमने-सामने होते हैं और एक-दूसरे का भरोसा अर्जित करने का प्रयास करते हैं। इसकी जरूरत महसूस की जाती रही है।

मेले में नीतीश कुमार ने एकसाथ तीन भूमिकाएँ निभाईं। सरकार के मुखिया के नाते उन्होंने नियोजकों को बेहतर माहौल और सुरक्षा का भरोसा दिलाया, जबकि राजनेता की हैसियत से प्रदेश के कार्यसक्षम लोगों की जोरदार पैरवी की। उन्होंने नियोजकों से कहा–'आप लोग जान लीजिए कि बिहार का का आदमी काम में कोताही नहीं बरतता। मुफ्त की रोटी नहीं खाता। धोखा देने के लिए जैसी अक्ल चाहिए, वैसी अक्ल बिहारियों के पास नहीं है।' मुख्यमंत्री ने दावा किया कि बिहार में मंदी का असर काफी कम होगा; क्योंकि यहाँ विकास कार्यों पर सर्वाधिक खर्च हो रहा है। इस वर्ष कुल 13500 करोड़ रुपए खर्च हो जाएँगे। नीतीश कुमार ने तीसरी भूमिका मोटिवेटर (प्रेरक) और कांसिलर (प्रबोधक) की निभाई। उन्होंने अर्थव्यवस्था और रोजगार की पात्रता से लेकर सफलता के लिए उत्साहित करनेवाली सकारात्मक सोच तक की चर्चा की। युवाओं से कहा–'स्काई इज द लिमिट' का भाव रखें।''' अरे, मुझको देखिए। तमाम झंझावात के बावजूद

जब मैं यहाँ (सी.एम. पद) तक पहुँच सकता हूँ, तो आप क्यों नहीं ? आपलोग हीनता के शिकार मत होइए। दूसरी तरफ कंपनियाँ इस बात से निराश थीं कि यहाँ के ज्यादातर युवा डिग्री तो अच्छी-खासी रखते हैं, लेकिन काम की पात्रता में पीछे हैं। इनके पास संवाद के लिए अच्छी भाषा तक नहीं है। यानी रोजगार चाहनेवालों की पात्रता के प्रांतीय गुणगान मात्र से काम नहीं चलेगा। सबसे पहले तो अंग्रेजी के प्रति पूर्वाग्रह छोड़कर सरकारी शिक्षा संस्थानों को इसकी मानक पढ़ाई से लैस करना जरूरी है। क्या सरकार इसका राजनीतिक जोखिम उठा सकती है ?

[18 दिसंबर 2008]

□

पुलों का तोहफा

हमारी ताजा स्मृति में शायद यह पहला मौका है, जब सड़क, पुल और फ्लाईओवर के मामले में दो दशक से बदहाल बिहार में 140 नवनिर्मित पुल जनता को एक साथ समर्पित किए गए हों। बिहार राज्य पुल निर्माण निगम के 34वें स्थापना दिवस (11 जून) पर आयोजित समोराह में मुख्यमंत्री नीतीश कुमार ने रिमोट तकनीक से इनका सामूहिक उद्घाटन किया। मुख्यमंत्री सेतु व योजना मद से निर्माण न सिर्फ न्यूनतम अवधि में किया गया है, बल्कि रख-रखाव की आनलाइन मानीटरिंग की व्यवस्था की गई है। इसके जरिए इस धारणा को तोड़ने की कोशिश होनी चाहिए कि आजादी के बाद के निर्माण भरोसेमंद नहीं होते। ऐसे उदाहरणों की कमी नहीं, जब व्यवस्थागत भ्रष्टाचार के चलते सरकारी पैसे से बने भवन या पुल अपने उद्घाटन से पहले या अपेक्षित आयु पूरी किए बिना ही ध्वस्त हो जाते रहे। इस शर्मिंदगी से बचने के लिए पुल निर्माण निगम ने कुछ उपाय किए हैं। अब ऐसा टच स्क्रीन इंफार्मेशन कियोस्क लगाया गया है, जिससे तत्काल पता लग सकेगा कि राज्य के किस हिस्से में पुल बन रहा है और उसकी अद्यतन स्थिति क्या है। संबंधित परियोजना की तसवीर कियोस्क पर उपलब्ध होगी। निगम अपने सभी डिवीजनों में मोबाइल इंस्पेक्टर प्रणाली लागू करेगा।

यह इस बात का संकेत है कि सरकार निर्माण की गुणवत्ता से समझौता नहीं करना चाहती। मुख्यमंत्री ने कल इस मौके पर कहा कि बिहार में राष्ट्रीय उच्चपथ (एन.एच.) की मरम्मत के लिए उनकी सरकार ने पिछले तीन वर्षों में 711 करोड़ रुपए खर्च किए हैं। वह उन लोगों में से नहीं, जो एन.एच. के गड्ढों की मरम्मत कराने की बजाए वहाँ केवल यह बोर्ड लगा दें कि यह केंद्र सरकार की सड़क है। यह कटाक्ष दरअसल पिछली सरकारों के कामकाज पर था, जिसके चलते राज्य की सड़कें देश भर में बदनामी और मजाक का विषय बनीं। एक तरफ जनता हिचकोलें भरी यात्राएँ झेलती रही और दूसरी तरफ किसी अभिनेत्री के

गाल-जैसी चिकनी सड़क बनाने की लतीफेबाजी होती रही। इसके विपरीत अब सरकार चाहती है कि राज्य के किसी भी दूरवर्ती इलाके से सड़क मार्ग से पटना की यात्रा अधिकतम छह घंटे में पूरी हो सके। यदि ऐसा हुआ तो किसान और उद्यमी कम समय में शहरी बाजार तक अपने उत्पाद पहुँचा सकेंगे। इससे प्रति व्यक्ति आय तेजी से बढ़ सकती है। हो सकता है कि नवनिर्मित पुल कल समृद्धि के सेतु कहलाने लगें, लेकिन सफर अभी लंबा है।

[12 जून 2009]

□

देर से समझा मरज

ये कड़वी यादें पिछली बरसात की हैं, जब पटना सहित राज्य के कई छोटे-बड़े शहरों को अतिवृष्टि के चलते जलजमाव की गंभीर समस्या का सामना करना पड़ा था। लगभग 25 लाख की आबादी का बोझ उठाने के कारण बेतहाशा फैलती राजधानी में समस्या सबसे ज्यादा गंभीर थी। कई मुहल्लों में नाले का पानी घुस गया था। उसे निकालने में खटारा संप हाउस हाँफ गए थे। मंत्रियों और विधायकों से लेकर आम लोग तक सड़ांध भरे जलजमाव से घिरे थे। इस समस्या को शहर प्रबंधन में पिछली सरकारों की लापरवाही का नतीजा माना गया, लेकिन जल निकासी के लिए जिम्मेदार विभागों की घटिया कार्य-संस्कृति नई सरकार में भी नहीं बदली। जुलाई 2008 तक तीन साल में पाँच-पाँच वरिष्ठ अधिकारी और मंत्री बदल दिए गए, फिर भी बरसात के समय जनता को जलजमाव झेलना पड़ा। पिछले साल 14 दिनों तक राजेंद्र नगर डूबा रहा और कंकड़बाग में जिंदगी जलील होती रही। श्रीकृष्णनगर, श्रीकृष्णापुरी, आनंदपुरी, नेहरू नगर और पाटलिपुत्र कॉलोनी में पानी भर गया था। शिवपुरी, पटेल नगर, राजीव नगर सहित कई नव विकसित मुहल्लों की दशा नारकीय थी।

तब पिछली राजद सरकार को जिम्मेदार ठहराते हुए कहा गया था कि उसके पंद्रह वर्षों के शासनकाल में जलनिकासी को लेकर कोई काम नहीं हुआ। लोगों ने नालों पर अवैध निर्माण किए। तालाब पटाकर मकान बना डाले गए। पानी निकलने के रास्ते (सीवर और ड्रेनेज) कूड़े से जाम थे। भवन बनाने में पटना क्षेत्रीय विकास प्राधिकार के नियमों का उल्लंघन हुआ। जलजमाव ऐसी स्वार्थी मनमानियों की अनदेखी का भी नतीजा था। पूरे साल इस मुद्दे पर होमवर्क करने से सरकार को पता चला है कि समस्या की जड़ मकानों का मनमाने ढंग से बनना है, इसलिए 16 जून 2009 से राजधानी में नए मकान का नक्शा पास कराने पर रोक लगा दी गई। सरकार ने अनियोजित शहरी विकास विस्तार, जहाँ-तहाँ बन रहे

मकान और उससे होनेवाली परेशानी (खासकर जलजमाव) को देखते हुए यह कदम उठाया है। हालाँकि जिन मकानों के नक्शे पहले से पास हैं, वहाँ निर्माण कार्य चलता रहेगा। उप-मुख्यमंत्री सुशीलकुमार मोदी ने जलजमाव की साप्ताहिक समीक्षा के बाद मंगलवार को यह आदेश जारी किया। अब नए बसनेवाले मुहल्लों में सीवरेज और ड्रेनेज की समुचित व्यवस्था कराने पर ही नए मकान बन सकेंगे। यह बहुत देर से उठाया गया एक ठोस कदम है। इससे शायद दो साल बाद की बरसातें सुहानी लगें। अभी तो मौसम सिर्फ साहित्य और सिनेमा में रूमानी लगता है।

[17 जून 2009]

□

जले हाथ के साथ सरकार

पिछली सदी के जिस उतरते दौर में प्रधानमंत्री राजीव गांधी देश में सूचना क्रांति के प्रारंभिक तार-कम्प्यूटर जोड़ रहे थे, उस समय पाकिस्तान की कमान बेगम बेनजीर भुट्टो के हाथ थी। आज जिस सूचना-समृद्ध 21वीं सदी में हम जी रहे हैं, उसका खाका उपमहाद्वीप के इन दोनों शासन-प्रमुखों के जेहन में था। गांधी और भुट्टो, दोनों अपने शिखर पद के लिहाज से युवा थे, इसलिए स्वप्नदर्शी थे। एक साक्षात्कार में भुट्टो ने कहा था–'इंफार्मेशन इज पावर (इत्तला में ताकत है)।' तब यह बात कम समझ में आती थी, लेकिन आज यह सबके सामने साफ है। चाहे मुट्ठी में पड़े मोबाइल फोन की शक्ल में, चाहे हाथ आए सूचनाधिकार (आर.टी.आई.) के रूप में। स्वच्छ, तत्पर और रिश्वत मुक्त प्रशासन देने का जो काम बड़े-बड़े प्रशासक ओर राजनेता नहीं कर सके, वह सूचना की ताकत से संभव हो सकता है। केंद्र सरकार ने जब सूचनाधिकार देकर सूचना में निहित ताकत को सैकड़ों मेगाबाइट तक बढ़ा दिया है, तब बिहार सरकार ने भी इसे कारगर बनाने के लिए टेलीफोन हेल्पलाइन (0612-2219435) तथा 'जानकारी' (काल सेंटर) की शुरुआत कर दी है।

मधुबनी जिले के कसियौनी गाँव में रहनेवाले वीरेंद्र महतो ने सूचनाधिकार का उपयोग कर जब प्रखंड आपूर्त्ति पदाधिकारी से राशन-किरासन का ब्योरा माँगा, तो उन्हें पहले धमकाया गया और फिर मुकदमा दायर कर दिया गया। महतो फिर भी भाग्यशाली निकले कि उनका मामला नौकरशाही की पीड़क प्रवृत्ति की डरावनी मिसाल बनकर खुद मुख्यमंत्री नीतीश कुमार तक पहुँच गया। गुरुवार को पारदर्शिता प्रोत्साहन समारोह में हेल्पलाइन का शुभारंभ करते समय मुख्यमंत्री ने हेल्पलाइन के नंबर पर फोन कर अपना परिचय दिया, महतो का मामला बताया और पूरी जाँच कर इसकी जानकारी अपने सचिवालय को देने की बात कही। यह एक संवेदनशील पहल है कि मुख्यमंत्री उस आम आदमी के पक्ष में खड़े हुए,

जिसके हाथ आर.टी.आई. नामक आधुनिक सूचना उपकरण का इस्तेमाल करते ही अफसरशाही की आँच से जलने लगे थे। हेल्पलाइन के जरिए अब उन अफसरों के खिलाफ शिकायत सीधे दर्ज की जा सकती है, जो सूचना माँगे जाने पर प्रताड़ित करते हैं। पिछली सरकारों में अपने प्रशासन के राग-दोष छिपाने की प्रचलित मानसिकता के विपरीत राजग सरकार पारदर्शिता के पक्ष में मजबूती से खड़ी दिख रही है। मुख्यमंत्री ने आश्वस्त किया है कि सूचना आकांक्षी को सतानेवाले अफसर या कर्मचारी नौकरी से भी हाथ धो सकते हैं। इस तरह बिहार ने आर.टी.आई. की नंगी मूठ पर काठ जड़ दिया है।

[13 नवंबर 2009]

□

बँटवारे पर खुशी के तर्क

तीन साल बाद बिहार अपने गठन की पहली सदी पूरी करेगा, हालाँकि शतायु होने से 12 साल पहले सन् 2000 में इसका बँटवारा हो चुका है। दक्षिण बिहार के खनिज-संपन्न और आदिवासी बहुल जिलों को काटकर झारखंड के रूप में नए राज्य की स्थापना की गई। इस मुद्दे पर काफी बहस हुई थी। विधानसभा के भीतर और बाहर यह विषय सुर्खियों में था। विभाजन का विरोध करते हुए प्रदेश के एक प्रमुख नेता ने यहाँ तक कहा था कि यह कृत्य उनकी लाश पर होगा। फिर राजनीतिक परिस्थितियाँ ऐसी बनीं कि बहुत लोगों के न चाहते हुए भी बँटवारा हुआ। किसी नेता को पक्ष-विपक्ष में प्राणों का उत्सर्ग नहीं करना पड़ा, लेकिन लगातार पिछड़ते शेष बिहार को यह कसक अवश्य रही कि खनिज और भारी उद्योगवाले क्षेत्र उससे न कटते, तो हालत ज्यादा खराब न होती। इस आम एहसास से इतर कई दल सिद्धांत रूप में छोटे राज्य के पक्ष में थे, इसलिए बँटवारे को स्वीकार करना पड़ा। हाल में उप-मुख्यमंत्री सुशील कुमार मोदी ने यह कहकर सकारात्मक संदेश दिया कि बँटवारे से मायूस होने की जरूरत नहीं, बल्कि यह तो शेष बिहार के हित में ही रहा।

उनका कहना है कि ऐसा न होता तो इलाका पिछड़ा ही रहता। गुजरात और हरियाणा के साथ भी ऐसा हुआ था। बिहार को भी अलग पहचान बनाने का मौका मिला। मोदी का यह आत्मविश्वासपूर्ण आकलन राजग सरकार के चार साल के कामकाज पर आधारित है। इसके पक्ष में ढाँचागत विकास के आँकड़े हैं। शहर से गाँव तक दिखनेवाला बदलाव है। तीन साल पहले तक पटना-दिल्ली के बीच मात्र तीन उड़ानें थीं, जो अब बढ़कर सात हो गई हैं। उनमें बड़ी-बड़ी कंपनियों के सी.ई.ओ. को बिहार आते-जाते देखा जा सकता है। राज्य निवेश प्रोत्साहन पर्षद (एस.आई.पी.बी.) ने निजी निवेश के जिन 220 प्रस्तावों को स्वीकृति दी, उनमें से 22 लागू हो चुके हैं। अब तक 1032 करोड़ का निजी

निवेश हुआ है। पहली बार एसोचैम के किसी अध्यक्ष (डॉ. स्वाति पीरामल) का आधिकारिक रूप से पटना आना और एसोचैम का दृष्टिकोण ('बिहार विजन 2020') प्रकट करना राज्य के बेहतर आर्थिक भविष्य का संकेत है। मुख्यमंत्री नीतीश कुमार ने यहाँ निवेश करनेवालों को दस साल तक कर-मुक्त करने की घोषणा कर रोजी-रोजगार की सुनहरी आकांक्षाओं को पंख दे दिए हैं। अब बँटवारा ठीक था या सरकार ने उसे अवसर में बदला, इस पर बहस जारी रहेगी।

[14 नवंबर 2009]

□

मेजबान मुख्यमंत्री का दर्द

बिहार की राजधानी में हाल के कुछ समागम-सम्मेलन अत्यंत उत्साहवर्द्धक रहे। पहले विभिन्न कंपनियों का रोजगार मेला, फिर 12 नवंबर को एसोचैम अध्यक्ष की पटना यात्रा, बिहार विजन 2020 का जारी होना, प्रदेश में आनेवाले निवेशकों को दस साल तक कर-मुक्ति के रूप में प्रोत्साहन देने का एलान और 14-15 नवंबर को भारतीय रोड कांग्रेस (आई.आर.सी.) के 70वें वार्षिक अधिवेशन का आयोजन। सरकार ने इन अवसरों का दोतरफा उपयोग किया। अपने-अपने क्षेत्र की बड़ी हस्तियों की मेजबानी करते समय सरकार ने उन्हें न सिर्फ राज्य की आर्थिक आकांक्षाओं से अवगत कराया, बल्कि बदलते बिहार की ब्रांडिंग करने का प्रयास भी किया। निवेशकों को लुभाने के लिए ब्रांडिंग एक रणनीतिक जरूरत है। कानून-व्यवस्था की स्थिति में सुधार, ढाँचागत विकास में तेजी और शासन का रुख उद्योग-व्यापार करनेवाले के प्रति संरक्षक-उत्प्रेरक और फैसिलीटेटर का होना आर्थिक गतिविधियों के लिए जरूरी शर्त है। राजग सरकार यह शर्त पूरी करती दिखी है।

शनिवार को रोड कांग्रेस की शुरुआत के मौके पर तो मुख्यमंत्री नीतीश कुमार अलग ही मूड में थे। प्रदेश से गुजरनेवाले राष्ट्रीय उच्च पथों (एन.एच.) की मरम्मत, विकास और विस्तार के मामले में केंद्र सरकार की बेरुखी से वे आहत थे। दूसरी ओर राहत की बात यह रही कि एन.एच.ए.आई. बोर्ड ने पटना-मुजफ्फरपुर सड़क की फोरलेनिंग के प्रस्ताव को मंजूरी देते हुए इसका जिम्मा गैमन इंडिया को देने का फैसला कर लिया। हालाँकि एन.एच.-19 पर 1982 में निर्मित पटना के महात्मागांधी सेतु की खराब हालत अब भी चिंता का विषय बनी है। 27 साल में पुल पर 938 पैबंद लग चुके हैं, फिर भी उत्तर बिहार से जोड़नेवाला यह सेतु बीमार है। इससे क्षुब्ध मुख्यमंत्री ने रोड कांग्रेस में समारोह की औपचारिकता और मेजबानी के प्रोटोकोल को परे रखकर चुनिंदा अभियंताओं

के समक्ष कहा–"मैं हाथ जोड़कर आपसे प्रार्थना करता हूँ, गांधी सेतु का कोई 'सोल्यूशन' दे दीजिए। अगर कोई बनने की तकनीक है, तो बता दीजिए और नहीं बनेगा तो अपने ही मुँह से एलान कर दीजिए कि कोई उपाय नहीं है। जनता समझती है कि हम बनाना ही नहीं चाहते। आप इंजीनियर और एक्सपर्ट हैं, कोई उपाय बताइये।" यदि झकझोरनेवाली इस अपील का असर हुआ, तो गांधी सेतु का कायाकल्प होगा और जल्द ही यह लोगों की बेहतर सेवा करने में सक्षम होगा। तब 5575 मीटर लंबे पुल से केवल सूर्योदय और सूर्यास्त देखना ही सुखद नहीं होगा, बल्कि इस राह से गुजरना भी तनाव-मुक्त होगा।

[15 नवंबर 2009]

□

खटारा गाड़ी, जज्बाती ड्राइवर

सौ तरह के नियम-कानून के दायरे में रहते हुए किसी सिस्टम को चलाना, उसमें निहित प्रशासनिक जड़ताओं से निबटना, राजनीति-प्रेरित (अतिरंजित) आलोचनाओं का सामना करना और जनता को महसूस होने लायक विकास कर ले जाना वाकई कठिन काम है। इसमें से एक-एक अड़चन ऐसी है, जो किसी भी राह पर रास्ता रोक ले, तो सारथी लड़खड़ा सकता है। सत्ता प्रतिष्ठान की ड्राइविंग सीट पर बैठे मुख्यमंत्री नीतीश कुमार ने शुक्रवार को अपनी परेशानियाँ जाहिर करने के लिए खटारा गाड़ी का रूपक चुना। बिहार भू-जल सिंचाई योजना की शुरुआत के मौके पर उन्होंने कहा–"मुझको खटारा गाड़ी (हर क्षेत्र में पिछड़ा बिहार) मिली है। चार वर्ष से चला रहा हूँ। बैलेंस करना पड़ता है; स्पीड का भी ध्यान रखना है। ज्यादा एक्सीलेटर दबाऊँगा, तो गाड़ी बंद हो जाएगी।" उन्होंने अधिकारियों (और संभवतः कुछ मंत्रियों की ओर भी) इशारा करते हुए कहा–'हमारी गति से सभी लोग चलना नहीं चाहते हैं।' इस बात का सकारात्मक असर तो शायद कम होगा, लेकिन यथास्थिति के पक्ष में दलील देनेवाली प्रतिक्रियाएँ अवश्य आ सकती हैं।

पहला जवाब लघु संसाधन विकास के प्रधान सचिव की ओर से आया। सफाई की मुद्रा में उनका कहना था–'हम 120 की स्पीड से तो नहीं चल सकते हैं, किंतु 70-80 की रफ्तार से चलने का पूरा प्रयास करेंगे।' दरअसल मुख्यमंत्री को यह बात कचोटती रही थी कि जो सिंचाई योजना 15 अगस्त को शुरू हो गई थी, उसका क्रियान्वयन तीन महीने बाद हो पा रहा है। वे चाहते हैं कि ऐसी बातों से गाड़ी (सूबे का विकास) बंद न हो, इसका उपाय किया जाना चाहिए। शायद यह ड्राइवर की कुशलता है कि वह एक खटारा गाड़ी को हाँकते हुए उस पर सवार मुसाफिरों का भरोसा बटोरने लगा है। हो सकता है कि नकारात्मकता देखने के अभ्यासी लोग विकास की रफ्तार को सार्वजनिक रूप से स्वीकार न कर सकें,

लेकिन जब कुछ मानक केंद्रों से सरकार के काम की सराहना होने लगे, तो आलोचकों को अपनी भाषा बदलनी पड़ सकती है। योजना आयोग के उपाध्यक्ष मोंटेक सिंह अहलुवालिया, केंद्रीय मंत्री जयराम रोमेश और नंदन नीलेकणि तक का कहना है कि बिहार सही राह पर है। एसोचैम की प्रमुख स्वाति पेरामल ने बिहार की बढ़ती आर्थिक हैसियत को कारपोरेट कसौटी पर खरा माना। खटारा गाड़ी इससे ज्यादा क्या माइलेज देगी ? मालिक (जनता) को 18 घंटें खटनेवाले जज्बाती ड्राइवर से और क्या चाहिए ? जज्बा तो कमजोर मशीन (तंत्र) से करिश्मा कर सकता है।

[15 नवंबर 2009]

□

कितनी फैले मधुशाला ?

'विकास' आज प्रदेश का सर्वाधिक प्रचारित एक प्रेरक शब्द है। विपक्ष इसे भले न माने या न्यूनतम करके आँके, लेकिन हर क्षेत्र में तरक्की की चमक दिखने लगी है। यह अलग बात है कि इसके कुछ साइडएफेक्ट भी सामने आए हैं। राजधानी में जमीन-जाएदाद के दाम दिल्ली की अपेक्षा तेजी से बढ़े हैं। सड़क पर इतनी भीड़ बढ़ गई है कि चलना मुश्किल हो गया है। यह तो फिर भी गनीमत है, लेकिन विकास यदि शराबखोरी का होने लगे, तो परेशानी बढ़ेगी। हाल के वर्षों में मदिरा की इतनी छोटी-बड़ी दुकानें खुलीं कि इसकी बेलगाम बिक्री से सार्वजनिक जीवन का जाएका खराब हो चला है। नौबत लोकहित याचिका दायर करने तक आई। इस पर पटना उच्च न्यायालय की खंडपीठ ने मंगलवार को गहरी चिंता जाहिर की। खंडपीठ ने कहा कि शराब की दुकानों से भले ही राजस्व में वृद्धि हो रही हो, किंतु इससे हमारी संस्कृति पर बहुत खराब असर पड़ रहा है। इन दुकानों की बंदोबस्ती मनमाने ढंग से हो रही है। नतीजतन, शहर से लेकर कस्बों, पंचायतों तक में पीने-पिलाने की अपसंस्कृति पनप रही है।

राज्य में तेज विकास से प्रति व्यक्ति आय का बढ़ना अच्छी बात है, लेकिन आदमी अपनी कमाई से परिवार की परवरिश न कर या उसका हक काटकर अपनी गैरजिम्मेदाराना खुशी के लिए पीने पर पैसा बहाने लगे, तो कौन पसंद करेगा ? इससे अपराध, पारिवारिक तनाव और सड़क हादसे बढ़ते हैं। इन समस्याओं की कीमत पर अगर शराब के जरिए कुछ करोड़ रुपए ज्यादा राजस्व मिल जाएँ, तो यह किसे अच्छा लगेगा ? वास्तव में ऐसा धन नेकी के काम आने के बजाए उल्टे पाँव लौट जाता है। इस धंधे के फलने-फूलने से जो जटिलताएँ पैदा होती हैं, उनका समाधान कहीं ज्यादा खर्चीला होता है। इस मुद्दे पर अदालत ने कार्यपालिका के कामकाज में हस्तक्षेप से बचते हुए सरकार को सिर्फ यह सुझाव दिया है कि बेहतर होता कि इस समय शराब की जितनी दुकानें हैं, उन्हें एक चौथाई कम कर

दिया जाता। लोकहित याचिका में शराब की दुकानों के आवंटन पर भी सवाल उठाए गए थे, लेकिन दलीलें सुननें के बाद न्यायालय ने कहा कि आवंटन संबंधी राज्य सरकार का निर्णय नीतिगत है, इसलिए इसमें दखल देना ठीक नहीं होगा। इस संबंध में उत्पाद आयोग को उचित निर्णय लेने का निर्देश दिया गया। अब सरकार ऐसी पहल कर सकती है, ताकि विकास के बहाने किसी को पारंपरिक समाज की संवेदना से खेलने का मौका न मिले। हंगामा पीने पर नहीं, बहकने पर होता है।

[3 दिसंबर 2009]

□

हाईस्पीड मोड़ में सरकार

राज्य सरकार सर्वग्राही विकास (इनक्यूसिव ग्रोथ) की नीति पर अमल करने में अपनी गाड़ी सौ-सवा सौ किलोमीटर प्रतिघंटे की गति के समान करने के मूड में दिख रही है। हालाँकि नौकरशाही बड़ी साफगोई से यह स्वीकार करती है कि सरकार के मन गति से मैच कर चलना उसके लिए मुश्किल है, फिर भी महिला सशक्तीकरण, अल्पसंख्यक कल्याण और महादलित समुदाय के मुद्दे पर नीतियों के कार्यान्वयन की रफ्तार बढ़ाने के लिए पूरा जोर लगाया जा रहा है। इनके लिए जितनी घोषणाएँ पिछले चार साल में हुई हैं और जिन कार्यक्रमों पर काम चल रहा है, उससे लगता है कि इन वर्गों की जिंदगी में जल्द ही गुणात्मक बदलाव दिखने लगेगा। इस साल सरकार ने भूमिहीन महादलित परिवारों के लिए गैरमजरुआ भूमि देने की जो घोषणा की, उसकी प्रक्रिया में तेजी लाने का पक्का इंतजाम अब किया गया है। मंगलवार को सरकार ने दो काम किए–एक तो आम भूमि की बंदोबस्ती का अधिकार प्रमंडलीय आयुक्तों कों सौंपने का निर्णय किया और दूसरा इस कार्य को राज्य भर के अनुमंडल अधिकारियों (एस.डी.ओ.) के कॅरियर आकलन के साथ सीधा जोड़ दिया।

यानी एस.डी.ओ. साहब के बेहतर काम करने के लिए जो टिप्पणियाँ वार्षिक चरित्र पंजी (ए.सी.आर.) में दर्ज होती थीं, उनमें प्रमुख होगी दाखिल-खारिज और महादलित परिवारों के बसने के लिए भूमि आवंटन के काम की सफलता-विफलता से संबंधित टिप्पणी। इसके लिए सचिवालय में जो क्लास लगी, उसमें राजस्व एवं भूमि-सुधार से जुड़े पाठ की व्याख्या विभाग के प्रधान सचिव ने की। उन्होंने दाखिल-खारिज़ और महादलित परिवारों को बसाने की प्रक्रिया बताई। उधर, नई व्यवस्था यह है कि आम भूमि की बंदोबस्ती के लिए अब पहले की तरह राज्य सरकार से स्वीकृति नहीं लेनी पड़ेगी। मंगलवार को राज्य मंत्रिपरिषद् की बैठक में इससे संबंधित प्रस्ताव को मंजूरी दे दी गई। राजग सरकार के लिए महादलित के

समान महत्त्व रखनेवाले अल्पसंख्यक कल्याण के मुद्दे पर थैली का मुँह और खोला जा रहा है। अल्पसंख्यक-बहुल छह जिलों में आधारभूत संरचना विकास के लिए 523 करोड़ की योजना को हरी झंडी दी गई। केंद्र प्रयोजित इस योजना के तहत सीतामढ़ी, पूर्णियाँ, किशनगंज, कटिहार, अररिया एवं दरभंगा में भवन, सड़क जैसे आधारभूत निर्माण के लिए ये पैसे खर्च होंगे। महिला सशक्तीकरण के लिए प्रयत्नशील सरकार ने चालू वर्ष में अकेले मुख्यमंत्री कन्या सुरक्षा योजना के लिए 15 करोड़ रुपए की व्यवस्था की है। खास वर्गों से जुड़े मसलों पर इस हाईस्पीड तत्परता के राजनीतिक इशारे समझे जा सकते हैं।

[9 दिसंबर 2009]

□

नए अंदाज में राजकाज

अनुभव और बोध के कई स्तरों पर यात्राएँ समृद्ध करती हैं। सदियों से संत, विद्वान्, समाजसेवी, राजनेता और विभिन्न वर्गों के लोग ऐसा मानते रहे हैं। कार्पोरेट जगत् भी इसकी अहमियत स्वीकार करने लगा है। राजधानी से लगभग सौ किलोमीटर दूर पर्यटन स्थल राजगीर (नालंदा) और तपोवन (गया) की हफ्ते भर की यात्रा से लौटने पर मुख्यमंत्री नीतीश कुमार ने भी इसका महत्त्व स्वीकार किया। उनके नजरिए में ताजगी दिख रही है। अब वे सिर्फ कृषि रोडमैप, सड़क-पुल, प्रति व्यक्ति आय, निवेश, एम.ओ.यू. आदि की बातें नहीं करते, बल्कि इसमें पर्यावरण-प्रकृति, पर्यटन, धरोहर और विरासत की बात जोड़ने लगे हैं। उन्हें पर्यावरण, और पुरातत्त्व की दृष्टि से बहुत कुछ किए जाने की संभावनाएँ दिखने लगी हैं। योजना बनने लगी है। गौरवशाली इतिहास से नई पीढ़ी को अवगत कराना सरकार के एजेंडे में तरजीह पाने लगा है।

एक सी.एम. की यात्रा का ही असर है कि अब राजगीर और उसके आसपास की हरी-भरी पहाड़ियों पर अवैध खनन का जुल्म बंद होगा। कुदरत के खूबसूरत तोहफे को बर्बाद करने या ऐसा होने देने के लिए जिम्मेदार लोगों पर काररवाई हो सकती है। तय होगा कि किसकी वजह से खनन हुआ, जबकि इस पर रोक है। यदि मुख्यमंत्री ने खुद जाकर न देखा होता कि खनन का पट्टा देना किस तरह पहाड़ का सत्यानाश कर रहा है, तो इस मुद्दे पर प्रशासन का ढीलाढाला रवैया कुछ दिन और जारी रहता। हो सकता है कि तब तक इतनी देर हो चुकी होती कि पहाड़ सिर्फ मानचित्र में रह जाते। अब सरकार ने तय किया है कि पर्वतों के साथ किसी को छेड़छाड़ नहीं करने दी जाएगी। अगर पत्थर की जरूरत होगी, तो बाहर से मँगाया जाएगा। मुख्यमंत्री या उच्चाधिकारियों की यात्राएँ विकास कार्यों के औचक निरीक्षण का मौका देती हैं। इससे उन अनियमितताओं पर नजर पड़ती है, जिन्हें निहित स्वार्थ के चलते बरबस छिपाया जाता है। पिछले

साढ़े उनचास महीनों में नीतीश कुमार ने ऐसी शासन-शैली विकसित की है, जिसमें जनजीवन से जुड़ी जानकारियों को उनके ठेठ रूप में सत्ता के शीर्ष तक आने देने के लिए कई अनौपचारिक खिड़की दरवाजे जतन से बनाए गए। जनता के दरबार में मुख्यमंत्री, विकास यात्रा, राजधानी से बाहर गाँव से लेकर पर्वत तक पर केबिनेट की बैठक और अब ऐतिहासिक-धार्मिक-प्राकृतिक महत्त्व के स्थलों पर मुख्यमंत्री के प्रवास का सिलसिला। इस नए अंदाज के राजकाज में हकीकत जानने के लिए मुख्यमंत्री सिर्फ कार्यपालिका और विधायिका के सूखे औपचारिक कागजों में पड़े काले अक्षरों का मोहताज नहीं होता।

[2 जनवरी 2010]

□

नीतीश का पुरस्कृत होना

जैसे किसी फिल्म में कठिनाइयों और चुनौतियों के बीच लंबा वक्त काटने के बाद नायक फुटपाथ से उठकर आलीशान बँगले और ऐश्वर्य का स्वामी बन जाता है, कुछ उसी प्रकार बिहार अपने नए रूप में पटकथा लिख रहा है। कम-से-कम सरकार का दावा तो यही है। टाइपराइटर से शुरू कर ई-गवर्नेंस तक, नकारात्मक विकास-दर से निकालकर नंबर टू विकासशील राज्य होना, सड़क की हालत को लेकर राष्ट्रीय उपहास की स्थिति से मुक्ति पाना, पार्क से लेकर फ्लाईओवर तक का निर्माण, उच्च पथों का विकास, अपराध के मुहल्ला स्तर तक फैलनेवाले भयावह दौर का बीतना, बाहुबली नेताओं का सीखचों के पीछे जाना और शिक्षा से लेकर सेहत तक के मामले में शासन की कामयाबियों को महसूस किया जाना आदि। यह सब पचास महीनों की बड़ी उपलब्धियाँ हैं। प्रदेश के बाहर इसे मान दिया जा रहा है। रविवार 10 जनवरी, 10 की शाम मुंबई में इसके लिए नीतीश कुमार को 'बिजनेस रिफार्मर ऑफ दि ईयर' पुरस्कार से सम्मानित किया गया। इसके पहले यह पी. चिदंबरम (वर्तमान गृहमंत्री) को दिया गया था।

इस मौके पर मुख्यमंत्री ने प्रमुख उद्योगपतियों से बिहार में निवेश करने की अपील की। उन्होंने माना कि यह पुरस्कार उनके व्यक्तिगत कार्यों का ईनाम नहीं, बल्कि उन हजारों लोगों के कार्यों को मान्यता है, जो दिन-रात प्रदेश के विकास के लिए काम कर रहे हैं। सही मायनों में वे इसके हकदार हैं। इस पुरस्कार पर प्रदेश की दल-निरपेक्ष जनता प्रसन्न हो सकती है। जो लोग वर्षों से प्रदेश या देश से बाहर रह रहे हैं और अपने मूल राज्य की सरकार के राजनीतिक नेतृत्व की सार्वजनिक कथनी-करनी के चलते कई बार असहज महसूस कर चुके हों, उन्हें मुंबई में वित्तमंत्री प्रणव मुखर्जी के हाथों नीतीश कुमार का पुरस्कार-ग्रहण करना बिहारी होने पर फर्क करने का मौका दे गया। इंटरनेट पर मिली भावुक प्रतिक्रियाएँ यही बता रही हैं। वर्जीनिया (अमेरिका) से एक शख्स ने लिखा है–'मेरी आँखों

में खुशी के आँसू हैं और नीतीश सर, आपकी वजह से मैं बिहारी होने में गर्व महसूस कर रहा हूँ।' पुणे, बंगलुरु, हैदराबाद, कोलकाता, नोएडा जैसे आर्थिक केंद्रों में बसे बिहारी भी शब्दों के हेरफेर से कुछ ऐसा ही कह रहे हैं। दूसरी तरफ, नीतीश कुमार के पुरस्कृत होने पर विपक्ष की राय बिल्कुल भिन्न है। वर्त्तमान राजनीतिक परिदृश्य में एक-दूसरे को खारिज करने की परिपाटी चल पड़ी है।

[11 जनवरी, 2010]

□

दरबार में सच का सामना

नियम हो या योजनाएँ, इनकी रचना आदर्श स्थिति को ध्यान में रखकर की जाती है। खुद भारतीय संविधान इसकी बुनियाद पर खड़ा है, लेकिन हकीकत यह है कि लोग स्वार्थसिद्धि के लिए नियम-कानून और योजनाओं के मकसद तक को बायपास करने का रास्ता खोज लेते हैं। कहा जाने लगा है कि नियम तो टूटने के लिए ही बनते हैं। यह धारणा कानून के राज को मजाक बनाती है। इसके चलते एक तरफ जरूरतमंद लोगों को कल्याणकारी योजनाओं का लाभ नहीं मिलता, तो दूसरी तरफ अकूत संपदा कुछ हाथों में सिमटती है। पिछले साल माप-तौल निरीक्षण करनेवाला ऐसा अधिकारी पकड़ा गया, जिसने नियमों का दुरुपयोग (भयादोहन) कर सेवा-अवधि के कुछ ही सालों में करोड़ रुपए तक की कमाई कर ली। चार साल में रिश्वत लेते जितने लोग (लगभग 300) पकड़े गए हैं, सब की काली कमाई का जरिया किसी-न-किसी नियम को तोड़ना या उसकी अनदेखी करना ही तो रहा था। इस पर लगाम कसना कठिन है।

मुख्यमंत्री नीतीश कुमार ने जिस गंभीरता के साथ जनता दरबार की परिपाटी को नए तेवर के साथ शुरू किया है, उससे शासन के विभिन्न स्तरों पर नियम तोड़ने, फैसले का पालन न करने या उसकी भावना को मसलने के देखद उदाहरण हर हफ्ते सामने आते हैं। सोमवार को मुंगेर से पहुँची एक महिला की शिकायत से पता चला कि लाइब्रेरियन पद पर नियुक्ति का फैसला तो हुआ, लेकिन नियुक्ति प्रक्रिया अब तक आरंभ नहीं की गई। सिवान से आए एक व्यक्ति ने शिकायत की कि उसके इलाके में मध्याह्न भोजन के लिए कई स्कूलों के शिक्षकों ने जाली रजिस्टर बना लिए हैं। शिक्षक ऐसा कर सकते हैं, यह तो सोचा नहीं गया था, लेकिन वहाँ कई शिक्षकों ने ऐसा सामूहिक आचरण किया, जो एक शर्मनाक सच है। खगड़िया से आए फरयादियों ने बताया कि उनके जिले में माध्यमिक शिक्षकों की नियुक्ति में धाँधली हुई। निगरानी और अपीलीय प्राधिकार की जाँच में यह

बात सामने आई। आरोप है कि जिला परिषद् अध्यक्ष ही नई नियुक्ति के लिए एक लाख रुपए की रिश्वत माँग रहे हैं। कोई अध्यक्ष ऐसा करेगा, इसकी भी प्रत्याशा नहीं की गई होगी। इन मामलों के जाहिर होने से जनता दरबार वास्तव में सरकार के लिए 'सच का सामना' जैसा मंच बन गया है। मुख्यमंत्री ने न केवल धैर्य बनाए रखा है, बल्कि इसे फीडबैक लेने के अवसर में बदल लिया है। इन अनुभवों को ऐसे कानून में ढालना चाहिए, जिससे कार्यपालिका और चुस्त हो सके।

[12 जनवरी, 2010]

□

दबंगई रफ्तार की!

अकसर हम यह संदेश सुनते हैं या कहीं लिखा हुआ पाते हैं कि समय बहुमूल्य है, किंतु जीवन तो अमूल्य है। नियंत्रण व संयम दुर्घटना को दूर रखते हैं। यह बताने-लिखने की जरूरत इसलिए पड़ती है कि समय बचाने की दलील के साथ लोग सुरक्षित गति सीमा का खुला उल्लंघन करते हैं और जिंदगी को जोखिम में डालते हैं। यह दुर्घटना के कारणों में सिर्फ एक कमजोर कारक है। दरअसल, जानलेवा गति की वजहें कई हैं। इनमें सर्वाधिक प्रचलित और खतरनाक वजह है रफ्तार की दबंगई। हालाँकि वह जमाना तीन साल पहले ही बीता है, जब कुछ लोग गाड़ियों की खिड़की से बंदूक की नाल बाहर निकालकर सफर करते थे, लेकिन बिना शस्त्र के भी रुतबा दिखाया जा सकता है। हाई पिकअप वाली महँगी-से-महँगी बाइक और गाड़ियाँ केवल यथाशीघ्र गंतव्य तक पहुँचने के लिए नहीं खरीदी जा रही हैं। इसके पीछे सामाजिक हैसियत और हनक दिखाने की मंशा भी होती है। कुछ वाहनों के मॉडल देखकर बताया जा सकता है कि इनकी चाल कितनी शालीन या आक्रामक होगी और इसका मालिक कैसा होगा।

कुछ गाड़ियाँ ऐसे चलायी जाती हैं कि वे अपनी गति, पास लेने के तरीके, कर्कश हॉर्न या सार्वजनिक स्थलों पर पार्क करने की स्टाइल तक से बता देंगी कि सड़क पर चलनेवाले दूसरे प्राणियों, वाहनों और यातायात के नियमों के प्रति उनका नजरिया क्या है। ऐसे चालक किसी हितोपदेश या नीति-वचन का पालन नहीं करते, बल्कि नियम-पालन उन्हें अपमानजनक लगता है। यह प्रवृत्ति हादसों का दर्दनाक आँकड़ा किसी-न-किसी के खून से लिखती है। ऐसी सबसे अधिक मौतें भारत में ही होती हैं। बिहार पुलिस ने दुर्घटनाएँ रोकने के लिए कई उपाय किए हैं। सड़क सुरक्षा सप्ताह मनाया जाना इसी का हिस्सा है। बुधवार को यातायात पुलिस की तरफ से राजधानी में सात प्रमुख स्थानों पर सड़क सुरक्षा

संबंधी होर्डिंग लगाए गए। सप्ताह के चौथे दिन कई कार्यक्रमों का आयोजन किया गया। इनमें मानव श्रृंखला निर्माण, जागरूकता मार्च, मोटरसाइकिल रैली, चित्रांकन प्रतियोगिता, नुक्कड़ नाटक, लीफलेट वितरण जैसे कार्यक्रम शामिल किए गए। थोड़े बदलाव और कुछ परिवर्द्धन के साथ ऐसा हर साल होने लगा है। दूसरी तरफ डी.जी.पी. आनंद शंकर मानते हैं कि केवल सावधानियों और नियमों के प्रचार-प्रसार से काम नहीं चलेगा। उन्होंने ड्राइविंग लाइसेंस जारी करने के नियम को कठोर बनाए जाने पर बल दिया। अनुभवहीन ड्राइवरों की वजह से अधिक हादसे होते हैं। ड्राइविंग सीखने से लेकर लाइसेंस लेने तक की प्रक्रिया में भी कई सुराख हैं, इसलिए अब भी सपना है महफूज सड़क।

[22 जनवरी, 2010]

□

उग्रवाद, कानून-व्यवस्था, पुलिस-प्रशासन और नक्सलवाद

स्मार्ट पुलिस की जरूरत

न बंदूक काम आई, न आयोग

बिहार और झारखंड के कई इलाके उग्रवाद की आग में वर्षों से जल रहे हैं। यह आग फैलती ही जा रही है। सिर्फ इसी महीने में दस दिनों के भीतर दोनों राज्यों में छह हिंसात्मक घटनाएँ हो चुकी हैं। इनमें 19 लोगों की जान गई। आठ नक्सली भी मारे गए। रोहतास जिले की केमूर पहाड़ी में प्रतिबंधित भाकपा (माओवादी) के उग्रवादियों ने बुधवार की रात अपने ही दल के भगोड़ा छह सहयोगियों को गोली मार दी। मारे गए लोग माओवादियों से अलग हुए नवगठित आर.सी.सी संगठन से जुड़े बताए गए हैं। मृतकों में चार झारखंड और दो गया के रहनेवाले थे। घटना से तीन दिन पहले डेढ़ सौ की संख्या में उग्रवादियों के दस्ते ने झारखंड के गढ़वा जिले की सीमा से होते सोन नदी को पार कर बिहार में प्रवेश किया था। इसकी भनक मिलने पर हरकत में आई पुलिस किसी को पकड़ नहीं पाई। एस.पी. के अनुसार उग्रवादी फिर से सोन नदी पारकर झारखंड चले गए। यह दुखद है कि नक्सल प्रभावित राज्यों में इस तरह की हिंसक वारदात से निबटने के लिए केंद्र की पहल से अंतर्राज्यीय पुलिस ने समन्वय का जो तंत्र विकसित किया है, उसकी तत्परता ऐसे मौके पर परिणामपरक नहीं जान पड़ती। 8 अप्रैल को झारखंड के गुमला जिले के पालकोट थानान्तर्गत सेमरा भण्डार टोली में प्रतिबंधित उग्रवादी संगठन एम.सी.सी.आई. के लगभग एक सौ उग्रवादियों ने शांतिसेना प्रभुख भादो सिंह सहित नौ लोगों को गोलियों से भून डाला। इसके बाद शवों को बरबरतापूर्वक वहीं जला दिया। तीन महिलाएँ और एक बच्ची भी इस काररवाई की शिकार हुई। भादो सिंह और उनके साथी सदस्यों ने भी जवाब में फायरिंग की तो दो उग्रवादी घायल हुए। जब शांतिसेना प्रमुख और उनके सदस्यों की गोलियाँ समाप्त हो गई, तब उग्रवादियों ने सभी को भून डाला। हजारीबाग में

चार लोगों की गला रेतकर हत्या कर दी गई। गढ़वा में एक जगह पुलिस भारी पड़ी। आठ नक्सलियों को मार गिराया गया।

इन घटनाओं में लोग मारे जा रहे हैं और अब तो लगता है कि राज्य सरकारें इससे निष्प्रभावी (एम्यून) हो चली हैं। हालात को केंद्र या उग्रवाद उन्मूलन की दूरगामी योजनाओं के भरोसे छोड़ दिया गया है। पुलिस के पास साधन और आक्रामक तेवर, दोनों की कमी है। राज्यों की सीमा के आर-पार तालमेल बढ़ने के बजाए रवैया इधर की बला उधर टालनेवाली मानसिकतावाला है। पुलिस में गुटबाजी जैसी कई समस्याएँ हैं, जो समय-समय पर डी.जी.पी. स्तर से मुखरित होती हैं। नक्सलियों से निबटने में शांतिसैनिकों के पास या तो गोलियाँ कम पड़ जाती हैं या हर गोली चलाने से पहले पुलिस को यह सोचना पड़ता है कि वह मानवाधिकार संगठनों को क्या हिसाब देगी। इस तरह नक्सल समस्या न बंदूक से हल हो रही है, न भूमि-सुधार आयोग तथा भूमि-सुधार विभाग के मंथर प्रयास समस्या की जड़ ही काट पा रहे हैं। शायद इस मुकाम पर राज्यों के राजनीतिक नेतृत्व को कुछ करना चाहिए। जब कश्मीर के पृथकतावादी संगठनों और असम के उग्रवादियों से बात हो सकती है, तो क्या नक्सली गुटों को भी बातचीत के लिए राजी नहीं किया जा सकता?

[10 अप्रैल, 2008]

□

वसूली का बढ़ता नासूर

पिछले महीने बरबीघा (शेखपुरा) में नगर पंचायत के ठेकेदारों की ओर से होनेवाली अवैध और भयावह वसूली के खिलाफ एक नुक्कड़ सभा हुई थी, जिसमें पूर्व नगर पंचायत-अध्यक्ष शिवकुमार ने एलान किया था कि बरबीघा को आततायियों के हवाले नहीं होने दूँगा, चाहे मेरी जान भी क्यों न चली जाए। इसका आयोजन सर्वदलीय मंच के तत्वावधान में हुआ था। वह सभा वैसे तो लोकतांत्रिक परिवेश में एक सामान्य बात थी, लेकिन बड़े संदर्भ से जोड़कर देखें, तो उसने निरंतर गहराते वसूली के जख्म को सरेआम दिखाने की कोशिश की थी। हालत है कि इस पीड़ा से बचना दिन-ब-दिन मुश्किल होता जा रहा है। कहाँ-कहाँ और किस-किस नाम पर वसूली हो रही है, इसकी लंबी सूची है। शायद लंबी होकर भी वसूली के नाम और क्षेत्र की सूची सर्वथा अधूरी रहेगी; क्योंकि इसमें नित नए नाम-पते दर्ज हो रहे हैं। वसूली के नए क्षेत्र खोज लेने की प्रतिभा की दाद देने (या उसे शर्मसार करने) के लिए ही कभी 'लहर गिनकर कमाई कर लेने' का मुहावरा प्रचलित करनेवाली लघुकथा लिखी गई होगी। अब तो इस मसले पर कई उपन्यास या धारावाहिक लिखे जा सकते हैं। नए उदाहरणों की कमी नहीं है। चैनपूर (केमूर) में राज्य सरकार के निर्देश पर दुकानों एवं घरों में बिजली मीटर लगाने का कार्य जोर-शोर से चला। मीटर लगने से लोग खुश हुए, लेकिन उनकी खुशी तुरंत निराशा में बदली, जब बिजली मीटर लगाते समय बिजलीकर्मियों ने प्रति मीटर पचास रुपए वसूली शुरू कर दी। बिहारशरीफ के कुछ सरकारी विद्यालयों में नामांकन के नाम पर छात्राओं से वसूली की गई। वहाँ के एसएस गर्ल्स हाई स्कूल का मामला सुर्खियों में आया। इस विद्यालय पर नवम् की छात्राओं से नामांकन के नाम पर 255 व 305 रुपए प्रति छात्रा की दर से वसूली का आरोप लगा। इनको मात्र 87 रुपए की रसीद मिली। इसके बारे में जब विद्यालय की प्राचार्या से पूछा गया, तो उन्होंने अनभिज्ञता प्रकट की। नवादा

में फल एवं सब्जी व्यवसायियों ने निर्धारित दर से ज्यादा चुंगी वसूली के आरोप ठेकेदार पर लगाए। ठेकेदारों की दबंगता के कारण जबान खोलने की हिम्मत नहीं जुटा पा रहे दुकानदारों ने अपनी पीड़ा का इजहार मीडियाकर्मियों को गुमनाम पत्र भेजकर किया।

औरंगाबाद के जम्होर मिश्रीलाल लक्ष्मीनारायण बालिका विद्यालय में तो वसूली ने राज्य सरकार की महत्त्वाकांक्षी मुख्यमंत्री साइकिल योजना को ही पंक्चर करने का इंतजाम कर दिया। आरोप है कि साइकिल दिलवाने की औपचारिकताएँ पूरी करने के एवज में छात्राओं से दो-दो सौ रुपए लिए गए हैं। विद्यालय की डेढ़ सौ से अधिक छात्राओं ने दो-दो सौ रुपए जमा किए, लेकिन साइकिल सिर्फ सोलह छात्राओं को मिली। मासूम छात्राओं ने बताया कि सर ने साइकिल के लिए दो-दो सौ रुपए लिए, जबकि मात्र पच्चीस रुपए देकर छात्राओं के खाते खुलवाये गए हैं। बैंक प्रबंधक ने इसकी पुष्टि की है, लेकिन प्रधानाध्यक वसूली के आरोप से इनकार करते हैं। अब, जब अनुचित कमाई की लिप्सा इस कदर बढ़ गई है, तब वसूली के खिलाफ कड़े कदम अपरिहार्य होने लगे हैं।

[3 मई, 2008]

□

स्मार्ट पुलिस की जरूरत

पिछले दिनों पटना उच्च न्यायालय में दायर एक लोकहित याचिका में शिकायत की गई थी कि पुलिस की नौकरी में आए लोग अपेक्षा के अनुरूप काम करने के बजाए बैठकर रोटी तोड़ रहे हैं और प्रत्येक महीने तनख्वाह उठा लेते हैं। बड़े-बड़े पुलिस अधिकारी भी इन्हें हाथ नहीं लगाते। न्यायालय की दो सदस्यीय खंडपीठ ने इस मामले की सुनवाई के दौरान अप्रैल में राज्य सरकार की ओर से यह जानकारी दी कि बिहार राज्य पुलिस मेंस एसोशिएशन के कार्यकलाप की देखरेख के लिए 17 अप्रैल को एक उच्च स्तरीय कमेटी गठित की गई है। यह कमेटी सारे पहलू पर विस्तार से अध्ययन करेगी। अधिकारियों की कमेटी चार सप्ताह में रिपोर्ट पेश करेगी। उसके बाद उचित काररवाई की जाएगी। लोकहित याचिका में कहा गया है कि पुलिसमेंस के प्रतिनिधि राज्य भर में फैले हुए हैं। इन्हें कहीं स्थानांतरित भी नहीं किया जाता। ये खाकी वर्दी तक नहीं धारण करते, जबकि पुलिस में आने का मतलब ही अनुशासित होना है। पुलिसवालों की यह ढीली-ढाली छवि वर्दी तक ही सीमित नहीं है। उनकी सेहत, खासकर मोटापे को लेकर भी उंगलियाँ उठती हैं। छवि बदलने के लिए प्रयत्नशील राजधानी में पुलिस को भी स्मार्ट लुक देने की जरूरत महसूस की गई है। हाल में पटना जिले के पुलिस कर्मियों को चुस्त-दुरुस्त रखने की कवायद में जुटे पुलिस कप्तान अमित कुमार के निर्देश पर पुलिस अस्पताल में स्वास्थ्य जागरूकता शिविर का आयोजन किया गया था। स्वास्थ्य-शिविर में आए 140 पुलिसकर्मियों में से 24 उच्च रक्तचाप व 27 मधुमेह के रोगी मिले। यानी पुलिस की शारीरिक सेहत अच्छी नहीं पाई गई। पुलिस बल के नैतिक स्वास्थ्य की चर्चा के निष्कर्ष तो और भी नकारात्मक मिलते हैं। इसके चलते कई तरह के अपराध अनायास ही घटित हो जाते हैं। अपराधियों के खिलाफ सबूत जुटाने में लापरवाही या उपलब्ध साक्ष्य को संबंधित अदालत में नियत समय पर प्रस्तुत न कर पाना पुलिसकर्मियों के ऐसे

अपराध हैं, जिनको पुलिस-प्रशासन में गंभीरता से नहीं लिया जाता। परिणाम यह होता है कि अपराधी कानून के शिकंजे में आकर भी छूट जाते हैं। इसके उदाहरण आए दिन मिलते हैं। इसकी प्रतिक्रिया यह होती है कि अक्सर वारदात के मौके पर ही उग्र लोग कानून को हाथ में लेने लगते हैं। प्रदेश में पिछले साल भर में ऐसी घटनाएँ बढ़ी हैं। इसे हम पुलिस और कानून के तंत्र की विफलता का एक पैमाना मान सकते हैं। पुलिस बदमाशों के सामने हताश और लाचार दिख रही है।

इस तरह जन अपेक्षाओं पर खरी होने में फिसलती पुलिस को कसने के लिए खुद मुख्यमंत्री नीतीश कुमार ने गुरुवार को पहल की। उन्होंने अपराधियों के खिलाफ मुहिम और तेज करने की हिदायत दी। स्पीडी ट्रायल से अपराधियों में डर पैदा हुआ है। इसकी गति और बढ़ायी जाएगी, लेकिन प्रदेश को शारीरिक, प्रशासनिक और नैतिक रूप से स्मार्ट पुलिस देने के लिए काफी पसीना बहाना पड़ेगा।

[23 मई, 2008]

□

शहादत पर रिश्वत भारी

'पुलिस' शब्द से अब किसी सख्त और न्यायप्रिय वर्दीधारी की तसवीर जेहन में नहीं उभरती, बल्कि एक ऐसी आकृति बनती है, जिसकी बेडौल काया पर एक गंदी-सी वर्दी डाल दी गई हो और जिसके थके हुए मन में कर्त्तव्यपालन का जज्बा दिन-ब-दिन ठंडा हो रहा हो। ऐसे में पुलिस की गिरफ्त से कैदियो का भाग जाना शरारती बच्चों के खेल-जैसा हो गया है। प्रदेश में लगभग हर दूसरे महीने पुलिस को चकमा देकर कैदी के फरार होने की घटनाएँ सामने आती हैं। 3 मार्च को आरा के सदर अस्पताल परिसर में एक बालबंदी पुलिस को चकमा देकर भाग निकला। बड़हरा थाना क्षेत्र के फूहां गाँव के उस कैदी का नाम गब्बर सिंह (उर्फ दीपक सिंह) था। उसे अपहरण से संबंधित मामले में गिरफ्तार कर रिमांड होम भेजा गया था। इससे पहले भी कई बाल बंदी पुलिस गिरफ्त से फरार हो चुके हैं। यह इतना आसान हो गया है कि सोमवार को राजधानी के पीरबहोर थानाक्षेत्र में स्थित सिविल कोर्ट परिसर में जब अभियंता सत्येंद्र दुबे हत्याकांड का मुख्य अभियुक्त और दुर्नाम शूटर उदय कुमार चौधरी पुलिस अभिरक्षा से दोबारा भाग निकला, तब आश्चर्य कम, क्षोभ ज्यादा हुआ। उदय चौधरी एवं पिंटू, इन दो खतरनाक अभियुक्तों को एक सिपाही के भरोसे रस्सा-हथकड़ी में बाँधकर पेशी के लिए कोर्ट भेजा गया था। हथकड़ी टाइट होने के बहाने उदय ने सिपाही को कुछ रुपए देकर हथकड़ी ढीली करवाई थी और पैसे के बल पर हथकड़ी इतनी ढीली कर दी गई थी कि उसे सरका कर वह भाग गया। प्रथमद्रष्ट्या उदय चौधरी की फरारी के लिए सिर्फ एक रिश्वतखोर सिपाही दोषी मालूम पड़ता है, लेकिन सवाल यह भी उठता है कि एक सनसनीखेज हत्याकांड के अभियुक्त को इतनी कमजोर सुरक्षा व्यवस्था में पेशी पर भेजने का फैसला किस स्तर से हुआ? हथकड़ी ढीली करनेवाला सिपाही तो नजर के सामने है, लेकिन खतरनाक बंदी की पेशी के दौरान सुरक्षा के कड़े मानक को ढीले करनेवाला कौन था? इसका

पता लगाकर उसके खिलाफ कड़ी काररवाई सुनिश्चित किया जाना ज्यादा जरूरी है।

पाँच साल पहले भारतीय राष्ट्रीय राजमार्ग प्राधिकार के ईमानदार अभियंता सत्येंद्र दुबे की हत्या कोई साधारण घटना नहीं थी। दुबे ने निर्माण योजना से जुड़ी कई गंभीर अनियमितताओं की ओर ध्यान दिलाने के प्रधानमंत्री कार्यालय को पत्र लिखा था। उसमें उन्होंने अपनी जान पर खतरे का अंदेशा भी प्रकट किया था। तीन अपराधियों ने नवंबर 2003 में गया रेलवे स्टेशन से घर जाने के दौरान गोली मारकर उनकी हत्या कर दी और एक डरावना अंदेशा सच हो गया। भारतीय राष्ट्रीय राजमार्ग के इस अभियंता की हत्या से बिहार में सड़क निर्माण क्षेत्र को बड़ा झटका लगा था। सी.बी.आई. को बड़ी मुश्किल से इस हत्याकांड में शामिल उदय चौधरी, मंटू एवं पिंटू को गिरफ्तार करने में सफलता मिली थी। पुलिस तंत्र में व्याप्त रिश्वतखोरी ने सी.बी.आई. की पूरी मेहनत पर तो पानी फेरा ही, एक ईमानदार अभियंता की शहादत को भी शोकगीत में बदल दिया। इसका प्रायश्चित पुलिस को ही करना होगा।

[24 जून, 2008]

□

सामूहिक मौत पर ठंडे कर्मकांड

प्रदेश में 'गुड गवर्नेंस' की राजधानी से सिर्फ सोलह किलोमीटर दूर फुलवारीशरीफ थाना क्षेत्र के मुहम्मदपुर गाँव में कहर बरपा। 33 साल बाद यह इलाका सूरज निकलने से पहले पाँच गरीब लोगों की नृशंस हत्याओं से सिहर उठा। अपराधियों ने पहले तो एक ही परिवार के दो लोगों की हत्या की, फिर लौटते समय रास्ते में मिले दो और को रॉड से हमला कर मार डाला। उनके जानलेवा हमले से घायल एक मासूम ने अस्पताल में दम तोड़ा। आषाढ़ की शुक्लपक्षी रात गाँव के लिए अमावस की रात साबित हुई। उस भयावह काल को चार साल के शशिकांत ने बिछौने में छिपकर देखा। संयोगवश, वह हत्यारों की वहशी निगाहों से बच गया, जीवित दुनिया को अपनी तोतली बोली में यह बताने के लिए कि वह रात कितनी काली और रक्तरंजित थी। ननिहाल तो हर गम से बेगाने बचपन के लिए खुशियाँ मनाने का नैसर्गिक आँगन होता है, लेकिन शशिकांत ने यहाँ आँखों के सामने मौत देखी। जहाँ उसके नाना-नानी निर्ममतापूर्वक मारे गए, वहाँ दिन का उजाला जैसे-जैसे बढ़ा, वैसे-वैसे जगह-जगह बिखरे खून के धब्बे सुर्ख रंगों में दिखने लगे। कमरे की दीवारों पर चुपचाप लटके थे कई देवी-देवताओं के कैलेंडर–जीवन से थके और मौत से हारे इंसानों की निष्फल आस्था की बेजबान गवाही देते हुए।

इधर राजधानी के जिम्मेदार अफसरों के लिए संडे बर्बाद हो रहा था, उधर गाँव में दिन चढ़ने के साथ माहौल की संजीदगी कभी आँसुओं में ढल रही थी, तो कभी गुस्से में। प्रशासन और राजनीति अपने-अपने रोल में थी। राजद के नेताओं ने मौके पर पहुँचकर विपक्ष धर्म का पालन किया और सरकार के मंत्रियों ने सत्ता धर्म का। विपक्षी प्रशासन पर बरसे और भावुक मंत्री की आँखें निर्झर बनीं। आम ग्रामीणों को कुछ समझ में न आया तो सदर एस.डी.ओ. की जिप्सी ही पलट दी। घटना से पुलिस सन्न रह गई है, इसलिए वह घटना पर पूरी तरह मौन है।

अपराधियों ने जिस परिवार को निशाना बनाया, उसकी किसी से कोई दुश्मनी नहीं थी। भोला सिंह की आर्थिक स्थिति बेहद दयनीय थी। वह दो जून की रोटी के लिए भी अपने दामाद पर निर्भर था। जो लोग रास्ते में मारे गए, वे दूध बेचकर गुजारा करते थे। अपराधियों ने वारदात में धारदार हथियार का प्रयोग किया है, जिससे किसी आपराधिक गिरोह पर सीधे शक नहीं जाता। मुख्यमंत्री नीतीश कुमार ने फुलवारीशरीफ हत्याकांड की जाँच के लिए डी.जी.पी. को स्पेशल टीम गठित करने का निर्देश दिया और कहा कि मृतक के परिजनों को उचित मुआवजा देगी। यह सब ऐसे दुखद अवसरों के उस रुटीन कर्मकांड की तरह होता है, जैसा हम श्मशान में चिता की लकड़ी बेचनेवाले से लेकर महापात्र के दक्षिणा वसूलने तक देखते रहे हैं। सरकार के लिए सुकून की बात सिर्फ इतनी है कि मारे गए लोग दो भिन्न जातियों के थे, इसलिए मामले को जातीय हिंसा का रंग देने की मंशा रखनेवाले निराश होंगे। बड़ी चिंता तो यह है कि पुलिसिंग के किन उपायों से हम ऐसे मंजर को फिर लौटने से रोक सकते हैं और शशिकांत के बड़े होने पर हम उसे क्या सफाई दे पाएंगे ?

[8 जुलाई, 2008]

□

क्या आतंकवाद निरपेक्ष है बिहार ?

जुलाई 2008 के आखिरी पाँच दिन देश के लिए दहशत भरे थे। इस दौरान तीन बड़े शहरों (बंगलुरु, अहमदाबाद, सूरत) में 55 घातक बम रखे गए, जिनमें से 30 फटे और 53 लोगों की जान ली गई। ताबड़तोड़ 18 धमाकों से अहमदाबाद तो खून और आँसुओं से लथपथ हो गया। 35 बेगुनाह मारे गए। उसके बाद हीरों के शहर सूरत को तबाह करने का मंसूबा था, लेकिन 18 कारगर बम बरामद कर बड़ा हादसा टाल दिया गया। इन घटनाओं से अपना प्रदेश सौभाग्यवश अछूता रहा, लेकिन हम हालात को सौभाग्य के हवाले नहीं छोड़ सकते—खासकर तब, जब यह प्रदेश भौगोलिक रूप से बंग्लादेश, और नेपाल का सीमावर्ती राज्य है। गुजरात के विस्फोटों में शामिल होने के मामले में दो संदिग्ध व्यक्तियों को दिल्ली पुलिस के एक दल ने शुक्रवार को सिलीगुड़ी के पास भक्तिनगर इलाके से गिरफ्तार किया। इनमें से एक को बांग्लादेशी बताया जा रहा है। सीमा सुरक्षा बल तथा गृह मंत्रालय के आँकड़े बताते हैं कि आतंकवाद और उग्रवाद के खिलाफ संघर्ष में इन पड़ोसी देशों का रिकॉर्ड अच्छा नहीं है। इस हकीकत के बावजूद प्रदेश आतंकवादी घटनाएँ रोकने के प्रति ज्यादा गंभीर नहीं मालूम पड़ता। प्रशासनिक औपचारिकता की तरह बिहार में भी 'रेड एलर्ट' जारी किया गया है। पटना में चौकसी का असर कहीं-कहीं दिखा है। यहाँ से खुलनेवाली महत्त्वपूर्ण ट्रेनें सुरक्षा जाँच के बाद ही रवाना की जा रही हैं, लेकिन इतना ही काफी नहीं है। प्रदेश के डाक मुख्यालय (जी.पी.ओ.) में शुक्रवार को मुजफ्फरपुर से लौटे लावारिस पार्सल में संदिग्ध विस्फोटक सामग्री मिलने पर हड़कंप मच गया। पार्सल में कील के साथ पाँच छोटे-छोटे प्लास्टिक के पैकटों में सफेद रंग का पाउडर पाया गया। पार्सल पर भेजनेवाले व्यक्ति का पता काट दिया गया था। ऐसा बिना किसी डाककर्मी की मिलीभगत के नहीं हुआ होगा। पार्सल में विस्फोटक मिलना यह बताने के लिए काफी है कि शरारती तत्त्व बिहार में भी सक्रिय हैं।

ऐसे ज्वलनशील परिदृश्य में 28 जुलाई को मुख्यमंत्री नीतीश कुमार ने आतंकवाद के मुद्दे पर अपना रुख साफ किया और कहा कि इससे निबटने के लिए किसी कड़े कानून की जरूरत नहीं है। धैर्य और सांप्रदायिक सौहार्द बनाए रखकर इसे परास्त किया जा सकता है। उनके इस नजरिए पर राजनीतिक बहस हो सकती है, लेकिन राज्य सरकार के पास आतंकवाद से बचाव का कोई रोडमैप तो होना ही चाहिए। नक्सली उग्रवाद और आतंकवाद के खिलाफ फेडरल पुलिस बनाने के प्रधानमंत्री मनमोहन सिंह के सुझाव पर भी बिहार ने कोई सकारात्मक प्रतिक्रिया नहीं प्रकट की है। लगता है कि राजनीतिक और प्रशासनिक, दोनों स्तरों पर प्रदेश को आतंकवाद निरपेक्ष (मुक्त) मान लिया गया है। कानून-व्यवस्था का मामला पूरी तरह राज्यों के जिम्मे होने के कारण आनेवाली व्यावहारिक कठिनाई को देखते हुए फेडरल पुलिस का सुझाव सीधे शिखर से आया है। इस पर गौर किया जाना चाहिए। जब देश परोक्ष युद्ध (आतंकवाद) से जूझ रहा है, तब क्या किसी प्रदेश को अपने प्रशासनिक अधिकारों की रक्षा के लिए इतना कड़ा रुख बनाए रखना चाहिए? देश बचेगा, तभी बचे रहेंगे प्रदेश और उनके अधिकार भी।

[2 अगस्त, 2008]

□

कैसे स्मार्ट होगी पुलिस ?

प्रदेश में अपराध, नक्सली उग्रवाद और लगातार बढ़ते आतंकवादी खतरों के परिप्रेक्ष्य में राज्य सरकार पुलिस भर्ती के तमाम बैकलॉग दूर कर दस हजार नियुक्तियाँ करने जा रही है। मुख्यमंत्री नीतीश कुमार ने एक बार फिर यह बात कही है। वे पुलिस के जवानों को पूर्ण प्रशिक्षण देकर और अत्याधुनिक हथियारों से लैस कर उन्हें नई चुनौतियों से निबटने के लिए स्मार्ट बनाने के इच्छुक हैं। उनकी स्पष्ट मान्यता है कि थाने से ही किसी प्रदेश की पुलिस छवि बनती अथवा बिगड़ती है। इसी सोच के तहत उन्होंने तमाम जिलों के आरक्षी अधीक्षकों को निर्देश दिया है कि वे अपने जिले में कम-से-कम एक मॉडल थाना स्थापित करें। इसके लिए वे उनका औचक निरीक्षण करें तथा कभी-कभी वहाँ रात भी गुजारें ताकि थानों के क्रिया-कलापों में सुधार आए। एस.पी. अगर सी.एम. के इस निर्देश का पालन करें, तो थानों की स्थिति अवश्य बेहतर होगी। पुलिस की कार्यशैली में सुधार की मुख्यमंत्री की यह तड़प स्वाभाविक है। वे चाहते हैं कि पुलिस अपना स्वरूप ऐसा बनाए, जिससे अपराधी तो अपराध करने से डरने लगें, लेकिन आम जनता पुलिस के करीब आने से कतई न डरे। अपराध के मामले में चार्जशीट करने तक ही पुलिस खुद को सीमित न रखे, बल्कि ट्रायल में मदद तथा गवाहों को सुरक्षा देकर घटना को निर्णायक परिणति तक पहुँचाए। सरकार की यह सोच स्वागत योग्य है, मगर यह सब कैसे होगा—यह बड़ा प्रश्न है।

बेशक, इसके लिए गहन प्रशिक्षण की जरूरत है। बिहार बँटवारे के बाद सूबे का एकमात्र पुलिस प्रशिक्षण संस्थान झारखंड में चला गया। अब सरकार के पास कायदे का पुलिस प्रशिक्षण संस्थान तक नहीं है। साधनों की कमी झेल रहे नाथनगर (भागलपुर) सी.टी.एस. में जवानों को प्रशिक्षण दिया जा रहा है। उसी परिसर में शुक्रवार को मुख्यमंत्री ने एलान किया कि आवश्यकता पड़ी तो और भी प्रशिक्षण केंद्र खोले जाएंगे। सी.टी.एस. को विस्तार के लिए जमीन, ढाँचा, भवन,

आवश्यक सामग्री आदि के लिए धन की कमी नहीं होने दी जाएगी। प्रतिवर्ष राज्य में एक साथ पाँच हजार सिपाहियों का प्रशिक्षण होना चाहिए, मगर बात यहीं पूरी नहीं होती। जवानों को एस.एल.आर. और अन्य हथियारों के उपयोग का गहन प्रशिक्षण देने के साथ ही उनमें यह जजबा भरना भी जरूरी है कि वे सिर्फ एक नौकरी नहीं, बल्कि प्रदेश की उल्लेखनीय सेवा करनेवाले लोग हैं। इस जजबे के बिना न पुलिस स्मार्ट हो पाएगी, न वह आधुनिकतम हथियारों से लैस शातिर अपराधियों से टक्कर ही ले सकेगी।

[20 सितंबर, 2008]

□

खुफियागिरी, जरा देर से

हिंसा के बल पर व्यवस्था और सत्ता बदलने के माओवादी दर्शन से अभिभूत लोगों का संगठित समुदाय बिहार में काफी खून बहा चुका है। सामान्य तौर पर उन्हें नक्सलवादी कहा जाता है। उनका नेटवर्क झारखंड सहित कई पड़ोसी राज्यों में इतना सघन है कि वे जब और जहाँ चाहें, कोई हमला कर डालते हैं। पिछले छह माह के दौरान वे राज्य में कम-से-कम पाँच बड़ी वारदात कर चुके हैं। विगत 13 अप्रैल को ऐसे सैकड़ों हथियारबंद नक्सलियों ने झाझा रेलवे स्टेशन पर हमला किया, जिससे जी.आर.पी. के तीन व सैप के दो जवान शहीद हो गए थे। उस दिन आर.पी.एफ. से एक रायफल व 25 कारतूस सहित जी.आर.पी. के सभी हथियार लूट लिए गए थे। इतनी बड़ी वारदात की भनक सुरक्षा एजेंसियों को नहीं लग पाई। इसके लगभग महीने भर बाद 10 मई को भाकपा माओवादी के दर्जनों हथियारबंद लोगों ने देर रात औरंगाबाद के भैरोपुर स्थित ए.के. बिल्डर ट्रांसपोर्टर के कैंप पर हमला कर माटर ग्रेडर, जे.सी.बी. मशीन आदि फूँक दी। इसके दो महीने बाद जमुई में वारदात हुई। लक्ष्मीपुर थाने पर धावा बोला गया। पुलिस ने जवाबी कर्रवाई की। अगस्त में कोई बड़ी वारदात नहीं हुई, लेकिन इस महीने फिर नक्सलियों ने आक्रामकता दिखाई। हाजीपुर के घोसवर गाँव में 12 सितंबर की रात हमला हुआ। ताबड़तोड़ फायरिंग कर दो भाइयों की हत्या कर दी गई। कारण भूमि विवाद बताया जा रहा है। इन सारे मामलों में खुफिया तंत्र विफल रहा। 24 सितंबर को रोहतास जिले की केमूर पहाड़ी पर उग्रवादियों का सशस्त्र दस्ता जब संगठन का स्थापना दिवस मनाने की तैयारी को लेकर बैठक कर रहा था, तब इसकी जानकारी प्रशासन को पहले ही मिल चुकी थी। फलस्वरूप पुलिस वहाँ आक्रामक रही। चार घंटे की गोलाबारी के बाद उग्रवादियों को पीछे हटना पड़ा। यह दबाव .कारगर खुफियागिरी की वजह से संभव हुआ।

राज्य सरकार ने देर से ही सही, नक्सल विरोधी अभियान तेज करने के लिए खुफिया तंत्र को मजबूत करने का फैसला किया है। स्पेशल टास्क फोर्स (एस.टी.एफ.) की दस नई इकाइयाँ गठित करने के बाद 23 सितंबर को जो निर्णय किया गया, उसके मुताबिक खुफियागिरी को कारगर बनाने के लिए डी.एस.पी. के 30 पद सहित पुलिस अफसरों के 210 नए पद सृजित किए गए हैं। सरकार ने स्पष्ट तो नहीं किया है, लेकिन उम्मीद है कि प्रदेश की सक्षम गुप्तचर सेवा आतंकवाद के खिलाफ देशव्यापी मुहिम में भी उपयोगी सिद्ध होगी।

[25 सितंबर, 2008]

□

ऐसे गुस्से से बचिए

हाल में हमने दशहरा मनाया और रावण के पुतले जलाए, लेकिन महाराष्ट्र से बिहार तक हिंसात्मक घटनाओं की जो लपटें उठने लगी हैं, उससे लगता है कि फिर बात सिर्फ पुतले तक रह गई। त्योहार बीतते ही हिंसात्मक प्रवृत्तियाँ तेजी से बढ़ीं। रेलवे की साधारण नौकरियाँ पाने के लिए बिहार के जो अभ्यार्थी परीक्षा देने मुंबई गए थे, उन्हें क्षेत्रीय उग्रवाद के अत्यधिक ज्वलनशील तेल में डुबोकर सुलगाई गई आक्रामकता का सामना करना पड़ा। उनके साथ उस प्रदेश में मारपीट की गई, जिसे सुसंस्कृत माना जाता है। द्वेष-प्रेरित राजनीति के नवोदित संगठन महाराष्ट्र नवनिर्माण सेना (मनसे) के प्रमुख राज ठाकरे के भड़काऊ बयानों को धर्मादेश जैसा माननेवाले इन लोगों ने रेलवे परीक्षार्थियों के साथ-साथ बिहार व उत्तर प्रदेश के उन लोगों को भी निशाना बनाया, जो महाराष्ट्र की राजधानी मुंबई और अन्य नगरों में रच-बसकर छोटे-मोटे धंधे से आजीविका चला रहे हैं। टैक्सी और टेंपो चलानेवाले मेहनतकश लोगों तक पर हमले हुए। इन घटनाओं में नालंदा के एक अभ्यार्थी की जान चली गई। मनसे के लोगों ने 13 स्थानों पर परीक्षा नहीं होने दी। परीक्षार्थियों की पिटाई की गई। उन्हें गालियाँ दी गईं। बुरी तरह प्रताड़ित और अपमानित बिहारी छात्र मंगलवार को कई ट्रेनों से जब गृह प्रदेश लौटे, तो उनकी प्रतिक्रिया से राज्य के विभिन्न रेलवे स्टेशनों पर तोड़फोड़ शुरू हो गई। सबसे ज्यादा उत्पात पटना जंक्शन पर हुआ। लगभग तेरह घंटों तक बेकाबू अराजकता में जी.आर.पी., आर.पी.एस.एफ. और पुलिस की काररवाई प्रतीकात्मक रही। घंटों की मशक्कत के बाद देर रात रेल परिचालन शुरू हो सका। कई स्टेशनों पर यात्री ट्रेनें खड़ी रहीं। मुसाफिर परेशान हुए। उग्र लोगों ने हाल में ही लाखों की लागत से सजे-सँवरे इस रेलवे जंक्शन को भारी क्षति पहुँचाई।

दूसरे दिन बुधवार को भी गुस्सा नहीं थमा। बाढ़, जहानाबाद, नालंदा, आरा और सासाराम में आगजनी, पथराव और तोड़फोड़ की घटनाएँ हुईं। मराठी यात्रियों

से बदसलूकी हुई। क्रिया की प्रतिक्रिया का यह दुखद पहलू है। इस पर सुरक्षा एजेंसियों को सख्ती और युवाओं को संयम से काम लेना चाहिए। आवेश में वे अपने ही संसाधनों का नुकसान कर रहे हैं या उन निरीह लोगों को अपमानित कर रहे हैं, जो शायद राज ठाकरे की करनी से सहमत नहीं होंगे। ताजा गुस्सा मनसे के बहाने बिहार के राजनीतिक नेतृत्व से भी है, जो प्रदेश के बाहर प्रांतीय सम्मान की रक्षा करने में नाकाम रहा है। नेताओं के कोरे बयान और दिखावटी संवेदना से आगे का रास्ता मिल-बैठकर खोजना होगा।

[22 अक्तूबर, 2008]

□

जेल में जनरल स्टोर

जब प्रशासन द्रवित होता है, तब कैदियो के लिए कुछ कल्याणकारी घोषणाएँ होती हैं। ऐसा लगने लगता है कि कारावास का कायाकल्प हो जानेवाला है। ऐसा ही एक एलान है कि बेउर जेल के कैदियो को अब शिक्षित कर उनकी परीक्षा ली जाएगी। उन्हें रोजगार के लिए प्रशिक्षण भी दिया जाएगा, ताकि वे नई जिंदगी शुरू कर सकें। डी.एम. ने जिला जन शिक्षा पदाधिकारी और कल्याण पदाधिकारी को जिम्मेदारी सौंपी है। इसका परिणाम आने में वक्त लगेगा। शिक्षा, योग, प्रशिक्षण आदि के जरिए जेलों को सुधारगृह बनाने की परिकल्पना के बीच राज्य सरकार जेलों में जनरल स्टोर भी खोलने जा रही है। यहाँ से बंदी जरूरत का सामान खरीद सकेंगे। इसमें चीनी, नमक, ब्लेड, मोमबत्ती या दैनिक जरूरत की दूसरी चीजें उपलब्ध हो जाएंगी। उनके पक्ष में मानवाधिकार को लेकर बढ़ते दबाव के बीच जेलों में लगातार सुविधाएँ बढ़ रही हैं। कुछ जेलों में पुस्तकालय भी खोले गए हैं। योग के अभ्यास वर्ग चल रहे हैं। बच्चों के खेल-कूद के लिए झूले की व्यवस्था हुई या हो रही है। हाल में प्रदेश की जेलों में कहीं-कहीं बूथ खोले गए हैं, जहाँ से मिलनेवाले दूध, पेड़े, लस्सी आदि का लुत्फ बंदी जीवन में थोड़ी मिठास घोल सकता है।

इस तरह सुहानी होती जेल का दूसरा चेहरा अब भी कायम है। कई जेलें सुविधा से वंचित हैं। कैदियो की बुनियादी जरूरतें पूरी नहीं हो पा रही हैं। इसी महीने गया केंद्रीय करागार में सैकड़ों बंदियों को इसके लिए भूख हड़ताल करनी पड़ी। औरंगाबाद मंडल कारा से नाले के रास्ते पाँच कुख्यात कैदी फरार हो गए, हालाँकि उनमें से चार को धर दबोचा गया, डकैती कांड का एक कुख्यात आरोपी आजतक फरार है। यह जेल में सुरक्षा का एक नमूना है। दबंग कैदियो का मनोबल बढ़ रहा है। पटना में जेल से ही कई व्यापारियों को फोन पर धमकाने व रंगदारी माँगे जाने की सूचनाएँ फिर मिलने लगी हैं। जेल के अंदर जब भी तलाशी

अभियान चलाया जाता है, मोबाइल व चार्जर के साथ कई आपत्तिजनक सामान जब्त किए जाते हैं। इसे जेल तंत्र में भ्रष्टाचार और मिलीभगत का नतीजा कह सकते हैं। जेल में सुधार की हर पहल स्वागत योग्य है, लेकिन इसके समानान्तर सुरक्षा नियमों का पालन भी सुनिश्चित होना चाहिए। बंदी जीवन को बेहतर बनाने का मतलब यह भी नहीं कि जेल और गेस्ट हाउस का फर्क मिट जाए या लोगों को जेल से धमकियाँ मिलने लगें। संतुलन यहाँ भी जरूरी है।

[25 अक्तूबर, 2008]

□

बेकाबू होता उग्रवाद

गुरुवार की देर रात नक्सलियों ने प्रदेश के शिवहर थाना क्षेत्र के मालीपोखर भिंडाघाट पर पुल निर्माण संयंत्र फूक डाले। बताया जाता है कि निर्माण से संबंधित कांट्रैक्टर ने उन्हें अनुचित रूप से धन देने (लेवी) से इनकार कर दिया था। इसकी 'सजा' देने के लिए शाम से ही बड़ी संख्या में नक्सली दस्ते का जमावड़ा निर्माणाधीन पुल के पास होने लगा था। रात लगभग 11 बजे हमला हुआ। वहाँ से गाँव के दो चौकीदारों को अगवा कर उन लोगों ने उत्पात मचाया और 'नक्सली जिंदाबाद' के नारे लगाते हुए भाग निकले। अगर पुलिस को इस घटना का आभास न था तो भी शाम के जमावड़े से लेकर रात के हमले तक काफी वक्त था, लेकिन वारदात टाली नहीं जा सकी। इससे लगता है कि इस संवेदनशील इलाके में न कारगर खुफियागिरी हो पा रही है, न उग्रवाद का मुँहतोड़ जवाब देनेवाली पुलिसिंग। नतीजा यह हुआ कि शासन को चुनौती देते हुए निर्माण सामग्री फूँक दी गई। पुलिस सिर्फ आग बुझाकर कुछ राख बटोर पाई। दूसरे दिन शिवहर पुलिस उग्रवादियों पर दबाव बनानेवाली कोई काररवाई करती तो नजर नहीं आई, राज्य के दूसरे हिस्सों में उग्रवादी घटनाएँ हो अवश्य गई।

शुक्रवार की राम जमुई के झाझा शहर में गांधी चौक स्थित राष्ट्रपिता महात्मागांधी की आदमकद प्रतिमा तोड़ दी गई। उधर सारण जिले के जमालपुर गाँव में दलित बस्ती पर धावा बोलकर मारपीट की गई। एक व्यक्ति को अगवा कर लिया गया। प्रतिमा तोड़ने से पहले सुनियोजित तरीके से झाझा के चौक क्षेत्र की नाकेबंदी कर दुकानदारों व यात्रियों को मुँह न खोलने के लिए धमकाया गया था। दूरसंचार सेवाओं के टावर को खराब कर संचार व्यवस्था ठप कर दी गई थी। जमालपुर के दलित टोले पर हमला करनेवाले कमांडो वेशधारी माओवादी इंदिरा आवास के लिए निकाले गए 20 हजार नकद, गहने-कपड़े व बरतन भी लूट ले गए। उन्हें किसी भूस्वामी के खेत में काम करने के कारण यह 'सजा' दी

गई। इस तरह की बढ़ती घटनाओं से क्या यही माना जाए कि व्यवस्था बदलने के लिए बंदूक उठानेवाले लोग लोकतांत्रिक शासन और गांधीवादी दर्शन के लिए बड़ा खतरा बन चुके हैं ? वे जब जिसे चाहें, 'दंडित' कर रहे हैं। रेल पटरी उड़ाने से लेकर संचार व्यवस्था ठप करने तक की हिमाकत के बावजूद उनका बाल बाँका नहीं हो रहा है। ऐसे में नक्सल विरोधी अभियान को और धार देना जरूरी हो गया है।

[10 नवंबर, 2008]

□

आदमी से छल, बंदूक पर भरोसा

सोमवार को माघ पूर्णिमा और रैदास जयंती थी। यह पवित्र दिन स्नान-दान, परोपकार, ईश-स्मरण जैसे पुनीत कार्यों के लिए माना जाता है, लेकिन इसके विपरीत नवादा में छलपूर्वक सामूहिक रक्तपात हुआ। रैदास के नाम पर उनके समुदाय के एक थानेदार की जान उसी समुदाय के एक सरपंच के विश्वासघात की वजह से गई। नौ और लोग भी मारे गए। जिले के कौआकोल थानाक्षेत्र के महुलियाटाँड़ में लगभग डेढ़ सौ नक्सलियों ने पुलिस दल पर हमला कर थानाध्यक्ष रामेश्वर राम सहित दस जवानों की हत्या कर दी। चार पुलिसकर्मी गंभीर रूप से घायल हुए। पुलिस की पाँच इंसास, पाँच एस.एल.आर., दो ए.के.-47 राइफल, दो स्टेनगन, एक पिस्टल, पाँच हैंडग्रेनेड, कारतूस वगैरह लूट लिए गए। थानेदार को रैदास जयंती समारोह में मुख्य अतिथि बनाने के बहाने वहाँ के सरपंच ने बुलाया था, फिर भी वे निहत्थे और अकेले नहीं गए थे। पुलिस के स्वाभाविक सेंस की बदौलत शायद उन्हें किसी धोखे का अंदेशा था, इसलिए बी.एम.पी. के नौ एवं सैप के सात सशस्त्र जवानों को भी साथ लेकर वे कार्यक्रम में शरीक होने पहुँचे थे। वहाँ मंदिर के उद्‌घाटन कार्यक्रम की भीड़ में बैठे नक्सलियों ने थानाध्यक्ष पर हमला कर दिया था। यह नक्सलियों की हताशा का ही नतीजा है कि वे बारूदी सुरंग और सीधा हमला करने के बजाए छल-छंद से वार करने लगे हैं।

इससे एक दिन पहले धोखे से हत्या की बड़ी घटना नवगछिया पुलिस जिला के इस्माइलपुर दियरा के विनोबा गाँव में हुई। वहाँ शादी के विवाद में दो गिरोहों के बीच रविवार की सुबह जमकर गोलियाँ चलीं। इसमें वर पक्ष के आठ लोगों की मौत हो गई। गाँव के मधुसूदन मंडल की पुत्री और रूपम मंडल के पुत्र ने 14 जनवरी को मुँगेर कोर्ट में शादी कर ली थी। इसे कन्या पक्ष ने स्वीकार नहीं किया। पंचायत में मामला हल करने के बहाने वर पक्ष को बुलाया गया और

उनके पहुँचते ही लड़कीवालों की ओर से आए अपराधियों ने हमला कर दिया। इसके जवाब में गोलियाँ चलीं। यह आपराधिक पृष्ठभूमि के दो गुटों का टकराव था और यहाँ भी जीतने के लिए छल का ही सहारा लिया गया। नृशंसता इतनी कि शवों को काटकर तीन किलोमीटर दूर गंगा में फेंक दिया। मुद्दा उग्रवाद हो या विवाह, सभ्य समाज में बातचीत से समाधान खोजना बेहतर माना जाता है, लेकिन दुर्भाग्यवश, कुछ लोग अब भी बंदूक पर ही ज्यादा भरोसा करते दिखाई पड़ रहे हैं।

[10 फरवरी, 2009]

□

एक जुलूस सैलानियों का

इन दिनों टेलीविजन पर एक विज्ञापन अक्सर आता है, जिसमें भारत आई पर्यटक महिलाओं से एक स्थानीय गुंडा बदसलूकी के साथ पेश आता है। उन्हें ठगने की नीयत झलकती है। वहीं आम लोगों के बीच मौजूद एक शख्स (अभिनेता आमिर खान) कड़ा प्रतिरोध करता है और उन लोगों को भी इसके लिए ललकारता है, जो संख्या में अधिक होकर भी मूक दर्शक बने होते हैं। बात असर करती है और गुंडा पुलिस के हवाले होता है। इसके पीछे संदेश यह है कि यदि देशी-विदेशी सैलानियों को पर्यटन केंद्रों पर समुचित सुरक्षा नहीं मिलेगी तो वे न केवल दोबारा आने से डरेंगे, बल्कि आनेवालों को हतोत्साहित भी करेंगे। इससे पर्यटन उद्योग चौपट होगा और ऐसे हर केंद्र के स्थानीय लोगों की रोजी-रोटी पर बुरा असर पड़ेगा। पर्यटकों के आने से होटल-रेस्त्राँ, स्थानीय परिवहन, हस्तशिल्प और कई प्रकार के छोटे-बड़े व्यवसाय में लगे लोगों की जीविका चलती है। यदि कानून-व्यवस्था की हालत बिगड़ती है और लूटपाट की घटनाएँ बढ़ने लगती हैं, तो पर्यटक वहाँ से मुँह मोड़ने लगते हैं।

बिहार में लगभग डेढ़ दशक तक ऐसा दुखद माहौल रहा, जब बोधगया, राजगीर, पावापुरी, नालंदा, वैशाली, विक्रमशिला, ककोलत वाटर फॉल (नवादा), वाल्मीकि नगर आदि पर्यटन स्थलों के होटल वीरान होने लगे थे। लोगों का आना काफी कम हो गया था। नीतीश सरकार के आने पर फिजा बदली, लेकिन अब भी छिटपुट घटनाएँ चिंता पैदा कर रही हैं। पिछले साल दिसंबर में राजगीर की पंच पहाड़ी पर गुजरात के पर्यटकों के साथ जब लूटपाट हुई, तब दो दिन बाद थाने में मामला दर्ज हुआ। सैलानियों को स्थानीय पुलिस से अच्छे व्यवहार की उम्मीद नहीं थी, इसलिए वे थाने नहीं गए। उनके होटल संचालक ने मामला दर्ज कराया। इसी तरह इस साल जनवरी में बिहारशरीफ के हिरण्य पर्वत पर भूटानी लामाओं को लूटने की कोशिश हुई। बोधगया में मेक्सिको की महिला एम. मारिया

और उनके साथियों को बंधक बनाकर लूट की घटना सबसे ताजा है। इसके विरोध में विदेशियों ने तो बाकायदा जुलूस निकालकर पर्यटन पुलिस की माँग की है। ऐसा पहली बार हुआ है। अपराध के सुधरते आँकड़ों पर मुग्ध राज्य सरकार इसकी अनसुनी नहीं कर सकती। जरूरत को देखते हुए यदि सैप (स्पेशल ऑक्जेलरी पुलिस) का गठन किया जा सकता है, तो ऐसी पर्यटन पुलिस का गठन भी संभव है, जो विदेशियों से बातचीत कर उनकी सुरक्षा संबंधी चिंताएँ दूर करने के लिए खास तौर पर प्रशिक्षित हो। इससे सुशासन के ताज में एक और कलगी लग सकती है।

[16 फरवरी, 2009]

□

अभियंताओं पर आफत

जहाँ-जहाँ पैसा और पावर का शार्टकट नजर आएगा, अपराध का अंदेशा बढ़ेगा। दुर्भाग्यवश, अभियंता के पेशे पर भी फटाफट पेसा बनाने की नीयत रखनेवालों की नजर लग गई है। इसके चलते ईमानदारी से काम करनेवाले अभियंताओं का जीना दूभर हो गया है। घटिया निर्माण कर या कभी-कभी बिना कोई कार्य कराये ही लाखों रुपए का फर्जी बिल पास कराने का दबाव डालनेवाले ठेकेदार बढ़ते जा रहे हैं। जनप्रतिनिधियों के रिश्तेदार से लेकर करीबी राजनीतिक कार्यकर्त्ताओं तक को ठेकेदार बनाने की प्रवृत्ति से अभियंताओं के पेशे का जोखिम जानलेवा हो रहा है। उन पर दोहरी मार पड़ रही है। वे ईमान बचाएं तो दबंग ठेकेदारों का भय बढ़ेगा, ईमान खोकर कमीशनखोरी (घूस) के दुष्चक्र का हिस्सा बन जाएँ, तो निगरानी के हत्थे चढ़ें। अभियंताओं के साथ जबरदस्ती की कई घटनाएँ लगातार उजागर हुई हैं।

कतरीसराय (नालंदा) के कनीय अभियंता अरुण कुमार के अपहरण का मामला दर्ज कराया गया। वे 7 जनवरी को मायापुर–सारे पथ की नापी करने गए थे। कतरीसराथ बाजार में कुछ लोगों के साथ उन्होंने भोजन किया। उसके बाद से उनका कोई अता-पता नहीं। जलसंसाधन विभाग के अधीन सिकरहना तटबंध प्रमंडल (मोतीहारी) के कनीय अभियंता ई विजय भानु गुप्ता पर एक ठेकेदार (संवेदक) ने कातिलाना हमला किया। 24 मई को तारापुर (मुँगेर) सिंचाई प्रमंडल के कार्यपालक अभियंता का ठेकेदार ने रिवाल्वर के बल पर अपहरण किया। बाँका जिले के जंगल में ले जाकर उनकी जमकर पिटाई करने के बाद देर रात उन्हें मुक्त कर दिया गया। घटना का कारण चेक पर जबरन हस्ताक्षर कराने का प्रयास बताया गया। 19 जून को सीतामढ़ी के कार्यपालक अभियंता योगेंद्र पांडेय की कथित आत्महत्या और अभियंताओं पर हमले से जुड़े मामले कई सवाल खड़े करते हैं। पांडेय जिस सड़क परियोजना की मॉनिटरिंग कर रहे थे, वह फर्म

घटिया काम करा रही थी। मुख्यालय के निर्देशानुसार वे निर्माण कंपनी से काम छीनने की काररवाई करेवाले थे। उधर इससे पहले दफ्तर में ही उनकी पिटाई कर उल्टे उन्हीं (कार्यपालक अभियंता) के खिलाफ निर्माण कंपनी ने मुकदमा भी कर दिया था। उन्होंने पुलिस से सुरक्षा माँगी थी। इसमें देर हुई तो एस.पी. से मिलनेवाले थे, लेकिन अब तो काफी देर हो चुकी है। पुलिस का ठंडा रवैया फिर सामने आया है। अब परिजनों को सरकारी प्रावधानों के अनुसार भले ही सभी लाभ व सुविधाएँ मिल जाएँ, लेकिन एक काबिल शख्स की जान तो लौटाई नहीं जा सकती। यह मौत निर्माण तंत्र के अपराधीकरण के नाम दर्ज की जाएगी। मुख्यमंत्री ने मामले की जाँच और अभियंताओं की सुरक्षा के लिए निर्देश दिए हैं।

[19 जून, 2009]

□

हिंसा पर सियासी सन्नाटा

इस देश में कभी धर्म या धार्मिक राज्य की स्थापना के लिए बरबर लड़ाइयाँ हुईं। आज वैचारिक राज्य व्यवस्था के नाम पर बिहार सहित कई राज्यों में हिंसा और उत्पात जारी है। लोकतांत्रिक शासन प्रणाली को घातक विस्फोटकों से लेकर अत्याधुनिक हथियारों तक से चुनौती दी जा रही है। हाल की सबसे क्रूर घटना झारखंड की राजधानी राँची के पास गत 5 अक्तूबर को हुई, जब माओवादियों ने पुलिस इंस्पेक्टर फ्रांसिस इंदवार का सिर कलम कर दिया। उनकी लाश मंगलवार को राँची-टाटा हाई वे पर संपर्क सड़क के किनारे मिली। 1989 बैच के इंस्पेक्टर फ्रांसिस इंदवार स्पेशल ब्रांच में थे। 30 सितंबर को अड़की के हेंब्रम बाजार से उन्हें अगवा किया गया था। सिर कटी लाश मिलने की जगह दर्जनों पर्चे पड़े मिले थे, जिनमें कहा गया था कि 'केंद्रीय कमेटी के सदस्यों को फर्जी मुठभेड़ में मारने की पुलिस काररवाई के विरोध में यह कदम उठाया गया है।' घटना के बाद फ्रांसिस के इकलौते पुत्र 12 साल के अभिषेक मनीष ने भरराई आवाज में मीडिया के सामने कहा–'उन लोगों ने मेरे पापा को मारा...मैं भी उन्हें मारूँगा।' उसे टी.वी. पर यह कहते सुनना कितना दारुण था? कथित मुठभेड़ में जो नक्सली मारे गए, उनके परिजनों को भी ऐसी व्यथा झेलनी पड़ी होगी। एक ही देश में लोग एक दूसरे को दुःख बाँट रहे हैं।

इस टकराव में मेहनतकश लोगों की मुसीबत बढ़ रही है। पुलिस सख्ती करती है, तो उग्रवादी बंद का आह्वान करते हैं। उसे लागू करने के लिए रेलवे को सबसे आसान शिकार बनाया जाता है। माओवादियों ने दो दिन के बंद के दौरान फिर यही सब दोहराया। बिहार और झारखंड में कई जगह रेलवे पर हमले हुए। लखीसराय, मुँगेर, औरंगाबाद, जमुई, बेगुसराय और गया में तोड़फोड़ की घटनाएँ हुईं। किउल-जेसीडीह रेलखंड के बंशीपुर व घोरपारन स्टेशन को काफी क्षति पहुँचाई गई। बंधक बनाए गए बंशीपुर स्टेशन के ए.एस.एम. को किसी तरह मुक्त

कराया गया। रेलवे के बाद उनका दूसरा निशाना मोबाइल टावर होता है। कई जगह टावर तोड़े गए। इस सबके बीच राजनीतिक पहल का लंबा सन्नटा पसर जाता है। सबकुछ पुलिस प्रशासन पर छोड़ दिया गया है। खामोशी के बीच कभी-कभी कोई सियासी आवाज फूटती है। बढ़ती माओवादी गतिविधियों पर चिंता जताते हुए मा.क.पा. महासचिव प्रकाश करात ने मंगलवार को समस्तीपुर में कहा कि इसके लिए केंद्र और राज्य को संयुक्त रूप से अभियान चलाना चाहिए। बस, एक ठंडा बयान, जबकि जरूरत गंभीर सर्वदलीय पहल की है।

[14 अक्तूबर, 2009]

□

खौफनाक होता गलियारा

बिहार की राजधानी में नक्सली इस्तेमाल के जो हथियार बरामद हो रहे हैं, उनकी मात्रा और मारक क्षमता देखकर पुलिस की भी आँखें फटी रह गई। यह इस बात का संकेत है कि लाल उग्रवाद से लोकतांत्रिक व्यवस्था को कितनी बड़ी चुनौती देने की तैयारी हो चुकी है। रफ्तार यही रही, तो आनेवाले कुछ वर्षों में नक्सल प्रभाव वाले राज्यों के लिए संवैधानिक व्यवस्था का पालन मुश्किल हो जाएगा। कई इलाकों में उनका समानांतर प्रशासन चल ही रहा है। वहाँ सेना-पुलिस और अर्द्धसैनिक बलों का इस्तेमाल करने में सक्षम सरकार के आदेश की अवहेलना हो सकती है, लेकिन लाल स्याही से लिखे परचे पत्थर की लकीर मान लिए जाते हैं। पिछले लोकसभा चुनाव के दौरान एक संसदीय क्षेत्र के कुछ मतदान केंद्रों पर वोट बहिष्कार की अपील का ऐसा असर हुआ कि कोई व्यक्ति अपना मत देने नहीं आया। वामधारा के नेता, ऐक्टिविस्ट और साहित्यकार तक नक्सल गतिविधियों से सहानुभूति रखते हैं, जिससे खून से सनी इन गतिविधियों को वैचारिक ताकत मिल रही है। पुलिस भले ही जान जोखिम में डालकर अपना काम कर रही है, लेकिन राजनीति एकजुट होकर नक्सल आंदोलन की नाल काटने से कतरा रही है।

दहशत के बल पर विभिन्न सरकारी योजाओं या निजी प्रतिष्ठानों से वसूले गए धन से नक्सली अपनी ताकत बढ़ा रहे हैं। कहीं-कहीं उनका एक जोनल कमांडर छह माह में 25 लाख रुपए तक वसूल लेता है। इससे हथियारों का जखीरा जमा किया जाता है। शनिवार की देर रात पटना पुलिस ने पिकअप वैन से लगभग तीन क्विंटल विस्फोटक बरामद किया। बोरों में लदी जो विस्फोटक सामग्री मिली, उसमें अमोनियम नाइट्रेट, अमोनियम सल्फेट और बारूद जैसे घातक पदार्थ थे। 25 घंटे से भी कम समय में फिर नौ क्विंटल विस्फोटक तथा हथियारों की बड़ी खेप बरामद हुई। इनमें 14 कारबाइन, 50 डिटोनेटर, दो कट्टा, 12 बोर

के 7221 कारतूस थे। हाल के दिनों में खुफिया तंत्र की यह बड़ी सफलता है। नेपाल और बांग्लादेश का सीमावर्ती होने के कारण बिहार देश के लिए दहशतगर्दी का बुलंद दरवाजा ('गेट वे ऑफ टेररिज्म') माना जाने लगा है। हथियारों की ताज़ा बरामदगी के बाद इसके लिए नया उपनाम खोजना होगा। वैसे, जो लोग संविधान की शपथ लेकर संसदीय राजनीति में सक्रिय हैं या सरकार के विभिन्न पदों पर काम कर रहे हैं, उन्हें अपना रास्ता साफ करना चाहिए। यह भी ठीक है कि वर्तमान शासन-प्रणाली यदि भ्रष्टाचार के पहाड़ न तोड़ पाई, तो लाल गलियारे का रंग फीका नहीं पड़ेगा।

[9 नवंबर, 2009]

□

उग्रवाद से ऐसे ही निबटेंगे ?

उग्रवाद पर काबू पाने के लिए कई सैद्धांतिक उपायों की चर्चा की जाती है। गरीबी, पिछड़ापन, अशिक्षा, बेरोजगारी, भ्रष्टाचार और शासन की व्यापक विफलता आदि को जिम्मेदार बताकर इन्हें दूर करने पर जोर दिया जाता है। मान्य व्यवस्था की नाकामी से उपजी निराशा जब वैचारिक उकसावा पाकर हिंसात्मक राजनीतिक प्रतिक्रिया का रूप लेती है, तब उग्रवाद तेजी से बढ़ता है। बिहार, झारखंड सहित छह राज्यों में नक्सली उग्रवाद अब जो भयावह रूप ले चुका है, उसको निष्प्रभावी करने के लिए कल्याणकारी कार्यक्रमों का पैकेज झोंक देना भी काम नहीं आ सकता। जब लोग हिंसा से बदलाव की राह पर दूर तक निकल चुके हों और इस खतरनाक सफर को 'इनज्वाय' करने लगे हों, तब वे मुद्दों के शांतिपूर्ण समाधान में रुचि ही नहीं लेंगे। अब तक का उनका संकेत भी यही है। ऐसी विस्फोटक परिस्थिति में हिंसा के जवाब में उससे ज्यादा कारगर बल प्रयोग ही तात्कालिक उपाय बचता है।

राज्य उग्रवादी हिंसा से हिफाजत करने के अपने दायित्व से बच नहीं सकता, इसलिए केंद्र से लेकर संबंधित राज्यों की सरकारें तक नक्सल समस्या का मुकाबला करने के लिए पुलिस और अर्द्धसैनिक बलों का उपयोग करती हैं। अब तो सेना के इस्तेमाल पर बहस हो रही है। ऐसे में बिहार पुलिस अपने बहादुर और जख्मी सिपाहियों की अनदेखी नहीं कर सकती, लेकिन दुर्भाग्यवश, यह एक कराहती सचाई है। मधुबनी जिले के राजनगर सिमरी निवासी आरक्षी कमलेंद्र प्रसाद सिंह ढाई वर्ष पहले रोहतास जिले के बघैला थाने पर हुए उग्रवादी हमले में बुरी तरह घायल हो गए। अब कमलेंद्र से विभाग पूछता है– 'कैसे मान लें कि आपने इलाज कराया है ?' बहादुरी के लिए तय इनाम मिलना तो दूर की बात है। पुलिस मेंस एसोसियेशन के मुताबिक देह पर गोली और दिल पर उपेक्षा का जख्म खानेवालों में कमलेंद्र अकेला नहीं है। सोनो बाजार, जमुई में 22 अगस्त, 2009

को उग्रवादी हमले में मारे गए कमालुद्दीन, अनिल तमांग, सुरेंद्रप्रताप प्रजापति, विनोद कुमार, शेख मुहम्मद व मुजफ्फरपुर के पारू में 20 जनवरी 2009 को मारे गए सैप जवान ओमप्रकाश तिवारी के परिजनों को आज तक कुछ नहीं मिला। नियम तो यह है कि ऐसे जवानों के आश्रितों को घटना के 15 दिनों के अंदर सात लाख रुपए की अनुग्रह राशि अदा की जाए, लेकिन पीड़ित परिवार के लोग अब भी राज्य पुलिस मुख्यालय का चक्कर लगा रहे हैं। पुलिस प्रशासन का यह रवैया जवानों को हतोत्साहित करनेवाला है। क्या हम ऐसे ही उग्रवाद से निबटेंगे ?

[25 नवंबर, 2009]

□

फिर नक्सली हमला, फिर अलर्ट

संक्षिप्त अंतराल के बाद नक्सलियों ने सोमवार की रात फिर राज्य में अपनी आक्रामक मौजूदगी से सिहरन पैदा की। शिवहर जिले के तरियानी छपरा गाँव में शाम ढलते ही 50 से ज्यादा सशस्त्र माओवादियों ने ताबड़तोड़ गोलियाँ बरसाकर व्यवसायी सहित तीन की हत्या कर दी। कई जख्मी हुए। घटना के बाद गाँव में दहशत है। ऐसी हिंसा से निबटने के तमाम दावे फिर बेअसर दिखे। हमलावर आराम से चलते बने। पुलिस ने हमेशा की तरह घटना के बाद का फर्ज निभाने में मुस्तैदी दिखाई। एस.पी. के नेतृत्व में पुलिस टीम मौके पर भेजी गई। पुलिस कप्तानों को एलर्ट जारी किया गया। हालाँकि यह कभी पता नहीं चलता कि एलर्ट रहने का पिछला आदेश कब वापस लिया जाता है और नक्सली हिंसा से पीड़ित इस प्रदेश में पुलिस असावधान रहना कैसे बरदाश्त (अफोर्ड) करती है? ठीक दस माह पहले 8 फरवरी, 2009 को नक्सलियों ने रोहुआ के मुखिया और 18 फरवरी को लक्ष्मीनियाँ के किसान की हत्या कर दी थी। शिवहर जेल पर बम फेंका था।

इतनी ताबड़तोड़ घटनाएँ झेलनेवाले जिले में पुलिस को बाार-बार एलर्ट करना पड़े, तो इसके क्या मायने निकाले जाएँ? एक बात तो साफ है कि पुलिस वैचारिक उग्रवाद के पलीते से सुलगाई गई हिंसा का माकूल जवाब देने में अकेले समर्थ नहीं है। उसे कुछ अन्य सशस्त्र बलों के समर्थन की जरूरत है। विडंबना यह है कि सेना की मदद लेने पर हिचक बनी हुई है। इस बीच, मोतिहारी से थोड़ी राहतवाली खबर आई। सेना के डिप्टी डायरेक्टर व बिहार- झारखंड के प्रभारी ब्रिगेडियर आर.जे. शर्मा ने वहाँ कहा कि नक्सल प्रभावित इलाकों में सेना का ट्रेनिंग सेंटर खोला जाएगा। इन क्षेत्रों में जो सैन्य भर्ती प्रक्रिया शुरू की गई है, उसमें स्थानीय नौजवानों को तरजीह दी जा रही है। गुमराह युवकों का ध्यान राष्ट्र की सेवा के प्रति खींचा जा रहा है। छठे वेतन आयोग की सिफारिशें लागू होने पर

नौजवानों का रुझान काफी बढ़ा है। भर्ती प्रक्रिया को सरल बनाने के लिए वेबसाइट बन रही है। पिछले पाँच दिनों में पूर्वी व पश्चिमी चंपारण जिले के 9,888 अभ्यार्थियों ने प्रक्रिया में भाग लिया। चयनित युवकों में 116 नक्सल प्रभावित क्षेत्रों के हैं। ब्रिगेडियर शर्मा जिस दिन जिला स्कूल में मीडिया को यह सब बता रहे थे, उसी दिन नक्सली निकटवर्ती शिवहर जिले में हमले की साजिश को अंतिम रूप दे रहे थे। सेना तो हालात की नजाकत समझ रही है, सरकार भी थोड़ा साहस दिखाये, तो बात बने।

[8 दिसंबर, 2009]

□

उग्रवाद और सड़क

नक्सली हिंसा से प्रभावित राज्यों में बिहार भी है। माओवादी प्रभावाले पड़ोसी देश नेपाल का सीमावर्ती प्रदेश होने की वजह से यहाँ उग्रवाद की चुनौती ज्यादा जटिल है। उग्रवादियों का दुस्साहस चरम पर है। गत रविवार को इसका ताजा झटका झेलना पड़ा जब इन लोगों ने भागलपुर जिले के अकबरनगर-शाहकुंड पथ पर बिहार मिलिट्री पुलिस (बी.एम.पी.) के कैंप पर हमला कर हथियार लूट लिए। इसके बाद बाँका, मुँगेर व जमुई में पुलिस ने कॉंबिंग ऑपरेशन तेज किया। नतीजा बुधवार की देर रात को सामने आया। जमुई व बाँका जिलों की सीमा पर बुधवाकुरा के जंगल में पुलिस व केंद्रीय सुरक्षा बल (सी.आर.पी.एफ.) के जवानों ने नक्सलियों को घेरकर ताबड़तोड़ गोली चलाई। जवाब में अंधाधुंध फायरिंग हुई, लेकिन पुलिस भारी पड़ी। यह सफलता कॉम्बिंग ऑपरेशन को विराम देकर गुरिल्ला वार की रणनीति अपनाने से मिली। यह दबाव तभी बन सकता है, जब सुरक्षा बलों की नीति, जवानों के मनोबल और संसाधन की उपलब्धता में तालमेल बना रहे।

उग्रवाद से निबटने में अत्याधुनिक हथियारों के साथ-साथ बेहतर सड़क संपर्क का भी योगदान होता है। दूसरी तरफ स्थिति यह है कि गृह मंत्रालय ने राज्य के नक्सल प्रभावित इलाके की साठ सड़कों की राशि तीन वर्षों से रोक रखी है। वर्तमान गृहमंत्री पी. चिदंबरम ने नक्सल समस्या को गंभीरता से लिया है, इसलिए इससे संबंधित योजनाओं के फाइल से निकलने की उम्मीद बढ़ी है। बदली परिस्थिति में राज्य का पथ निर्माण विभाग पुनः एक प्रस्ताव केंद्र सरकार को भेज रहा है। 21 सड़कें तीन वर्षों से मंजूरी का इंतजार कर रही हैं। गुरुवार को पथ-निर्माण मंत्री प्रेम कुमार मुख्य अभियंता (दक्षिण) को निर्देश दिया कि इन सड़कों के मामले पर वह स्वयं गृह मंत्रालय के अधिकारियों से भेंट करें ताकि उनकी स्वीकृति पाना आसान हो। 2008 में गृह मंत्रालय के अनुरोध पर ही गया,

जहानाबाद, अरवल, औरंगाबाद, जमुई व रोहतास जिले की 95 योजनाओं को स्वीकृत कर भेजा गया था। केंद्र उस पर खामोश रहा, लेकिन 2009 में उसने 95 में से 60 ऐसी योजनाओं को मंजूरी दे दी, जिनका आंशिक कार्य राज्य योजना या फिर अन्य संसाधनों से शुरू कराया जा चुका था। फिर नई योजनाओं का प्रस्ताव माँगा गया। सड़क निर्माण जैसे बुनियादी मसले पर यदि केंद्र का यही रवैया रहा और राज्य के साथ त्वरित समन्वय नहीं बन पाया, तो सुरक्षा बलों के लिए उग्रवादियों की मांद तक तुरंत पहुँचना मुश्किल रहेगा। वे मौके पर पहुँचेंगे नहीं, तो लोहा क्या लेंगे ?

[15 जनवरी, 2010]

□

उग्रवाद पर मौन की भाषा

विश्वास यात्रा के पाँचवे चरण में मुख्यमंत्री नीतीश कुमार ने नक्सल प्रभावित जिलों में चंद रोज बिताए, लेकिन लाल उग्रवाद पर उन्होंने एक शब्द नहीं कहा। जब वे केंद्रीय गृहमंत्री को सलाह दे चुके हैं कि बोलना कम चाहिए और खुद को अपने काम पर केंद्रित करना चाहिए, तब यह उम्मीद भी नहीं थी कि वे इस संवेदनशील मसले पर कुछ कहेंगे। वे मानते हैं कि सिर्फ विकास के जरिए इसका समाधान हो सकता है, इसलिए उन्होंने हमेशा की तरह यात्रा के इस चरण (5–7 जून, 2010) में भी केवल विकास, शिक्षा, पर्यावरण, कन्या-कल्याण और सामाजिक सद्भाव पर ही अपनी बात कही। भ्रष्टाचार मिटाने और भ्रष्ट लोगों की संपत्ति जब्त करने पर उनका जोर इस चरण में भी रहा। यह और बात है कि इस संबंध में बिहार विधान मंडल से पारित विधेयक राष्ट्रपति की मंजूरी के बाद कानून बन चुका है, फिर भी प्रक्रियागत कारणों से अब तक इसका क्रियान्वयन नहीं हो पाया है। जरूरत इस बात की है कि मुख्यमंत्री लगातार जिस पर जोर दे रहे हैं, वह काररवाई उनके इसी कार्यकाल के शेष महीनों में सचाई भी बने।

भ्रष्टाचार न केवल विकास में बाधक है, बल्कि वह इतना व्यापक असंतोष पैदा करता है कि लोग उग्रवाद की तरफ झुकते हैं। स्कूल है, तो शिक्षकों का गैरहाजिर होना, मिड-डे मील योजना है, तो उसके तहत घटिया भोजन परोसा जाना, बच्चों के सामूहिक रूप से बीमार पड़ने पर भी दोषियों के खिलाफ कारखाई न होना, गरीबों के लिए इंदिरा आवास योजना में दलाली (घूस) का घुन लगना, निर्माण योजनाओं में अभियंता-ठकेदार-नेता के बीच मिलीभगत की शिकायत मिलना, गुणवत्ता का हास्य और काली कमाई का बढ़ना आदि ऐसे कारण हैं, जिनसे विकास योजनाएँ अपना शत-प्रतिशत उद्देश्य पूरा नहीं कर पा रही हैं। यह हकीकत उग्रवाद को अपनी जड़ें जमाने के लिए स्पेस (खाली जगह) उपलब्ध कराती है। यह सब इतने लंबे दौर से चल रहा है कि व्यवस्था में शामिल तत्त्वों ने

इसे अपना हक मान लिया है। हाल में मुजफ्फरपुर से खबर मिली कि वहाँ स्कूल में शिक्षकों की गैरहाजिरी के खिलाफ माओवादियों ने पर्चे चिपकाये। इससे लापरवाह शिक्षकों में दहशत है। वे शासन को त्राहिमाम संदेश भेज रहे हैं, लेकिन सवाल उठता है कि इन पर्चों की नौबत आने के लिए आखिर जिम्मेदार कौन-कौन लोग हैं ? सरकार की मंशा है कि भ्रष्टाचार के हर रास्ते पर वैधानिक ढंग से रोक लगाई जाए, ताकि कानून से बाहर हिंसक रास्ते न बन पाएं।

[8 जून, 2010]

□

रेलयात्रा पर आफत

जब भी शादी-विवाह का मौसम होता है या कोई बड़ा त्योहार करीब होता है, रेलयात्रियों से लूटपाट की घटनाएँ बढ़ जाती हैं। अपराधियों के लिए साधारण मुसाफिर आसान शिकार साबित होते हैं। ऐसे खतरों को भाँपकर न कोई अतिरिक्त चौकसी बरती जाती है, न उपलब्ध रेल-सुरक्षा उपायों को चाक-चौबंद ही किया जाता है। दानापुर रेलमंडल के हाथीदह-बड़हिया रेलखंड पर मुजफ्फरपुर-भागलपुर इंटरसिटी (3420 डाउन) में बुधवार को यात्रियों के साथ हुई लूटपाट रेल-अपराध की ऐसी घटनाओं की ताजा कड़ी है। बदमाशों ने ट्रेन के सौ से अधिक यात्रियों से नगदी, स्वर्णाभूषण सहित लाखों की संपत्ति लूट ली। एक दर्जन से अधिक यात्रियों को जख्मी किया। अंगूठी लूटने के लिए एक महिला यात्री की उंगली काट लेने की बात तो अपराधियों की निरंकुश बरबरता बताने के लिए काफी है। रेल-सुरक्षा से जुड़े लोगों की संवेदनहीनता यह थी कि वे घटना के बाद मामले को दर्ज करने को लेकर दो थाना क्षेत्रों के बीच विवाद में उलझे रहे। उधर रेल-दस्यु रामपुर डुमरा हॉल्ट के निकट आराम से उतरकर फरार हो गए। उन्हें घेरने-पकड़ने की चिंता किसी को नहीं थी। पटना रेल एस.पी. ने किउल पहुँचकर मामले की जाँच की, लेकिन देर रात तक घटनास्थल को लेकर दो थानों के बीच विवाद कायम था। यानी बड़ी चिंता यह थी कि कौन थाना वारदात से पल्ला झाड़ने की जंग जीतेगा और उसके पास तर्क-कुतर्क के हथियार कितने हैं।

वैसे, ज्यादा दुःखदायी बात यह है कि रेलवे जैसी बहुउपयोगी सेवा हर तरह के अपराध, उग्रवाद और यहाँ तक कि लोकतांत्रिक शक्तियों के लिए भी ताकत दिखाने का सर्वसुलभ माध्यम बनती जा रही है। चोर, उचक्के, पॉकेटमार और जहरखुरान से लेकर सशस्त्र अपराधी तक रेल-यात्रियों पर कहर ढा रहे हैं। बिहार, झारखंड और नक्सली प्रभाव वाले अन्य राज्यों के ऐसे इलाकों से गुजरने में लोहे की रेल काँप जाती है। वे जब चाहें, पटरियाँ उड़ा डालते हैं या हमला कर देते

हैं। गया से लगभग 86 किलोमीटर दूर ग्रैंडकॉर्ड लाइन के धनबाद रेलखंड के नाथनगर हॉल्ट के पास भी नक्सलियों ने रेलवे ट्रैक को विस्फोट कर उड़ा दिया। घटना के बाद इस रेलखंड पर ट्रेनों का परिचालन रोकना पड़ा था। बात बिजली-पानी की किल्लत की हो या हादसे में मौत की, लोगों को रेल रोककर यात्रियों को मुसीबत में डाल देने में जरा भी हिचक नहीं होती। वे ऐसा करते वक्त कतई नहीं साचते कि यदि वे ख़ुद सफर में होते और किसी अनचाहे स्टेशन पर उनकी ट्रेन घंटों रोकी गई होती, तो उन्हें कैसा लगता। हालाँकि रेलमंत्री ने रेल सुरक्षा बल को सुरक्षा के लिए सभी आधुनिक उपकरण मुहैया कराने की घोषणा की है, लेकिन यात्री सचमुच सुरक्षित महसूस नहीं कर पा रहे हैं। रेल सुरक्षा बल में सालों से खाली पड़े पाँच हजार सात सौ सिपाहियों व 993 उपनिरीक्षकों के पद भरे जाने हैं। रेलमंत्री ने मई 2008 तक एक अभियान चलाकर इन पदों को भरने की घोषणा की। यदि यह सब हो भी गया और रेलवे सुरक्षा तंत्र को कसा नहीं गया, तो सफर सुहाना सपना ही रहेगा।

[24 अप्रैल, 2008]

□

एसी कोच में अकेली महिला

जब कोई यात्री रेल के वातानुकूलित (ए.सी.) कोच में सफर करता है, तो वह कम-से-कम तीन एहसास से खुद को संतुष्ट करना चाहता है। ये तीन बातें हैं–आराम, सुरक्षा और सम्मान। रेलवे के साधारण व शायिक (स्लीपर) डिब्बों में जिस तरह फजीहत झेलनी पड़ती है, उससे निजात पाने के लिए अक्सर लोग जेब पर थोड़ा ज्यादा बोझ डालकर भी एसी श्रेणी में यात्रा करना पसंद करते हैं। मध्यमवर्गीय छात्राओं और कामकाजी महिलाओं के सामने जब किसी पुरुष संबंधी को साथ लिए बिना ही सफर करने की विवशता होती है, तब एसी में यात्रा का विकल्प सबसे पहले चुना जाता है। तब महिला यात्री स्लीपर की अपेक्षा अधिक खर्च करना स्वीकार करती है, तो सिर्फ बेहतर सुरक्षा की उम्मीद (गारंटी नहीं) पर। अब यह श्रेणी भी निरापद नहीं रह गई है। ग्यारह महीने पहले (जुलाई, 2007) आई.ए.एस. अधिकारी वंदना प्रेयसी की बहन सुजाता के साथ दिल्ली से पटना आ रही संपूर्ण क्रांति एक्सप्रेस के प्रथम श्रेणी वातानुकूलित कोच (एसी-1) में खुद रेलवे सुरक्षा बल के बड़े अधिकारी ने जो हरकत की, उसे याद कर आज भी महिलाएँ सिहर जाती हैं। सुजाता ने इस मामले की जाँच के लिए आई टीम के सामने जो बयान दिया था, वह कोच के भीतर के डरावने एकांत की याद दिलाता है। उन्होंने कहा था–'हाँ, रविवार की रात संपूर्ण क्रांति एक्सप्रेस में मेरी आबरू किसी तरीके बची। साथ में बहन वंदना न होती, तो नशे में चूर डी.आई. जी. रावल न जाने क्या करता, न मैं सोच सकती हूँ और न बयाँ कर सकती हूँ। एक तरफ आरोपी आर.पी.एफ. डी.आई.जी. प्रेमजीत सिंह रावल और दूसरी तरफ आरोप करनेवाली महिला आई.ए.एस.। इस उच्चस्तरीय मामले की जाँच रेलमंत्री लालूप्रसाद के निर्देश पर आनन-फानन में शुरू हुई थी। नियम-कानून के उलझे रास्ते में फँसी जाँच का न तो अब तक कोई नतीजा आया है, न रावल के खिलाफ कोई काररवाई हुई है। एसी कोच में सुरक्षित यात्रा के मिथ तोड़ता यह

मामला कई सवाल खड़े कर गया, जैसे–यदि पीड़िता सुजाता आई.ए.एस. अधिकारी की बहन न होकर कोई साधारण महिला यात्री होती, तो क्या होता ? तब क्या जाँच भी कराना जरूरी समझा जाता ? रेल सुरक्षा बल (आर.पी.एफ.) पर यात्रियों की हिफाजत का जिम्मा है और जब उसके डी.आई.जी. स्तर के अधिकारी की ऐसी करतूत सामने आई, तो इस बल की कार्यशैली पर कितना भरोसा रह जाएगा ? प्रथमद्रष्टा गंभीर मामले में भी आरोपी अफसर के खिलाफ कोई कारवाई क्यों नहीं की गई ? इन सवालों का समय से सटीक उत्तर नहीं दिया जाना ऐसी घटनाओं को परोक्ष प्रोत्साहन देना ही कहा जाएगा।

अब तो एसी कोच में आपराधिक घटनाएँ आए दिन सामने आने लगी हैं। इस साल 18 फरवरी को पुणे-पटना एक्सप्रेस के वातानुकूलित द्वितीय श्रेणी के कोच संख्या ए-1 के दरवाजे का शीशा टूटा मिला। टूटे शीशे पर किसी व्यक्ति के खून के धब्बे मिले। कल रविवार को बंगलुरु से दरभंगा जानेवाली बागमती एक्सप्रेस के वातानुकूलित द्वितीय श्रेणी कोच में सफर कर रही डी.आई.जी. अजय वर्मा की पत्नी डॉ. शंपा वर्मा एवं एक अन्य महिला के साथ एक बदमाश ने दुर्व्यवहार किया। नशे में धुत बदमाश उनके बच्चों को बार-बार ट्रेन से बाहर फेंकने की धमकी दे रहा था। यह एसी कोच में घटनाओं की ताजा तसवीर है।

[23 जून, 2008]

□

कोच से उठता धुआँ

तीन दिन पहले हमारे देश ने अपना 62वाँ स्वाधीनता दिवस मनाया, किंतु ऐसा लगता नहीं कि नागरिकों के दायित्व बोध में परिपक्वता आई है। अधिकतर लोगों और संगठित समुदायों के लिए आजादी का अर्थ मनमानी या भयादोहन हो गया है। जिसकी नहीं चलने दी जाए, वही देश की संपत्ति फूँकने पर उतारू हो जाता है। रेल, बस, स्कूल-कॉलेज, डाकघर, सरकारी दफ्तर–सबकुछ आजाद हिंदुस्तान में उसी तरह हमले का शिकार होते रहे हैं, जिस तरह ब्रिटिश शासन में, बल्कि आक्रामकता कुछ ज्यादा ही बढ़ी है। पहले अंग्रेजों के ज़माने की जेल, सख्त पुलिस और सामूहिक जुर्माना ठोंकनेवाले प्रशासन की हनक थी। अब जेब में पैसे हों तो जेल में मोबाइल से लेकर बढ़िया खाना तक मिलता है। पुलिस देर से पहुँचती है या छिप जाती है। साठ साल में हर मुद्दे का इतना राजनीतिकरण हुआ है कि अब पुलिस को लाठी या बंदूक उठाने में डर लगता है। उससे यदि जरा ज्यादा कड़ाई हो गई, तो उपद्रवी भीड़ का कोई पैरवीकार उसकी वरदी उतरवा सकता है। प्रशासनिक कलम सामूहिक दंड लगाने की काररवाई करने से पहले काँप जाती है; क्योंकि समूह किसी का वोट बैंक भी होता है।

ऐसा ही चलता रहा तो लगातार निर्बल होती शासन व्यवस्था में करोड़ों की लागतवाले रेल कोच मामूली बात पर आग के हवाले किए जाते रहेंगे। बिहार में उदंडता की आग का धुआँ कुछ ज्यादा ही घना होने लगा है। मंगलवार, 18 अगस्त, 2009 को फिर यही हुआ। छात्र कहलानेवाले कुछ लड़के नई दिल्ली से राजगीर तक जानेवाली 2392 डाउन श्रमजीवी एक्सप्रेस में आरा स्टेशन से चढ़े। वे इस सुपरफास्ट ट्रेन के वातानुकूलित (ए.सी.) डिब्बे में बिना टिकट सफर करना चाहते थे और वह भी कोच के वाजिब मुसाफिरों को प्रताड़ित करते हुए। उन्हें इसकी आदत हो चुकी है। आरा का इलाका स्वतंत्रता सेनानी बाबू कुँवर सिंह से अपनी पहचान जोड़ता है, लेकिन दुर्भाग्यवश, वहाँ नई पीढ़ी के एक वर्ग के लिए

अब आजादी का एक मतलब हर ट्रेन के हर कोच में बेटिकट सफर करना है। जब रेल सुरक्षा बल (आर.पी.एफ.) के जवानों ने उनकी कथित आजादी छीनने की काररवाई की, तो श्रमजीवी एक्सप्रेस की चार एसी बोगियों में आग लगा दी गई। घटना की गंभीरता को देखते हुए राज्य सरकार ने आरोपियों पर स्पीडी ट्रायल चलाने का एलान किया है। क्या रेल संपत्ति को नुकसान पर शरारती तत्त्वों के लिए डरावनी नजीर बननेवाली सजाएँ और टाली जानी चाहिए ?

[18 अगस्त, 2009]

□

रेल अपराध की चिंता

राज्य सरकार ने कानून-व्यवस्था की स्थिति में 'महसूस करने लायक सुधार' लाने के लिए पिछले साढ़े तीन सालों में कई कदम उठाए हैं। अपराधियों की धर-पकड़ में तेजी, सेना के सेवा-निवृत्त जवानों को भर्ती कर सैप का गठन, अभियुक्तों का स्पीडी ट्रायल और पुलिस प्रशासन में समय-समय पर हुए फेरबदल से अमन का राज कायम करने के प्रयास लगातार होते रहे हैं। इसके बावजूद प्रदेश से गुजरनेवाली यात्री ट्रेनों में आपराधिक घटनाएँ चिंता का कारण बनी हुई हैं। पिछले तीन महीनों पर ही नजर डालें, तो कम-से-कम डेढ़ दर्जन ऐसी वारदातें हुईं, जिन्हें गंभीरता से लिया गया। 17 जून की रात जमालपुर-किउल रेलखंड पर उरैन-धनौरी रेलवे स्टेशनों के बीच 209 अप हाबड़ा-जयनगर पैसेंजर ट्रेन के यात्रियों से लाखों रुपए मूल्य की संपत्ति लूट ली गई। 24 जून को दानापुर रेलखंड के बख्तियारपुर एवं बाढ़ के बीच 3112 डाउन दिल्ली-सियालदह लालकिला एक्सप्रेस की जनरल बोगी में यात्रियों को लूटा गया। ये साधारण मेहनतकश मुसाफिर थे।

इस बीच 5 सितंबर को 2352 डाउन दानापुर-हावड़ा एक्सप्रेस में देर रात हुई डकैती के बावजूद मौके पर किसी की गिरफ्तारी नहीं हुई। पुलिस ने पूछताछ के लिए तीन लोगों को हिरासत में लिया है। घटना के सुर्खियों में आने के बाद रेल ए.डी.जी. अमरीक सिंह निंब्रान, रेल एस.पी. और अन्य अधिकारियों ने लंबी मंत्रणा के बाद रेल थाना सहित आसपास के सभी थानाध्यक्षों को अपराधियों की गिरफ्तारी के लिए जरूरी निर्देश तो दिए ही, वारदात की शिकार एक्सप्रेस ट्रेन की सुरक्षा में तैनात पूरी स्कॉर्ट पार्टी को निलंबित कर दिया। लापरवाही पहली नजर में सामने थी। अधिकारियों ने आश्वासन दिया कि जाँच के बाद इन जवानों पर सख्त काररवाई की जाएगी। दरअसल पटना-मोकामा रेलखंड पर लगातार हो रही घटनाएँ जिस तरह चुनौती बनी हैं, उसे देखते हुए पुलिस को यह कदम उठाना पड़ा है।

कहा तो गया है कि रेलगाड़ियों में विशेष सुरक्षा प्रदान की जाएगी। इसमें रेल सुरक्षाबल का भी सहयोग लिया जाएगा। रेल डकैती में कम उम्र के अपराधी शामिल थे, लेकिन पुलिस की निगाह ऐसे लोगों पर भी है, जिन पर अभी कोई मामला तक दर्ज नहीं किया है। पुराने अपराधियों की सूची बनाकर भी छानबीन की जा रही है। ऐसे चौतरफा प्रयास शिथिल न पड़ें, तो कुछ दिन बाद हालात सुधरने की आशा की जा सकती है। स्कॉर्ट पार्टी पर प्रारंभिक काररवाई अच्छा संकेत है, लेकिन रेल-यात्राएँ इतने भर से सुरक्षित नहीं हो सकतीं।

[7 सितंबर, 2009]

□

गरीब रेल-यात्रियों पर ममता

आमतौर पर केंद्र और राज्य सरकारें जरूरतमंद लोगों के लिए योजनाएँ शुरू करती हैं। इनका लाभ सही हाथों तक पहुँचे, इसके लिए नियमावली बनाई जाती है, योजना-राशि तय की जाती है और पात्रता सिद्ध करने के लिए कोई-न-कोई प्रमाण-पत्र या दस्तावेज पेश करने की अपेक्षा होती है। विडंबना यह सामने आती है कि योजना का लाभ सही हाथों तक पहुँचाने का जिम्मा जिन छोटे-बड़े अधिकारियों पर होता है, वे ही नियम-शर्त और प्रमाण-पत्र के बहाने उसमें बाधक बन जाते हैं। इसके चलते दो तरह के नतीजे सामने आते हैं। एक, आम आदमी को कल्याणकारी योजनाओं का लाभ उठाने के लिए जरूरी कागजात बनवाने के लिए सरकारी दफ्तरों के चक्कर लगाने पड़ते हैं। फलस्वरूप लोगों की परेशानियाँ खबर बनती हैं। दो, जब लोग फजीहत से बचने के लिए संबंधित बाबू को 'सुविधा-शुल्क' (रिश्वत) देते हैं, तब जल्द ही योजना में भ्रष्टाचार के कीड़े कुलबुलाने लगते हैं। ऐसे समाचार भी ध्यान खींचते हैं। लोगों की मुसीबत और प्रशासन में भ्रष्टाचार–दोनों ही बातों में संबंधित सरकार की छवि खराब होती है।

ताज़ा मामला गरीब दैनिक यात्रियों को राहत देने के लिए शुरू की गई रेलवे की 'इज्जत सेवा' का है। इसका लाभ लेने में होनेवाली परेशानी की खबर इसी 4 सितंबर को जागरण में छपी–"जिल्लत भरी है 'इज्जत' की राहें"। संवेदनशील रेलमंत्री ममता बनर्जी ने इस पर संज्ञान लिया। खबर में विस्तार से इस बात का उल्लेख किया गया था कि किस तरह 25 रुपए का सीजन टिकट (एम.एस.टी.) बनवाने के लिए डेढ़-दो हजार रुपए महीने की नौकरी करनेवाले एक शख्स को आय-प्रमाणपत्र बनवाने के लिए मुखिया से डी.एम. तक से मिलने में कितनी परेशानी उठानी पड़ी। यह भी उल्लेख किया गया था कि इस दस्तावेज के जो विकल्प बताए गए थे, वे भी किसी गरीब आदमी के लिए सुलभ नहीं। रेलवे के क्षेत्रीय अधिकारी इस समस्या का समाधान करने की स्थिति में नहीं थे। समाचार

की गंभीरता को महसूस करते हुए रेलमंत्री के निर्देश पर रेलवे बोर्ड ने फैसला किया कि अब 'इज्जत सेवा' के लिए आवेदन करनेवालों को आय प्रमाण-पत्र नहीं बनवाना पड़ेगा, बल्कि गरीबी रेखा से नीचे (बी.पी.एल.) होने का जो कार्ड उनके पास है, वही काफी माना जाएगा। इस ममता-भरे आदेश से लाखों गरीबों की राहें आसान हो सकेंगी।

[8 सितंबर, 2009]

□

बात-बात पर फुंकती रेल

कोई छह माह पहले 1 जून, 2009 को पटना-मोकामा रेलखंड के खुसरूपुर स्टेशन पर श्रमजीवी एक्सप्रेस ट्रेन का स्टॉपेज बंद किए जाने की अफवाह मात्र पर उग्र स्थानीय भीड़ ने स्टेशन पर तोड़फोड़ और आगजनी की थी। दो ट्रेनों की छह बोगियों में आग लगा दी गई थी। करोड़ों की वह संपत्ति नष्ट हो गई थी, जिसे नारे लिख-लिखकर राष्ट्रीय बताया जाता है और अपेक्षा की जाती है कि लोग उसे बर्बाद करने से पहले या ऐसा होता देखकर वही दर्द महसूस करेंगे, जैसा अपने घर या दुकान की किसी चीज का नुकसान होने पर करते हैं। दुर्भाग्यवश, ऐसी अपीलों को बार-बार राख में बदलकर क्या लोग साबित कर रहे हैं कि वे किसी सख्त शासन की भाषा समझने की सदियों पुरानी आदत से उबरना नहीं चाहते ? क्या स्वाधीन देश के जिम्मेदार नागरिक की तरह विकसित होने में जनता के एक विशाल वर्ग को अभी आधी सदी और लगेगी ? क्या रेल-जैसी महँगी और जनोपयोगी संपदा को बचाने के लिए सशस्त्र बल से लैस स्थानीय तथा रेल-प्रशासन को अधिक प्रो-ऐक्टिव एप्रोच अपनाने के लिए बाध्य होना पड़ेगा ? प्रदेश से गुजरनेवाली रेलगाड़ियाँ यदि बात-बात पर फूँकी जाएँगी, तो बिहार अपने यहाँ रेल सुविधाओं के और विस्तार की पात्रता शेष भारत के सामने कैसे सिद्ध करेगा ?

मन खट्टा करनेवाले ऐसे कई सवाल इस बार मोतीहारी की घटना से उठे हैं। सुगौली-रक्सौल रेलखंड के मानवरहित शीतलपुर क्रॉसिंग पर मंगलवार 22 दिसंबर की सुबह एक मार्शल जीप के ड्राइवर की गलती से पाँच लोगों की मौत हो गई। मृतकों में चार एक ही परिवार के थे, जबकि पाँचवाँ खुद जीप चालक था। ड्राइवर ने खुली रेल गुमटी पार करने से पहले उस पर सीटी बजाते और धड़धड़ाते हुए आते रेल इंजन की परवाह नहीं की। हादसे के बाद रेलवे को गरीब की गाय समझनेवाली मानसिकता से लोग उसके इंजन और पटरियों पर टूट पड़े। कुछ करोड़ रुपए की कीमतवाला इंजन फूँक दिया गया। तकरीबन एक किलोमीटर

तक रेलवे पटरी उखाड़ डाली गई। जीप चालक की लापरवाही से दुर्घटना हुई और नुकसान रेलवे (राष्ट्रीय संपत्ति) का किया गया। बेशक, किसी परिवार के इतने लोगों की अकाल मृत्यु एक दुःखद घटना थी, ए.डी.आर.एम. ने इस पर शोक प्रकट किया; लेकिन क्या इसकी इतनी आक्रामक प्रतिक्रिया जायज थी ? यदि ड्राइवर की गलती से कोई हादसा कहीं और होता तो क्या शहर में आग लगा दी जाती ? ऐसी घटनाएँ रोकने में स्थानीय और रेल प्रशासन की जिम्मेदारी भी तय की जानी चाहिए।

[23 दिसंबर, 2009]

□

रेलवे का सुख-दुःख

बिहार के लिए यह एक अच्छी बात है कि इस राज्य से सांसद चुने जानेवाले कई कद्दावर नेता अपने-अपने दौर में रेलमंत्री हुए। इसका दूसरा पक्ष यह है कि यहाँ रेलवे अक्सर प्रांतीय राजनीति का शिकार हुई। जब कांग्रेस की एकछत्र सरकारों का दौर था, तब बाबू जगजीवन राम और ललितनारायण मिश्र जैसे नेताओं ने रेलमंत्री के रूप में अपनी छाप छोड़ी। भागलपुर स्टेशन का वर्तमान रूप अगर जगजीवन राम की देन है, तो पटना-दिल्ली के लिए पहली सुपरफास्ट ट्रेन मगध एक्सप्रेस ललित बाबू का उपहार। गठबंधन राजनीति के दौर में रामविलास पासवान, नीतीश कुमार और लालू प्रसाद ने रेलमंत्री के रूप में बिहार के लिए अपने-अपने नजरिए से उल्लेखनीय काम किए। संपूर्ण क्रांति एक्सप्रेस, जनसाधारण और अर्चना एक्सप्रेस ट्रेनें प्रदेश को नीतीश कुमार की देन है, तो हाजीपुर को रेल प्रशासन के नक्शे पर लाने का श्रेय रामविलास पासवान को दिया जाता है। पिछली सरकार में रेलमंत्री रहे लालू प्रसाद ने दिल्ली, कोलकाता, अहमदाबाद और अमृतसर को बिहार से जोड़नेवाली गरीब रथ ट्रेनें चलवाईं।

यह सब केंद्र में बिहारी रेलमंत्री होने के उजले पक्ष (सुख) हैं। दूसरा पहलू यह है कि प्रदेश में रेलवे गहरे राजनीतिकरण का शिकार हुई। एक मंत्री ने जो योजनाएँ शुरू कीं, वे दूसरे के आने पर ठंडे बस्ते में चली गईं। नई रेल लाइन बिछाने से लेकर स्टेशन के नवीकरण और ठहराव तय करने तक पर राजनीति का असर (दुःख) दिखता है। सोचिए कि एक सुपरफास्ट ट्रेन को लगभग सौ किलोमीटर का सफर तय करने में कितना वक्त लेना चाहिए और इसमें कितने ठहराव होने चाहिए? किसी भी अनुमान को गलत साबित करते हुए दिल्ली से आनेवाली श्रमजीवी एक्सप्रेस पटना और राजगीर के बीच की दूरी प्रायः चार-पाँच घंटे में तय करती है। इसे लगभग डेढ़ दर्जन स्थानों पर रोका जाता है या रुकने को विवश किया जाता है। राजनीति संपोषित समूहों के दबाव में रेलगाड़ियाँ इतनी

जगह रोकी जाती हैं कि बिहार में दाखिल होते ही उनकी गति टूट जाती है। पैसेंजर, इंटरसिटी, एक्सप्रेस और सुपरफास्ट ट्रेन की सेवाओं में फर्क महसूस करना यहाँ कठिन हो जाता है। ट्रेन को तोड़फ़ोड़ का निशाना बनाना तो आम बात है। मुख्यमंत्री नीतीश कुमार ने शुक्रवार को पटना-राँची जन-शताब्दी एक्सप्रेस के उद्घाटन समारोह में भरोसा दिलाया कि रेलवे को निशाना बनाने की घटनाओं पर सख्ती की जाएगी। रेलवे और राज्य सरकार में तालमेल से निश्चय ही यात्रियों के दुख दूर हो सकते हैं।

[09 जनवरी, 2010]

□

यह कौन-सा बिहार है ?

बिहार से गुजरनेवाली गाड़ियाँ गरीब की गाय बनी हुई हैं। इस पर जो चाहे, डंडे बरसा सकता है। जब चाहे, इसके थन से खून उतरने तक दूह सकता है। जब चाहे, माचिस की एक तीली सुलगाकर फूँक सकता है। नतीजा यह कि इस राज्य में ट्रेनों पर हमले रुकने का नाम नहीं ले रहे। बुधवार को, आजादी के 64वें साल में, गुवाहाटी से दिल्ली जा रही 2505 डाउन नार्थ-ईस्ट एक्सप्रेस पर आरा-बक्सर के बीच सिकरिया हॉल्ट पर ग्रामीणों ने धावा बोला। आजादी के पहले ऐसा मुमकिन नहीं था; क्योंकि तब गाँव को सामूहिक जुर्माना भरने से लेकर दोषियों को पुलिस के हवाले करने तक का अंजाम भुगतना ही पड़ता। जब आजादी का व्यावहारिक अर्थ मनमानी और लोकतंत्र के मायने भीड़ (बहुमत) को जायज ठहराना ही मान लिया जाएगा, तब अराजकता पर अंकुश लगाना आसान कैसे होगा ? दुर्भाग्यवश, बिहार लंबे समय तक इन दोनों शब्दों की गलत व्याख्या का परीक्षण-स्थल रहा। ट्रेन में बढ़ती असुरक्षा को इस नजरिए से देखें, तो यह अपराध की कोई साधारण घटना नहीं, बल्कि हमारे विचलन का परिणाम है।

नार्थ-ईस्ट एक्सप्रेस की बोगियों में घुसकर यात्रियों के साथ मारपीट और लूटपाट की गई। शर्मनाक यह कि हमलावरों में लाठी व कटारी से लैस महिलाएँ और बच्चे भी थे। देश के विभिन्न भागों में रहनेवाले 50 असहाय यात्री जख्मी हुए। ये लुटे-पिटे लोग इस राज्य की क्या छवि पेश करेंगे ? यह कौन-सा बिहार था ? अब जानिए कि ट्रेन यात्रियों का कसूर क्या था। वे बार-बार अवैध चेन पुलिंग से परेशान थे। जो स्थानीय युवक ऐसा कर रहे थे, उन्हें रोकने का 'जुर्म' इन यात्रियों ने किया था। इसकी सजा दी गई। दिल्ली जैसे महानगर में कोई व्यक्ति मनमानी जगह पर डी.टी.सी. की बस तक को नहीं रुकवाता। उसे स्टॉप पर ही उतरना या चढ़ना होता है। अनुशासन की वजह से वहाँ जिंदगी और विकास की रफ्तार तेज है। इधर, अपने राज्य में एक्सप्रेस और सुपरफास्ट ट्रेन तक

टेंपो की तरह रोकी जा रही हैं। जंजीर खींचने पर कड़ी सजा का प्रावधान बेमानी हो चुका है। सभी महत्त्वपूर्ण गाड़ियाँ या तो जी.आर.पी. और आर.पी.एफ. की हिफाजती छतरी पाने से वंचित हैं या इनके जवान स्थानीय गुंडागरदी से मुसाफिर को बचाने की हिम्मत खो चुके हैं। देश को सर्वाधिक रेलमंत्री देनेवाले प्रदेश में क्या राजनीतिक दल अब रेल सुरक्षा और बिहार की छवि के मुद्दे पर कोई सर्वसम्मति बनाने को तैयार हैं?

[19 अगस्त, 2010]

□

आखिर माजरा क्या है ?

एक तरफ बिहार में राजग सरकार के सत्ता में लौटने से उद्योग-व्यवसाय सहित विभिन्न क्षेत्रों में विश्वास का नया वातावरण बना है, तो दूसरी तरफ हाल की कुछ घटनाएँ इस भरोसे को तोड़ने की कुचेष्टा करती जान पड़ रही हैं। इसकी नजाकत को समझना और उसी गंभीरता के साथ इसका माकूल जवाब देना जरूरी है, जबकि कुछ जिलों में पुलिस इस चुनौती के मुकाबले कमजोर या गैरजिम्मेदार दिख रही है। बेगूसराय के वीरपुर थाना क्षेत्र के एक युवक का अपहरण (30 दिसंबर, 2010) को हुआ, तो पुलिस इसकी प्राथमिकी दर्ज करने को राजी नहीं थी। ग्रामीणों को डी.एस.पी. का घेराव करना पड़ा। इसके बाद ही प्राथमिकी दर्ज कराई जा सकी। घटना उस समय हुई, जब युवक ट्यूशन पढ़ने जा रहा था। शाम तक अपराधियों ने फोन कर 20 लाख की फिरौती माँगी थी। हाजीपुर में तो अपहर्त्ताओं ने पैसे न मिलने पर चार वर्षीय बालक का गला घोंटकर उसे मार ही डाला। कड़ी मशक्कत के बाद पुलिस ने सभी तीन अपराधियों को गिरफ्तार किया। शर्मनाक यह कि हत्यारे पड़ोसी ही निकले। उस मासूम की जान के बदले 15 लाख रुपए माँगे गए थे।

आपराधिक घटनाओं से जुड़ी कुछ शिकायतें सोमवार, 3 जनवरी को जनता के दरबार में मुख्यमंत्री-कार्यक्रम में भी पहुँचीं। समस्तीपुर के डोरापार चंदौली की एक महिला के अनुसार तीन माह पहले गाँव के ही कुछ लोगों ने उसकी बहन को जलाकर मार डाला था। पुलिस ने कोई कारररवाई नहीं की। अपराधियों का मन इतना बढ़ा कि अब वे मुकदमा वापस लेने के लिए हत्या की धमकी दे रहे हैं। जब वह कॉलेज जाती, तो अपराधी पीछे लग जाते हैं। डर के मारे पढ़ाई बंद है। सबसे ज्यादा चिंताजनक शिकायत गया की सुषमा देवी ने की है। उसके पति ने गया के चर्चित सत्येंद्र दुबे हत्याकांड में गवाही दी थी। उन्हें एक लाख रुपए का पुरस्कार मिला था। अब अपराधियों से उन्हें धमकी मिल रही है। विडंबना

यह है कि जब पुलिस से शिकायत की गई, तो वहाँ दो लाख रुपए माँगे जा रहे हैं। क्या यह केवल आकस्मिक है कि एक तरफ पुराने भयावह दिनों की याद दिलानेवाली घटनाएँ एक-एक कर सामने आ रही हैं और दूसरी तरफ पुलिस ज्यादती (या लापरवाही) से जुड़े गंभीर मामले बढ़ रहे हैं ? संदेह यह होता है कि क्या कोई छिपी ताकत कानून-व्यवस्था के सवाल खड़े करने के लिए अचानक सक्रिय हो गई हैं और इस मुद्दे पर राज्य सरकार की अर्जित साख में सेंध लगाना चाहती है ? आखिर माजरा क्या है ?

[4 जनवरी, 2011]

□

स्कूलों से कैसी दुश्मनी ?

अंग्रेजी में एक कहावत है–यदि आप किसी कुत्ते की हत्या करना चाहते हों तो उसे पहले पागल करार देना चाहिए। निहितार्थ यह कि काम कोई भी करिये, हिफाजत के लिए दलील पहले तैयार कर लीजिए। अभिव्यक्ति की आजादी देनेवाले हमारे लोकतंत्र में अंग्रेजी की इस कहावत का इस्तेमाल खुद लोकतांत्रिक व्यवस्था को उखाड़ फेंकने और एकदलीय शासन थोपने की सशस्त्र मुहिम चलाने के लिए किया जा रहा है। इसका दंश बिहार भी झेल रहा है। लोकतंत्र को खोखला, पुलिस और सुरक्षा बलों को आतताई, बहुमत से निर्वाचित-गठित राज्य सरकार को शोषक और स्कूल भवनों को पुलिस का अड्डा बताकर इन सबके खिलाफ सशस्त्र संघर्ष जारी है। एक तरफ राज्य में साक्षरता-शिक्षा का प्रसार कम है, दूसरी तरफ स्कूल उड़ाने का सिलसिला जारी है। भाकपा माओवादी नामक प्रतिबंधित उग्रवादी संगठन के हथियारबंद लोगों ने गत गुरुवार की रात औरंगाबाद जिले में केन बम लगाकर ढिबरा थाना क्षेत्र के एक मध्य विद्यालय को ध्वस्त कर दिया। लगातार दो विस्फोट किए गए। इसी रात नक्सलियों ने देव थाना अंतर्गत मध्य विद्यालय यदुपुर का भवन ध्वस्त करने के लिए केन बम लगाया, परंतु विस्फोट नहीं हो सका। वे स्कूल भवनों को लगातार निशाना बना रहे हैं। अगली पीढ़ी को निरक्षर बनाए रखने की इस बरबर काररवाई की भर्त्सना से बचने का बौद्धिक कवच तो वे पहले से ही तैयार रखते हैं। उनके सिद्धांतकार और अभियानी प्रचारक लोकतांत्रिक व्यवस्था की मलाई काटते हुए (टीचर-प्रोफेसर बनकर) अपना काम सुरक्षित गरिमा के साथ कर रहे हैं।

उग्रवादी स्कूल उड़ाएँ, विकास में रोड़े अटकाएँ, रंगदारी वसूलें, रेल पटरी उखाड़ें या पूरी ट्रेन पलटकर सैकड़ों लोगों की जान ले लें–मीडिया, वकालत और परिसर से लेकर राजनीति तक में पैठे नक्सल समर्थक लोग अपने 'जुझारू क्रांतिकारियों' के समर्थन में आ जाते हैं। दबाव ऐसा बनाया जाता है कि नक्सल

विरोधी (या लोकतंत्र समर्थक) अभियान चलाने का संवैधानिक दायित्व निभाने में लोकप्रिय सरकार का मनोबल कमजोर पड़ने लगता है। इसकी सबसे बड़ी मार पड़ती है पुलिस बल और आंतरिक सुरक्षा के लिए जिम्मेदार एजेंसियों पर। वे आक्रामक हों तो मानवाधिकार हनन का सवाल उठाया जाता है और आत्मरक्षात्मक ड्यूटी निभाएँ तो आलोचना झेलें या जान दें! बदलता और विकसित होता बिहार अपने उत्सवी दिनों में भी इस द्वंद्व से मुक्त नहीं हो सका है। सममस्या का राजनीतिक-आर्थिक-सामाजिक समाधान जटिल है। इसमें समय लगेगा, लेकिन क्या हमारे भटके हुए साथी (विद्वान् नक्सली) स्कूलों को निशाना न बनाने पर राजी नहीं हो सकते? क्या वे निरक्षरों के मानवाधिकार की फिक्र करेंगे?

[27 मार्च, 2011]

□

महिला सशक्तीकरण

कन्या पूजिए, बहू को मारिए
बड़े मन का तोहफा

बिहार में आधी आबादी आज भी विकास की मान्य कसौटियों (शिक्षा, स्वास्थ्य आदि) पर फीकी लकीर ही खींचती है। लिंग अनुपात, नामांकन, साक्षरता व मातृत्व मृत्यु-दर के आँकड़े इसकी पुष्टि करते हैं। इस दशा को बदलने के लिए बातें बहुत हो रही हैं, लेकिन जब तक कोई सक्षम सरकार इस मुद्दे को अपनी राजनीतिक इच्छाशक्ति से अनुप्राणित नहीं करती, तब तक कोई खास बदलाव नहीं आता। राज्य में पहली बार महिलाओं के लिए 'जेंडर बजट' पेश कर सरकार ने यह काम कर दिया है। गुरुवार को विधान सभा में पेश इस बजट (2008-09) में 10 विभागों की उन योजनाओं की व्यापक चर्चा है, जो पूरी तरह महिलाओं से संबंधित हैं। ये विभाग आधी आबादी के विकास या सहायता के मद में 2247.80 करोड़ रुपए खर्च करेंगे। उप-मुख्यमंत्री सुशील कुमार मोदी ने परिणाम बजट के हवाले से तमाम विभागों के 'टास्क' भी गिनाये। उनके अनुसार तमाम विभागों में अलग से जेंडर सेल की व्यवस्था की जाएगी, जो महिलाओं के कल्याणार्थ योजनाओं की निगरानी करेगी। जेंडर बजट में सामाजिक क्षेत्र के दस विभागों–सामाजिक कल्याण, अनुसूचित जाति-जनजाति कल्याण, लोक स्वास्थ्य अभियंत्रण, अल्पसंख्यक कल्याण, मानव संसाधन विकास विभाग, स्वास्थ्य, ग्रामीण-शहरी विकास, पंचायती राज व श्रम संसाधन विकास विभाग को रखा गया है। जो 2247.80 करोड़ रुपए सिर्फ महिलाओं के लिए खर्च होंगे, वे कुल रकम का 15.03 फीसदी है। कुल बजट आकार के हिसाब से महिलाओं का हिस्सा 5. 83 प्रतिशत है। सरकार मानती है कि इस नई व्यवस्था से उसे पता चल जाएगा कि महिला सशक्तीकरण के मामले में आखिर क्या हो रहा है या कहाँ और क्या करने की जरूरत है।

जेंडर बजट एक तरह से उन सारे बजट की पैकेजिंग है, जो राजग सरकार ने महिला सशक्तीकरण के लिए बड़ी उम्मीद के साथ शुरू की है। इनमें बालिका पोशाक योजना (72 करोड़), मुख्यमंत्री बालिका साइकिल योजना (42.14 करोड़), मुख्यमंत्री कन्या विवाह योजना (20 करोड़), कन्या सुरक्षा योजना (26 करोड़), नारी शक्ति योजना (22.50 करोड़), स्वयंसिद्धा (5.15 करोड़), लक्ष्मीबाई सामाजिक सुरक्षा योजना (53.90 करोड़), किशोरी बालिकाओं के लिए राष्ट्रीय कार्यक्रम (13.80 करोड़), इंदिरा आवास (486.98 करोड़), दुलार नीति (14.45 करोड़) तथा नए महिला आई.टी.आई. संस्थान (1.40 करोड़ रुपए) शुरू करने के संकल्प शामिल हैं।

इसी महीने गुजरे महिला दिवस पर राजधानी में सरकार की पहल से 'उमंग रैली' आयोजित की गई थी। उसमें लड़कियों और महिलाओं ने बड़े उत्साह से भाग लिया था। हाल के दिनों में पटना का गांधी मैदान जिन सकारात्मक मानव एकत्रीकरण का साक्षी बना है, उनमें वह महिला रैली भी थी। उसमें मुख्यमंत्री नीतीश कुमार ने कहा था कि जीवन में उमंग जरूरी है; क्योंकि बुझे मन (या नकारात्मकता) से कोई बड़ा काम नहीं हो सकता। उनकी सरकार ने जेंडर बजट पेश कर अपने सकारात्मक होने का अद्यतन उदाहरण पेश किया है। काश, इनमें से कोई काम प्रदेश की पहली महिला मुख्यमंत्री (राबड़ी देवी) के हाथों भी हुआ होता !

[28 मार्च, 2008]

□

जंजाल बने मुखिया पति

प्रदेश में महिलाओं को पंचायती राज व्यवस्था के अंतर्गत एक झटके में 50 प्रतिशत आरक्षण देकर नीतीश सरकार ने जहाँ अपने राजनीतिक विरोधियों के सामने बड़ी लकीर खींची, वहीं देश भर में महिला संगठनों से वाहवाही भी बटोरी थी। इसे महिला सशक्तीकरण की दिशा में बड़ा कदम माना गया और विधायिका में 33 फीसदी आरक्षण की माँग के समर्थन में बिहार की इस पहल को बड़ी दलील के रूप में देखा जाने लगा। नई व्यवस्था के तहत जब 2006 में पंचायत चुनाव हुए, तब राज्य के मुखिया के आठ हजार से अधिक पदों में से 50 फीसदी पदों पर महिलाएँ आ गईं। महिला नेतृत्ववाली पंचायतों में उनके कामकाज से बेशक कुछ स्थानों पर बेहतर बदलाव हुए हैं, लेकिन ज्यादातर पंचायतों में महिला आरक्षण के इस सैद्धांतिक उत्साह की व्यावहारिक परेशानियाँ सामने आने लगीं। पंचायतों में मुखिया, सरपंच एवं समिति सदस्य के पद पर आरक्षण की सीढ़ी चढ़कर बड़ी संख्याओं में महिलाएँ आ तो गईं, परंतु सारा कार्य महिला प्रतिनिधि के पति, पुत्र, देवर या अन्य पुरुष ही करते देखे जा रहे हैं।

नवादा जिला परिषद् की बैठक में क़ई पार्षदों के पति की भागीदारी देखी गई। अध्यक्ष नीतू सिंह अथवा मुख्य कार्यपालक पदाधिकारी अरुणकांत शरण ने जब इसकी अनदेखी की, तो कई पार्षदों ने कड़ी आपत्ति दर्ज करायी। सारण जिले के अमनौर प्रखंड पंचायत समिति की बैठक के समय बी.डी.ओ. के कड़े तेवर का नतीजा यह हुआ कि कई मुखियापति बाहर टहलते देखे गए। इसी जिले के ढोरलाही पंचायत की मुखिया गीता देवी के पति को सदन से बाहर निकलना पड़ा। प्रखंड विकास पदाधिकारी ने जब नियमों का हवाला देते हुए निर्देश दिया, तब मुखिया-पति चुपके से खिसकने लगे। बनियापुर प्रखंड के धनगड़हा पंचायत में शिक्षक नियोजन के दौरान अनियमितता के मामले में जिलाधिकारी, सारण के आदेश पर मुखियापति समेत आधा दर्जन लोगों के खिलाफ नामजद प्राथमिकी दर्ज

की गई। भोजपुर जिले के शाहपुर प्रखंड में खुटहाँ पंचायत अंतर्गत प्राथमिक विद्यालय, दिलमनपुर में बी.पी.एल. सूची की समीक्षा हेतु आयोजित आमसभा में खुटहाँ पंचायत की मुखिया इन्द्रावती देवी की जगह जब उनके पति राजाराम साह ने अध्यक्षता की, तो जनता उत्तेजित हो गई। आरोप था कि आमसभा हो या चयन प्रक्रिया, सब जगह मुखियापति ही काम करते हैं। आँगनबाड़ी सेविका एवं सहायिका का चयन किया गया, तो उसमें भी औपचारिकताएँ मुखियापति ने ही निभाई। रोहतास जिले के दिनारा प्रखंड के चिल्हरुआं पंचायत में मुखियापति शशिभूषण तिवारी पर तो इंदिरा आवास के नाम पर कमीशनखोरी का आरोप लगा। बी.डी.ओ. ने उनके खिलाफ प्राथमिकी दर्ज करायी। बक्सर जिले के नवानगर प्रखंड स्थित कड़सर पंचायत की मुखिया प्रभावती देवी के पति वीरेंद्र सिंह सहित चार अन्य लोगों पर वार्ड सदस्य कविता देवी ने मुकदमा दर्ज कराया। मुखियापति पर जबरन दस्तखत कराने का आरोप है। ऐसे अनेक कड़वे अनुभव पंचायतों में महिला आरक्षण को कलंकित कर रहे हैं।

[28 मार्च, 2008]

□

चिंता के हाशिए पर वधू-वध

प्रदेश के राजनीतिक फलक पर काफी सक्रियता दिख रही है। राज्य में सत्तारूढ़ राजग और केंद्र में सत्तारूढ़ संप्रग के बड़े नेता विकास को मुख्य एजेंडा बनाकर अपनी-अपनी तरह से जनता का मन जीतने में लगे हैं। विकास योजनाओं में घपले पकड़ने पर भी राजनीति हो रही है। इस आँधी में सामाजिक मुद्दों की उपेक्षा चरम पर है। सिर्फ मई माह में बीते 22 दिनों में दहेज के चलते राज्य भर में कम-से-कम 25 युवा बहुएँ मार डाली गई, लेकिन व्यवस्था के सामाजिक-राजनीतिक पहरुओं के माथे पर कहीं कोई शिकन नहीं। वास्तविक घटनाएँ कुछ अधिक हो सकती हैं, लेकिन जो मामले मीडिया के जरिए सामन आए, वे भी कम नहीं हैं। मुजफ्फरपुर के मेघ गाँव में मोटरसाइकिल और नगदी न मिलने पर निर्मला की हत्या कर दी गई। पिता नागेश्वर भगत ने मुशहरी थाने में प्राथमिकी दर्ज करायी। शादी के साल भर बाद से मोटरसाइकिल लाने के लिए उनकी पुत्री पर बराबर दबाव दिया जाने लगा था। पुलिस ने निर्मला के पति को गिरफ्तार कर लिया। हाजीपुर के भगवानपुर थाने के कीरतपुर पश्चिमटोला में इंदर देवी नामक महिला की हत्या कर शव गायब कर दिया गया। यह हत्या भी एक मोटरसाइकिल की माँग की पूर्ति नहीं होने के कारण की गई। इंदर देवी की शादी वर्ष 2000 में 19 जुलाई को वीरचंदर महतो के साथ की गई थी। वीरचंदर से इंदर को तीन संतान हैं। ससुराल में बहू की हत्या के पहले बाकायदा डेडलाइन (30 अप्रैल तक) तय की गई थी। जहानाबाद के परियावा गाँव में एक ग्रामीण वीरेंद्र की बहन सिंपी की शादी दो वर्ष पूर्व धनंजय कुमार के साथ हुई थी। सिंपी के मायके से एक लाख रुपए की माँग की जाने लगी और नहीं देने पर जान से मारने की धमकी भी दी जा रही थी। टेलीफोन से उसकी बहन ने भी जानकारी दी, लेकिन कोई फायदा नहीं हुआ। सिंपी को जहरीली सूई देकर मारा गया।

पटना में तो हद हो गई। जख्मी हालत में ही एक बहू ने थाने में पहुँचकर

प्राण-रक्षा की गुहार लगाई, फिर भी कोई काररवाई न होते देख, उसने महिला आयोग व एस.एस.पी. से गुहार लगाई। एस.एस.पी. के निर्देश पर पुलिस हरकत में आई। फिर भी, आरोपी पति व ससुर को गिरफ्तार नहीं किया जा सका है। मामला कंकड़बाग क्षेत्र के रहनेवाले रामवृक्ष यादव की पुत्री किरण कुमारी का था। दहेज के पाँच लाख रुपए नगद लिए गए थे, फिर भी लिप्सा कम नहीं हुई थी। और रुपए के लिए उसे लगातार प्रताड़ित किया जाता था। ससुरालवालों ने उसके पिता की कार भी छीन ली थी। राज्य में वधू-वध या प्रताड़ना के सिर्फ छह मामलों में इस माह अदालत ने दोषियों को दंडित किया। एक मामले में मायके के लोग सबूत नहीं जुटा पाए, इसलिए आरोपी बरी कर दिए गए। प्रताड़ना के किसी मामले में पंचायत कोई काम न आई। महिलाओं के मुखिया बनने का भी कोई असर नहीं दिखा। इस त्रासद दशा से निकलने का कारगर रास्ता खोजने के लिए सामाजिक मसलों को और गंभीरता से लेने की जरूरत है।

[22 मई, 2008]

□

वर-पक्ष की दबंगई पर चोट

साक्षरता दर में ऊपर की जगह सुरक्षित रखनेवाले केरल की राजधानी तिरुवनंतपुरम् से लेकर पिछड़े माने जानेवाले बिहार के ताजपुर (समस्तीपुर) तक महिला जागृति की ऐसी लहर दिखने लगी है, जिसमें दूल्हन के जोड़े में सजी कन्याएँ भी पुरुष की आक्रामक मनमानियों का मौके पर ही विरोध करने के लिए आगे आने लगी हैं। पिछले दिनों तिरुवनंतपुरम् की 26 वर्षीया सुचित्रा ने खाड़ी देश में कार्यरत, लेकिन मदिराप्रेमी रामचंद्रन से विवाह करने से इनकार कर दिया था। उनका विवाह वजथोप्पु के देवी मंदिर में तय हुआ था। विवाह समारोह शुरू होने से पहले अचानक दूल्हा और उसके पियक्कड़ दोस्त लड़खड़ाते कदमों से समारोह-स्थल पहुँचे थे। वधू के परिजनों की तीखी नजरों को नजरअंदाज करते हुए रामचंद्रन अपनी कार से उतरकर पंडाल की ओर इस अंदाज से बढ़ा था, मानो सबकुछ ठीक-ठाक हो। उसने कुछ नाश्ता भी लिया। लेकिन कुछ ही देर में उसे अपने आपको सँभालने में दिक्कत महसूस होने लगी। उसके दोस्त उसे कुछ देर आराम के लिए वहाँ से ले गए। इसी बीच मंदिर के निकट एक कक्ष में विवाह के लिए तैयार हो रही सुचित्रा को एक परिजन ने शराब के प्रति रामचंद्रन की कमजोरी के बारे में जानकारी दे दी। इस पर सुचित्रा ने कहा कि वह ऐसे व्यक्ति के साथ कतई विवाह नहीं कर सकती, जो विवाह के दिन भी शराब पीने से अपने आपको रोक नहीं पाए। इस निर्णय की जानकारी मिलते ही परिजनों ने सुचित्रा को उसके फैसले के लिए बधाई दी। इसी तरह गत बुधवार को ताजपुर (समस्तीपुर) में नशे में धुत होकर शादी करने जाना पूसा चंदौली के एक युवक को भारी पड़ा था। लड़की और उसके परिजनों ने ऐन जयमाल के वक्त शादी से इनकार कर दिया और दूल्हे और उसके पिता को बंधक बना लिया था। सुबह लड़के के पिता को इस शर्त पर छोड़ा गया कि वह शादी के लिए ली गई दहेज की रकम और पूरे खर्चे की भरपाई करेगा। ताजपुर में तो दूल्हा सिर्फ बंधक बनाया गया, उसके साथ मारपीट नहीं की

गई, लेकिन बरियारपुर पूर्वी गाँव में बारात के साथ आए नशेड़ी युवाओं के कुकृत्य से खिन्न ग्रामीणों ने उन्हें जमकर पीटा। दरजन भर बाराती घायल हो गए। मुजफ्फरपुर जिले के मोतीपुर थानाक्षेत्र के मंसूरपुर गाँव में दूल्हे की जगह उसके भाई को देख भड़के कन्या-पक्ष के लोगों ने समधी सहित तीन लोगों को बंधक बना लिया था। दूल्हा पहले से विवाहित व एक बच्चे का पिता था। गोपालगंज जिले के भोरे थाना-क्षेत्र के कल्याणपुर गाँव से गई बारात के साथ उत्तर प्रदेश के कुशीनगर जिले के बसंतपुर गाँव में मौके पर कड़े प्रतिरोध का कारण दहेज के लिए डाला गया त्रासद दबाव था। विवाह से जुड़े ऐसे कई मसलों पर जब कानून, धार्मिक संस्थाएँ, पुरोहित वर्ग, जातीय संगठन आदि अपने-अपने दायित्व को गंभीरता से नहीं लेंगे और विवाह नामक संस्था किन्हीं दो पक्षों के बीच सौदेबाजी, आचरण-निरपेक्ष सहमति या विवशतापूर्ण या समर्पण के हवाले छोड़ दी जाएगी, तब मौके पर प्रतिरोध के स्वर फूटेंगे ही। ऐसे ही टूटेगी वर-पक्ष की तानाशाही, लेकिन अभी रास्ता लंबा है।

[20 जून, 2008]

□

खामोश क्यों हैं धर्माचार्य ?

सिवान के धनौती गाँव में दहेज में मोटर साइकिल नहीं मिलने पर ससुरालियों ने बहू का गला दबाकर उसे मार डाला। वहाँ के मंजुकुमार सिंह की शादी हिंदू रीति से भुइली (एकमा) गाँव की किरण के साथ 2004 में हुई थी। चार माह बाद ही गत 18 जून को किरण को मार डाला गया। ऐसी घटनाएँ इतनी तेजी से घट रही हैं कि अब इन पर किसी का दिल नहीं पसीजता। जैसे मांस की दुकान पर बँधी बकरी या जाल में पड़ी मुर्गियों के पास से गुजरते हुए मांसाहारियों के भीतर कोई संवेदना नहीं होती, लगभग वैसी ही ठंडी तटस्थता के साथ लोग वधू-वध की खबरों के शीर्षक देखकर दूसरी चीजें पढ़ने के लिए पेज पलट देते हैं। समाज ने भी मान लिया है कि हालात बदले नहीं जा सकते, इसलिए प्रायः हर परिवार एक से ज्यादा कन्याओं को 'बोझ' मानने लगा है। परिणामस्वरूप भ्रूण हत्याएँ बढ़ रही हैं। बिहार सहित देश के पाँच उत्तर भारतीय राज्यों में 20 साल के भीतर एक करोड़ कन्याओं को जन्म लेने से रोक दिया गया। एक्शन एड एंड इंटरनेशनल डेवलपमेंट रिसर्च सेंटर (आई.डी.आर.सी.) का यह खुलासा चौंकानेवाला है।

स्त्री की मंगलकामना के साथ जो समाजसेवी संस्थाएँ सामने दिखती हैं, वे भी निर्विवाद प्रचार की कामना से सिर्फ भ्रूण-हत्या के खिलाफ काम करना पसंद करती हैं। ऐसे क्लीनिक और डॉक्टरों के विरुद्ध बात की जाती है, जो भ्रूण-परीक्षण में मददगार होते हैं, लेकिन यह सारा प्रयत्न मात्र समस्या की फुनगी तोड़ने जैसा है। इसकी जड़ तो दहेज है, जिस पर कानून के जरिए वार करना काफी साबित नहीं हो रहा है। कानूनी प्रक्रिया इतनी लंबी, त्रासद और खर्चीली है कि दोषी को दंड दिलाना आसान नहीं होता। दहेज जुटाने से लेकर कन्या का विवाह करने तक के सफर में थका-टूटा परिवार अक्सर कानूनी जंग में उतरने के काबिल ही नहीं बचा होता है। उधर लड़की ससुराल में प्रताड़ना से तिल-तिल कर घुटती हुई वध-वेदी की तरफ खींची जा रही होती है। ऐसे में दहेज की तलवार को अगर

कोई थाम सकता है, तो वह है धर्म। धर्माचार्य आगे आएँ, तभी धर्म के नाम पर होनेवाली शादियों में दहेज दूहने का खेल खत्म हो सकता है। इस नजरिए से मुसलिम पर्सनल लॉ बोर्ड की ताजा पहल सराहनीय है। बोर्ड ने दहेज के साथ होनेवाली शादियों को गैर-इस्लामिक (धर्मविरुद्ध) घोषित कर दिया है और इमामों से कहा है कि ऐसी शादियों में जाने से वे परहेज करें। बोर्ड के कानूनी सलाहकार जफरयाब जीलानी के मुताबिक इस फैसले की जानकारी देश भर की मसजिदों के इमाम को दी जा रही है, ताकि वे इससे समाज को अवगत करायें और इसका पालन करने की कोशिश करें। मुसलिम पर्सनल लॉ बोर्ड ने जो पहल की है, वैसी कोई पहल यदि हिंदू धर्माचार्यों के संगठन, विश्व हिंदू परिषद, राष्ट्रीय स्वयंसेवक संघ, तिरुपतिदेवस्थानम्, महावीर मंदिर न्यास समिति (पटना) आदि की ओर से भी होती, तो कितना अच्छा होता। शुक्रवार को शंकराचार्य निश्चलानंद सरस्वती पटना में एड्स के विरुद्ध एक कार्यक्रम में पधारे थे। काश, उन्होंने दहेजवाली शादियों पर भी कुछ कहा होता। धर्माचार्यों का ऐसा मौन भारी पड़ सकता है। कन्याहीन होता हुआ समाज ही जब नहीं बचेगा, तब धर्म किसके काम आएगा?

[29 जून, 2008]

□

नीलकंठिनी बहुएँ

प्रदेश की राजधानी में एक मुहल्ले का नाम 'नीलकंठ कॉलोनी' है। इसके सेक्टर-2 में रहनेवाली नववधू प्रीति विवाह के बाद से दहेज की माँग का जहर पीने को विवश थी। उसने अपनी सहनशीलता और आत्मरक्षा के त्वरित विवेक से इस गरल को गले में ही रोक लिया। कॉलोनी का नाम एक अप्रिय प्रसंग में सार्थक करती हुई प्रीति नीलकंठिनी बन गई। गत 9 अगस्त, 2009 को जिला नियंत्रण कक्ष की तत्परता से उसकी जान बची। आरोप है कि 50 हजार रुपए के लिए ससुरालवालों ने उसकी पिटाई की थी। वे उसे मार ही डालते, लेकिन जख्मी प्रीति ने खुद को बाथरूम में बंद कर मोबाइल से बेंगलूर में अपने भाई को फोन कर जान बचाने की गुहार लगाई थी। भाई ने इंटरनेट से जिला नियंत्रण कक्ष के फोन नंबर पर घटना की सूचना दी और प्रशासन ने तत्परता दिखाई। एक दहेज-हत्या टल गई। पति को पकड़ लिया गया, लेकिन अन्य आरोपी थाने से ही छोड़ दिए गए। इस घटना के दस दिन बाद 19 अगस्त को दानापुर की मंजू को कमरे में बंद कर बेरहमी से पीटा जा रहा था। इस बार संवेदनशील पड़ोसी काम आए। इन लोगों ने घरेलू हिंसा को किसी का घरेलू मामला मानने की गलती नहीं की और इसकी सूचना पुलिस को दी। इस सुबुद्धि से फिर एक जान बच गई।

इससे पहले 10 फरवरी, 2010 को ससुरालवालों ने मंजू को जलाकर मारने की कोशिश की थी। कठिन इलाज के बाद उसे नई जिंदगी मिली, लेकिन प्रताड़ना का जहर उसके कंठ में ही रुका पड़ा रहा। प्रीति को पैसे के लिए मारने की कोशिश हुई, तो मंजू को सिर्फ इसलिए कि वह लगातार सिर्फ बेटियाँ पैदा कर रही है। डॉक्टर बताते हैं कि बेटी या बेटे का जन्म पिता के शुक्राणु तय करते हैं, लेकिन आज तक माँ को ही जिम्मेदार मानने का अंधविश्वास समाज पाल रहा है। दरअसल, पुरुष-सत्तात्मक समाज को बेटियाँ नहीं चाहिए; क्योंकि जिस यथार्थ में

वह जी रहा है, उसमें कन्या की शादी बिना दहेज के लगभग असंभव या अपमानजनक है। विद्वान् सिद्धांतकार, समाजसेवी, कानून, प्रशासन और सत्ता के कर्णधार जब तक दहेज-मुक्त समाज नहीं दे पाएँगे, तब तक कन्याएँ व्यावहारिक जीवन में अवांछित ही बनी रहेंगी। प्रीति-मंजू जैसी हजारों नीलकंठिनी कन्याएँ उनसे पूछती रहेंगी कि जब उनके लिए सम्मानजनक जीवन की गारंटी नहीं है, तो कन्या-भ्रूण बचाने का इतना शोर क्यों है ? क्या स्त्री-पुरुष अनुपात ठीक रखने का जिम्मा सिर्फ कन्या परिवारों का है ?

[21 अगस्त, 2009]

□

कन्या पूजिए, बहू मारिए

नवरात्र में हिंदू समाज देवी-आराधना में लग जाता है। प्रदेश में भी देवी-आराधना में लोग अपनी-अपनी श्रद्धा-शक्ति के अनुरूप लगे दिखते हैं। साक्षात् कुमारी कन्याओं के पूजन का विधान है। अनेक घरों में ऐसा होता भी है, लेकिन इसका वास्तविक संदेश आज भी समाज का बहुत बड़ा वर्ग आचरण में नहीं उतार पाया है। परिणामस्वरूप समाज में दहेज के लिए बहुएँ क्रूरतापूर्वक मारी जा रही हैं या इस त्रासदी के भय से कन्याओं को जन्म लेने से ही वंचित किया जा रहा है। नवादा जिले के रजौली में नरहट थाना क्षेत्र के बेलदरिया में एक नववधू रेखा यादव को इतना पीटा गया कि इस नवरात्र के पहले 29 सितंबर को उसकी मौत हो गई। इसी साल जून में उसकी शादी हुई थी। परिवार से जो बन पड़ा, उतना दिया गया था और पढ़ी-लिखी रेखा पंचायत स्कूल में शिक्षिका भी थी, लेकिन इतना काफी नहीं माना गया। दहेज में कार की माँग की जाने लगी थी। कानपुर की शिबू राठौर को तो देहज के नाम पर लाखों रुपए का सामान और दो कारें (पहले मारुती जेन, फिर मारुती 800) देने के बाद भी नहीं बख्शा गया। शिबू का प्रताड़ित वैवाहिक जीवन बमुश्किल छह साल (दिसंबर 2000 से अगस्त 2008) का था। पति मनीष पटना में ही तैनात पुलिस अधिकारी है, इसलिए मायकेवाले दहेज की हर माँग के आगे झुकने को बाध्य थे। न शिकायत, न सनहा। अंततः दो दिन में दस लाख का इंतजाम नहीं कर पाना शिबू की मौत का कारण बना। बात पुलिस अफसर से जुड़ी थी, इसलिए लगभग माह भर बाद फुलवारीशरीफ के डी.एस.पी. के निर्देश पर सोमवार को मामला दर्ज हो पाया।

ऐसी करुण कहानियाँ जारी हैं। दुर्भाग्यवश, वधू-वध और कन्या भ्रूण की हत्या करने में वही समाज आगे दिखता है, जिसके धर्मग्रंथों में कन्या-पूजन की इतनी महिमा गायी गई है। ईसाई और मुसलिम समुदाय तो नवरात्र नहीं करते, लेकिन उनके यहाँ दहेज-हत्या की घटनाएँ अपेक्षाकृत नगंय हैं। इस पर धर्माचार्यों

को गंभीरता से सोचना चाहिए। क्या बहुसंख्यक समुदाय में धर्म का दिखावा ज्यादा हो रहा है। देवी-पूजन पर फूहड़ नाच-गाने के आयोजन भी क्या इसके फूहड़ नमूने नहीं हैं ? ऐसे मामलों में न साधन-संपन्न मठ-मंदिर और परम पूजनीय धर्माचार्य कोई हस्तक्षेप कर पाए हैं, न धर्म की राजनीति करनेवाले। देवी-पूजन और वधू-वध, दोनों जारी हैं। क्या हम इस पर गर्व कर सकते हैं ?

[1अक्तूबर, 2008]

□

सफेद रंग में छिपी उम्रकैद

कोई सवा दो सौ युवा-अधेड़ विधवाओं ने शुक्रवार को बहुत दिन बाद साज-शृंगार किया। इन लोगों ने बिंदी, मेंहदी, नेलपॉलिश लगाकर अपने बचे हुए वजूद की खुशी कुछ रंगों में खोजी। यह उनके पुरुष-विहीन जीवन की उस त्रासदी से निकलने की छटपटाहट का संकेत है, जो उन पर जबरन थोपी गई है। ये महिलाएँ बताना चाहती थीं कि जैसे पत्नी का देहांत किसी पुरुष के लिए दुखद होते हुए भी उसके अच्छा दिखने की चाह पर अंकुश नहीं लगाता, वैसे ही स्त्री को भी अपने पति की मृत्यु के बाद उदास दिखने के लिए बाध्य नहीं किया जाना चाहिए। यदि विधुर का पुनर्विवाह आसान और स्वीकार्य है, तो विधवा के पुनर्विवाह को भी सहज रूप से स्वीकार किया जाना चाहिए। इस आग्रह के साथ ये महिलाएँ 'एकल नारी संघर्ष समिति' के तले राजधानी में जुटी थीं। त्रिदिवसीय एकल नारी समागम का आयोजन किया गया था। इसमें कई बातें खुलकर सामने आईं, लेकिन सबसे सुर्ख रंग था, पुनर्विवाह के माध्यम से जीवन के चमन में फिर से खिलने की अदम्य इच्छा का। जो चमन तकदीर और हादसों से ज्यादा पुरुष की वर्चस्वकामी मानसिकता के चलते उजाड़ हुए हैं, उनमें बहार आनी चाहिए। किसी का मरना-जीना आज भी आदमी के वश में नहीं है, लेकिन पुरुष और स्त्री के लिए जीवनसाथी की मृत्यु के मायने अलग-अलग बनाए गए हैं। शोक की घड़ी में पुरुष कुछ दिन श्वेतवस्त्रधारी होता है, लेकिन साथी खोनेवाली स्त्री को इस रंग में उम्रकैद दे दी जाती है। यह नाइंसाफी बंद होनी चाहिए।

दरअसल, हमारे समाज में महिलाओं की दशा उनके साथ सदियों से जारी विभेद का ऐसा सिलसिला है, जिसे कुछ राजनीतिक, वैधानिक और प्रशासनिक उपायों से समाप्त नहीं किया जा सकता है। बात दहेज की हो या विभिन्न क्षेत्रों में समान अवसर की, सिर्फ कानून बनाने से स्थिति में ज्यादा सुधार नहीं हुआ है। दंडात्मक कानून के बावजूद एक तरफ भ्रूण-हत्याएँ हो रही हैं, तो दूसरी तरफ

ससुराल में ब्याहताएँ प्रताड़ित हो रही हैं। कच्ची उम्र में ही बालिकाएँ ब्याही जा रही हैं, जिससे विधवाओं की संख्या बढ़ रही है। विधवा या अकेली स्त्री हर प्रकार की ज्यादती का आसान शिकार बनती है। छेड़छाड़, दुष्कर्म, हत्या और डायन बताकर अमानवीय अत्याचार करने की घटनाएँ आम हो गई हैं। ऐसे मामलों में कानून अपना काम करता है, लेकिन वह किसी का नजरिया नहीं बदल पाता। विधवाओं की पीड़ा दृष्टिकोणमूलक है, अतः उनके लिए सामाजिक संगठनों को आगे आना चाहिए।

[21 मार्च, 2009]

□

काले पहाड़ पर बिहार

शायद किसी को भरोसा न हो, लेकिन 21वीं सदी का सुशासित बिहार एक काले पहाड़ पर पहुँच गया है। घरेलू हिंसा के मामले में इसने अन्य राज्यों को पीछे छोड़ दिया है। यहाँ लगभग हर रोज कोई-न-कोई कन्या ससुराल में मारी जा रही है। कन्या-भ्रूण बचाने का शोर तो बहुत है, लेकिन बचे भ्रूण से विकसित हुई नारियों की जान सस्ती है। राज्य में शादीशुदा महिलाओं की करीब 60 प्रतिशत आबादी हिंसा का शिकार हो रही है, जबकि देश में औसतन 35 फीसदी विवाहिताएँ यह त्रासदी झेलती हैं। मल्टीपुल एक्शन रिसर्च ग्रुप, दिल्ली (मार्ग–दिल्ली) के ताजा सर्वे के मुताबिक महिलाओं पर अत्याचार के मामले में राजस्थान सबसे ऊपर था, लेकिन अब वह दूसरे स्थान पर है। पिछले तीन माह के भीतर गोपालगंज में सर्वाधिक 8, जहानाबाद में 4 और अरवल-छपरा में 3–3 बहुएँ मारी गईं। राज्य के अन्य भागों से ताजा आँकड़े जुटाए जा रहे हैं।

हालाँकि लड़कियों के लिए सरकार कई कल्याणकारी योजनाएँ चला रही है, लेकिन उनके सामने विवाह-बाद के जीवन की आशंकाएँ पहले से ज्यादा भयावह हुई हैं। दहेज-लिप्सा पर अंकुश लगाने में कानून नाकाम हो रहा है; क्योंकि उसे राजनीति, नौकरशाही, समाज और धर्म जैसी असरदार शक्तियों का सक्रिय समर्थन नहीं है। इस तटस्थता से न किसी का वोट बैंक घटता है, न किसी की नौकरी खतरे में पड़ती है, न किसी दहेज-याचक का सामाजिक तिरस्कार होता है और न इस पर मौन रहने से किसी धर्माचार्य का अंगवस्त्र मैला होता है। जब हर तरह से चुनकर ब्याही गई सुंदर-शिक्षित कन्याएँ मोटरसाइकिल, टी.वी, फ्रिज और कार जैसी निर्जीव वस्तुओं के लिए मारी जा रही हैं, तब क्या माना जाए ? क्या हैसियत दिखाने के इन प्रतीकों का महत्त्व किसी वंश को आगे बढ़ाने के बड़े लक्ष्य से भी बढ़कर है ? क्या लड़कियाँ इतनी (बोझ) हैं कि 'एक मारो, दूसरी पाओ' जैसी हालत है ? इन सवालों के उत्तर शायद अधिकतर लोग (मन-ही-मन) 'हाँ' में दे

रहे हैं, इसीलिए न सिर्फ ऐसी घटनाएँ बढ़ी हैं, बल्कि मारने का तरीका भी शातिराना हुआ है। भोजपुर जिले के मसाढ़ गाँव की अनीता सिंह ने जब कोर्ट में बताया कि दहेज में महज 40 हजार रुपए कम मिलने पर ससुराल में छह महीने तक नशे का इंजेक्शन देकर उसे यातना दी गई, तब लोग सन्न रह गए थे। विधान मंडल का सत्र शूरू हो गया है। क्या माननीय सदस्यों के लिए यह भी कोई मुद्दा है ? संयोगवश, विधानसभा में विपक्ष की नेता महिला (राबड़ी देवी) हैं।

[27 जून, 2009]

□

काजी की अदालत

हजारों साल पुरानी मानव सभ्यता में कुछ पारंपरिक विवेक और ज्ञान सौ-दो-सौ बाद फिर से प्रासंगिक होने लगते हैं। बाबा रामदेव का योग हो या भवन-निर्माण में वास्तुशुद्धता का प्रचलन, सूती कपड़ों (कॉटन) की चाहत हो या एड्स जैसी असाध्य बीमारियों के मामले में संयम को ही निदान (प्रिवेंशन इज क्योर) मानने का सिद्धांत–अनुभवसिद्ध नीति पर लौटने के कई उदाहरण हैं। न्याय-व्यवस्था भी इसका अपवाद नहीं है। पटना हाईकोर्ट के न्यायमूर्त्ति नवनीत प्रसाद सिंह ने रविवार को एक कार्यक्रम में कहा कि कुछ मामले में हम पश्चिमी देशों का अनुसरण करते हैं, किंतु यह भी सही है कि पहले कभी पश्चिमी देशों ने मनुस्मृति एवं पुराणों का अनुसरण किया था। आज वही चीज हमलोग ले रहे हैं। न्यायमूर्त्ति सिंह ने विवाद की स्थिति में मध्यस्थता का महत्त्व बताने के संदर्भ में यह बात कही। मध्यस्थता की सामाजिक प्रवृत्ति के लगातार क्षीण होने से छोटे-बड़े झगड़े इतनी तेजी से अदालत पहुँचने लगे कि वहाँ न सिर्फ मुकदमों का बोझ बढ़ा, बल्कि न्याय पाना काफी महँगा हो गया। जिन्हें जमीन-जायदाद बेचकर भी अपने जीवनकाल में न्याय नसीब नहीं हुआ, वे तो अपने इलाके में कहानी ही बन गए।

इससे उबरने का पुराना नुस्खा इसलाम के बंदे तेजी से अपनाने लगे हैं। हर तारीख पर न कोर्ट की भागदौड़ और न वकीलों की मोटी फीस का दबाव। बस, एक अर्जी लिखाने से मुकदमा दायर। फिर काजी साहब की अदालत में दोनों पक्षों की दलील सुनी जाएगी और फौरन मामले का निबटारा। अधिकतम खर्च सौ रुपए। फैसले के बाद दोनों पक्ष लिखेंगे कि काजी साहब का न्याय मंजूर है। इस सरल प्रक्रिया को मजहब और कानून, दोनों की मान्यता प्राप्त है। पटना के निकट फुलवारीशरीफ स्थित इमारत-ए-शरिया के काजी साहब की अदालत कुछ इसी तरह चल रही है। मुसलिम समाज में इसकी स्वीकार्यता का आलम यह है कि यहाँ साल में दो हजार से अधिक खानदानी झगड़ों का निबटारा होता है। हालाँकि

सरकार ने भी कोर्ट से बाहर मामले निबटाने के लिए कई कदम उठाए हैं, लेकिन इस बहुधर्मी और बहुजातीय समाज के अन्य वर्ग भी सुलभ न्याय की ऐसी व्यवस्था कर सकते हैं। इसके खतरे भी हैं, इसलिए धार्मिक न्याय-व्यवस्था तभी तक मान्य होनी चाहिए, जब तक वह आधुनिक सोच और भारतीय संविधान के दायरे में हो। यदि यह बाध्यता नहीं रही, तो जातीय अदालतें प्रेमियों को कोड़े लगाने जैसे बरबर फैसले सुनाने लग सकती हैं। ऐसा न्यायकर्त्ता (मुफ्त में भी) कौन चाहेगा ?

[31 अगस्त, 2009]

□

बेटी ने किया श्राद्ध

हिंदू मान्यता के अनुसार परिवार की दिवंगत आत्माओं की शांति और मोक्ष के लिए बिहार के गया में अंत:सलिला फल्गू के तट पर विष्णुपद मंदिर के निकट श्राद्ध-पिंडदान करने का विशेष महत्त्व है। इसके लिए हर साल देश-विदेश से लाखों श्रद्धालु गयाजी आते भी हैं। यह कर्मकांड इस तीर्थनगर की आर्थिक बुनावट तय करता है। वैसे, सामान्यत: किसी व्यक्ति के देहांत पर उसके परिजन घटना के 12वें या 13वें दिन अपने घर श्राद्ध तो करते ही हैं, लेकिन ऐसी आत्माओं के लिए पितृपक्ष में तर्पण, पिंडदान और श्राद्ध की महत्ता अलग होती है। इस विषय में धर्मशास्त्र कहता है कि पुत्र के अभाव में पत्नी, पत्नी के अभाव में सहोदर और सहोदर के अभाव में बंधु और बंधु के अभाव में राजा तथा राजा के अभाव में पुरोहित यह कर्म कर सकता है। अर्थात् शास्त्रकार पिंडदान के लिए पुत्र को एकमात्र या अनन्य सुपात्र नहीं मानता, बल्कि कई व्यावहारिक 36विकल्प खुले रखता है। वह इस कर्मकांड के लिए पुत्री को न अपात्र घोषित करता है, न वर्जित करता है, लेकिन लोक-मानस में यह बात बैठ गई है या ऐसी धारणा बना दी गई है कि पुत्र या पुरुष संबंधी के हाथों हुआ श्राद्ध ही दिवंगत आत्माओं को सहज स्वीकार्य होता है।

परलोकवासी आत्माओं से बात करने का कोई वैज्ञानिक तंत्र होता, तो उनसे पूछा जा सकता था कि यह धारणा कहाँ तक सही है, लेकिन विश्ँवास मात्र से बनी मन की इस एक गाँठ ने बड़ा अहित किया है। लोग जीवनकाल की अन्य व्यावहारिक बातों के अलावा देहांत के बाद पिंडदान की भावात्मक आवश्यकता के लिए भी पुत्र आग्रही रहे हैं। परिणामस्वरूप, बड़े परिवार की स्वास्थ्य और शिक्षा जैसी बुनियादी जरूरतें पूरी करने में अक्षम लोग भी एक बेटा पैदा होने की प्रतीक्षा में चार-पाँच लड़कियों के पिता बन जा रहे हैं। इससे न सिर्फ परिवार का आर्थिक दबाव बढ़ रहा है, बल्कि सवा अरब तक पहुँचती आबादीवाले देश में

अनचाही जनसंख्या की समस्या बढ़ रही है। गत 11 सितंबर, 2009 को मुजफ्फरपुर की बेटी अनुभूति उर्फ छोटी ने अपने पिता का श्राद्धकर राह बनाई है। संतोष की बात है कि उसे समाज के साथ-साथ धर्माचार्य ने भी संबल दिया। पीपल पेड़ के नीचे बैठी अनुभूति ने वैदिक मंत्रों के साथ पिंडदान किया। उसने ही अपने पिता को मुखाग्नि दी थी। कर्मकांड-स्थल पर दिन भर लोगों का ताँता लगा रहा। यह बेटी के हाथों श्राद्ध की ऐसी लोक-स्वीकृति का संकेत है, जिसका बढ़ना शुभ होना चाहिए।

[12 सितंबर, 2009]

□

रूठने लगीं देवियाँ

सदियों की परंपरा के अनुसार हम फिर दुर्गापूजा संपन्न करने की ओर बढ़ रहे हैं। रामलीलाओं में श्रद्धाभाव से सम्मिलित भी हुए हैं। जिसकी भावना देवी के जिस रूप या शक्तिपीठ में है, उसने तदनुकूल आराधना की है। माना जाना चाहिए कि राम की लीलाएँ देखते हुए उनके मर्यादानिष्ठ जीवन से संदेश ग्रहण करने के प्रयास किए गए हैं। ये सारे अनुष्ठान इसीलिए प्रतिवर्ष दुहराए जाते हैं कि सांसारिक जीवन की व्यावहारिकता के दबाव में जो आसुरी (आपराधिक) प्रवृत्तियाँ, विचार और गतिविधियाँ हावी होने लगती हैं, उन्हें परास्त करने का संकल्प, व्रत और निश्चय (विल पावर) एक बार फिर सुदृढ़ किया जा सके। इस बड़े उद्देश्य को लोकप्रिय बनाने के लिए कुछ विधान बनाए गए। इनमें कुछ उत्सवी रंग भरे गए। नृत्य-संगीत का समावेश किया गया। दूसरी तरफ पौराणिक मान्यता के अनुसार मायावी कहलानेवाले असुरों ने रूप बदलकर पूजा-विधान और उत्सवों में पैठ बनानी शुरू की। इधर हम पूजा और उत्सव जीने का प्रयास करते हैं, उधर असुर इनमें ही समाकर हमारे दैवी भावों (सात्त्विकता) पर अपने प्रच्छन्न खडग-तलवार जैसे आयुध चलाने लगते हैं। इसके परिणाम सामने दिखने लगे हैं।

लोग निराहार या फलाहार रहने को व्रत कहने लगे और सात्त्विकता के संकल्प पीछे छूट गए। दुर्गापूजा पर शास्त्रीय संगीत और आराधना भाववाले नृत्य की परिपाटी बिहार की राजधानी सहित कई शहरों के पूजा-पंडालों से लुप्त हो चली है। जिन मंचों ने बिरजू महाराज, सितारा देवी (कथक), बिस्मिल्ला खाँ (शहनाई), किशन महाराज (तबला), पन्नालाल घोष, हरिप्रसाद चौरसिया (बाँसुरी) जैसे श्रेष्ठ कलाकारों को मंत्रमुग्ध सुनते-देखते हुए, पूजा की रातों को ढलते हुए, बार-बार देखा, वे सब अतीत बन गए। सिनेमा के फूहड़ गीतों ने उन्हें मंच से बेदखल कर दिया। कार्यक्रमों की सात्विकता पराजित हो गई। कन्यापूजन का कर्मकांड तो इतना बेजान हुआ कि समाज का चेहरा ही बदशक्ल लगने लगा है। जो समुदाय एक तरफ साल में दो

बार (चैत और शारदीय नवरात्र में) बेटियों की पूजा करता है, वही अपने घर में बेटियों की किलकारी से परहेज रखता है। जिन किशोरी कन्याओं को पूजा जाता है, उनमें अनेक या तो अपने परिवार में अनचाही संतान होती हैं या ससुराल में दहेज के प्रताड़ित होती हैं। नन्हीं देवियाँ अब रूठ रही हैं। बेटियों की संख्या घट रही है। देवी को आहत करनेवाली राक्षसी वृत्तियाँ यह मोर्चा भी जीत रही हैं। आशा है, इस पूजा पर देवी हमें अपने भीतर छिपे असुरों को पहचानकर जीतने का आशीर्वाद देंगी। विजयादशमी तभी सार्थक होगी।

[26 सितंबर, 2009]

□

बेटी बचाने में अव्वल

मुख्यमंत्री कन्या सुरक्षा योजना पर सरकार अब सौ करोड़ रुपए सालाना खर्च करेगी। योजना के पहले वर्ष की उपलब्धि पर बुधवार को राजधानी में आयोजित समारोह में मुख्यमंत्री नीतीश कुमार ने यह वादा किया। राज्य सरकार, यू.टी.आई. म्यूचुअल फंड तथा महिला विकास निगम की साझा देखरेख में चलनेवाली इस योजना का लाभ गरीबी रेखा के नीचे (बी.पी.एल) के परिवारों को मिलता है। इनके यहाँ कन्या-जन्म के बाद शिशु के नाम से दो हजार रुपए का निवेश यूटीआई चिल्ड्रेन कैरियर बैलेंस्ड प्लान (ग्रोथ ऑप्शन) में किया जाता है। 18 वर्षों बाद जब बच्ची सयानी हो चुकी होगी, तब योजना की परिपक्वता (मैच्योर्ड) राशि उसे मिल जाएगी। जुलाई 2008 से आरंभ इस योजना का लाभ सवा तीन लाख बच्चियों को मिला। यह बड़ी उपलब्धि है। उम्मीद है कि 2010 में सात लाख और शिशु कन्याएँ इससे लाभांवित होंगी। समाज कल्याण विभाग से कहा गया है कि यह योजना धन आवंटन के आधार पर न चले, बल्कि जितनी भी संख्या में इसके सुपात्र लोग आएँ, उन सभी को लाभ मिले। इसका सफल क्रियान्वयन उन सबके लिए संतोष का विषय है, जो कन्या-पूजन का पाखंड करने की अपेक्षा इसमें निहित संदेश पर आचरण के पक्षधर हैं।

तसवीर का दूसरा रुख भी है। बिहार में लिंग अनुपात यदि बिगड़ता (हजार पुरुषों पर 917 महिलाएँ) गया है, तो इसके पीछे से झाँकते कुटिल कारणों पर भी गौर किया जाना चाहिए। विवाह के समय कन्यापक्ष से देहज की बढ़ती माँग और इसके चलते क्रूरता की हद तक जाने की त्रासद घटनाएँ अक्सर प्रकाश में आती हैं। प्रशासनिक और कानूनी उपाय इस कलंक को धोने में विफल रहे हैं। सामाजिक-धार्मिक हस्तक्षेप प्रतीकात्मक रह गया है। परिणाम यह हुआ कि हर तरफ से निराश गरीब और मध्यवर्गीय परिवार जलालत से बचने के लिए बेटियों को अभिशप्त जीवन देने की बजाय उन्हें जीवन देने से ही बचने का रास्ता चुनने

लगा। गैरकानूनी होने के बावजूद कन्या भ्रूण-हत्या के विकल्प अपनाये जाते हैं। जब तक दहेजमुक्त विवाह को वैधानिक और धार्मिक रूप से बाध्यकारी नहीं बनाया जाता, तब तक लिंग अनुपात सुधारने का ठीका कन्या परिवारों के दुखते कंधे पर एकतरफा बोझ बना रहेगा। ऐसे में एक-दो के बाद बेटियाँ अवांछित मानी जाती रहेंगी। इस पुरानी बीमारी का ऑपरेशन किए बिना लोकप्रिय योजनाएँ उपचार नहीं, सिर्फ दर्द निवारक (पेन किलर) ही साबित होंगी। इस दवा का भी महत्त्व है। इसकी बदौलत कन्या सुरक्षा के लिहाज से बिहार देश में अव्वल बताया जाने लगा है। यही क्या कम है?

[15 अक्तूबर, 2009]

□

स्त्री की मंगलकामना का पर्व

चढ़ती शरद ऋतु के परिवर्तन सुखद वातवरण में लोकपर्व छठ के गीत गूँज रहे हैं। सूर्य-आराधना की इस वेला में धूप सुहानी लगने लगी है। लोकगीत के बोल पर ध्यान दें, तो उसमें पिरोई हमारी मंगलकामना की कितनी ही परतें खुलती हैं। ये गीत ही बताते हैं कि यह पुरोहित-मुक्त अनुष्ठान पारंपरिक रूप में स्त्री-प्रधान क्यों है। कहीं 'जनम-जनम अहिवात' तो कहीं 'अछाछत सोभाग', यानी हर जन्म में अखंड सौभाग्य की प्रार्थना। कहीं कामना है कि 'राम जैसन बेटा तू दीह, बेटी सीता समान।' एक अन्य छठगीत में विनती होती है··· 'रुनकी झुनकी बेटी माँगी ले, पढ़ल पंडितवा दमाद··· ।' इन आकांक्षाओं की आंतरिक ऊर्जा के बूते महिलाएँ कष्टसाध्य छठव्रत पूरा करती हैं। सौरमंडल के प्रमुख और सृष्टि के प्रतिपालक सूर्य पौराणिक मान्यता के अनुसार देवता (पुरुष) हैं। हमारी भाषा में उनके नाम, सर्वनाम और पर्यायवाची शब्द पुलिंग है। दूसरी तरफ कुछ गीतों में प्रार्थना 'छठी मैया' की होती है। एक तर्क यह है कि यह व्रत षष्ठी तिथि (स्त्रीलिंग) से जुड़ा है और दुर्गा के रूपों में इस तिथि की देवी स्कंधमाता हैं, इसलिए आराधना देवी की भी होती है।

वैदिक आख्यान के अनुसार जिन दैवी शक्तियों ने सूर्य की रचना की, वह गायत्री (देवी) कहलाईं। महर्षि विश्वमित्र ने ऋग्वेद के उस मंत्र का उल्लेख किया है, जिसमें प्रकृति की अजस्त्र ऊर्जा का आह्वान किया गया है। इसे गायत्री मंत्र कहा जाता है। इसका एक भाव यह है कि हम सूर्य के आशीर्वाद से गायत्री के कृपापात्र होकर अपनी ऊर्ध्वगामी चेतना को जाग्रत करें। हो सकता है कि लोकगीत के कवियों ने गायत्री के लिए 'छठीमइया' जैसे लोकग्राह्य शब्द का प्रयोग किया हो। एक व्याख्या यह भी है कि अविचल सौभाग्य, सुखी परिजन और धन-धान्य (लक्ष्मी) की कामना से व्रत रखनेवाली स्त्रियों को छठीमइया से मन के तार को जोड़ना अधिक भावगम्य लगता है। आस्था के इन पक्षों के

अलावा छठ की गहरी जड़ें हमारी कृषिप्रधान अर्थव्यवस्था से जुड़ती हैं। उसके बिंब लोकगीत में देखने हों, तो छठ के गीत गुनगुनाइए, जिसमें 'बाँस की बहँगी' तो है ही, केरवा (केला) का घवध (घौद) भी है...'काँच ही बाँस के बहँगिया, बहँगी लचकत जाए...।' बाँस का सूप, टोकरी, हल्दी के पौधे, चावल, गेंहूँ, कद्दू, अदरख, नारियल, नीबू, ईख और न जाने क्या-क्या! ये सारी वस्तुएँ अपने शुद्ध प्राकृतिक रूप में ही मान्य हैं। न पैकेटवाला आटा चलेगा और न बाजार पर कब्जा करती कोई डिब्बाबंद वस्तु। छठ एक संक्षिप्त स्वदेशी आंदोलन है और स्त्री की मंगलकामना का पर्व भी।

[23 अक्तूबर, 2009]

□

मधु और मिनेहाहा

बिहार की फुटबॉल खिलाड़ी मधु कुमारी और जापानी कलाकार मिनेहाहा में कोई रिश्ता नहीं है, लेकिन दोनों में विपरीत परिस्थितियों से जूझने का जुनून समान है। दोनों के संघर्ष का गवाह है यह प्रदेश। बुद्ध की करुणा से प्रभावित मिनेहाहा उनकी ज्ञानभूमि बोधगया में भीख माँगनेवाले बच्चों की दशा देखकर द्रवित हुई। उसने इन्हें समाज की मुख्यधारा में लाने का बीड़ा उठाया। एक संत ने सहयोग किया और जमीन दी। वहाँ स्थापित स्कूल-भवन में 260 बच्चों की पढ़ाई शुरू हो गई। जब यह स्कूल फलने-फूलने लगा, तो कतिपय कारणों से प्रशासन के कई अंगों को चुभने लगा। जो आँखें भीख माँगते बच्चों की पीड़ा न देख पाईं, उन्हें स्कूल-भवन को दान में मिली भूमि के सरकारी होने का विवाद दिखने लगा। बी.डी.ओ., सी.ओ., एवं एस.डी.ओ. ने जमीन खाली कराने का अपना 'पुनीत' कर्त्तव्य निभाया। जो तंत्र अतिक्रमण से लेकर तमाम तरह के अवैध कारोबारी अड्डे हटाने में शिथिल व नाकाम रहता है, उसने एक स्कूल के सारे सामान हटवाने में तत्परता दिखाई। राज्य सरकार पढ़ाई छोड़नेवाले बच्चों को वापस स्कूल लाने के लिए प्रयत्न करने का दावा करती है, जबकि गया में बच्चे स्कूल से खदेड़ दिए गए।

हालाँकि बाद में चेहरा बचाने के लिए जिला प्रशासन ने वहाँ महादलित स्कूल और नवोदय विद्यालय खोलने का आश्वासन दिया, लेकिन कल्याणकारी भाव से खुला स्कूल बंद करना जरूरी समझा गया। मिनेहाहा की मेहनत पर पानी फेरने की शर्मनाक कोशिश हुई, लेकिन कानून ने इस मुहिम की हिफाजत की। पटना उच्च न्यायालय ने इस पूरे प्रकरण को 'रूल ऑफ लॉ' का उल्लंघन करार देकर संबंधित पदाधिकारियों को खरी-खोटी सुनाई। न्यायालय ने गुरुवार को गया जिला प्रशासन से 48 घंटों में मिनेहाहा के ट्रस्ट के कटोरबा स्थित स्कूल को पहले की स्थिति में लाने का आदेश दिया।

दूसरी तरफ है भारतीय महिला फुटबॉल टीम की उप-कप्तान मधु कुमारी की कहानी। उसका चयन बँगलादेश दौरे के लिए कटक में आयोजित भारतीय कैंप के लिए हुआ है। भाई की चाय दूकान पर आश्रित अपनी तंगहाल पृष्ठभूमि के बावजूद स्नातक की पढ़ाई और खेल में बड़ा मुकाम तय करनेवाली इस खिलाड़ी के सामने आर्थिक सुरक्षा के लिए कोई गोल दागना कठिन बना हुआ है। जागरण में छपी खबर पर राष्ट्रपति प्रतिभा देवी सिंह पाटिल ने उसकी सुध ली है। उसे नौकरी पाने की उम्मीद दिखने लगी है। राष्ट्रपति भवन ने उससे बायोडाटा माँगा है। मधु और मिनेहाहा जैसी महिलाओं के लिए रोशनी की राह इतनी कठिन क्यों बनी हुई है ?

[6 नवंबर, 2009]

□

शहनाई के बाद का दर्द

इन दिनों मौसम शादी की शहनाइयों के गूँजने का है, लेकिन जो बेटियाँ अल्प आय-वर्ग में पैदा होती हैं, उनके लिए मंगल-राग बजने में देर होती है और यदि ऐसा जल्दी हो भी जाता है, तो उसके स्वर अक्सर ससुराल की उपभोक्तावादी लिप्सा में डूबने लगते हैं। हमारे पितृ सत्तात्मक समाज में वर पक्ष को यथाशक्ति दहेज देने की जो 'परंपरा' है, उसे उपभोग को बढ़ावा देनेवाले आक्रामक बाजारवाद ने इस कदर इस्तेमाल किया है कि अब दहेज की माँग (लिप्सा) पूरी करना कन्यापक्ष के लिए लगातार कठिन होता जा रहा है। ऐसा करनेवाले इसी एक रस्म के नाम पर अपनी सारी अतृप्त भौतिक आकांक्षाएँ पूरी कर लेना चाहते हैं। बहू बनकर ससुराल पहुँची निपट अकेली लड़की को मन माफिक सामान पाने के लिए बंधक की तरह इस्तेमाल करने और अंततः क्रूरतापूर्वक मार डालने की घटनाएँ तेजी से बढ़ रही हैं। इस साल के 11 महीनों में प्रताड़ना और हत्या की सौ से अधिक घटनाएँ दर्ज हो चुकी हैं। नवंबर में 16 मामले सामने आए। इस महीने की पहली दहेज हत्या 3 नवंबर को डुमराँव (बक्सर) के नवानगर अँचल के खरवनिया गाँव में हुई। 27 नवंबर को पंचदेवरी प्रखंड (गोपालगंज) की सुषमा के गले में फंदा डालकर मार डाला गया।

सुषमा की हत्या अब तक की आखिरी बुरी खबर है। काश, यह दहेज हत्या की आखिरी खबर होती! ऐसा होने की उम्मीद नहीं है। एक तरफ बाजार समस्त प्रचार माध्यमों से अपने उत्पाद के लिए उपभोग की अदम्य कामनाएँ सुलगाने में लगा है, दूसरी तरफ इस पिछड़े प्रदेश में ज्यादातर लोगों की वाजिब क्रयशक्ति काफी कम है। कोई सवा करोड़ लोग गरीबी रेखा से नीचे हैं। हैसियत और हसरतों के बीच की खाई पाटना पाँच-छह करोड़ मध्यवर्गीय लोगों के लिए नामुमकिन है। यह भयावह असमानता कहीं नक्सली हिंसा का रूप ले रही है, तो कहीं लूटपाट और डकैती की घटनाओं के जरिए रास्ता रोक रही है। दहेज के

लिए हिंसात्मक होने की हद तक जाना भी बढ़ती असमानता और असंयम का क्रूर प्रतिफल है। जिन वस्तुओं के लिए लड़कियों को मारा जाता है, उसमें रंगीन टी. वी., फ्रिज, मोटरसाइकिल, स्वर्णाभूषण और प्रतिष्ठासूचक अन्य वस्तुएँ होती हैं। मोटरसाइकिल के लिए मारे जाने की घटनाएँ सबसे ज्यादा हैं। इस साल फरवरी में केवल सिवान-गोपालगंज में चार बहुएँ मोटरसाइकिल न मिलने के चलते मार डाली गई। इन घटनाओं और प्रवृत्तियों की गंभीर समाजार्थिक डाइग्नोसिस किए बिना देहज की समस्या से मुक्ति पाना कठिन होगा। शहनाई केवल सुख में नहीं बजती।

[30 नवंबर, 2009]

□

गहना, राधा की अक्षय तृतीया

इस साल भी अक्षय तृतीया पर कुछ मंदिरों में बच्चे ब्याहे गए। फुलवारीशरीफ में ऐसी भी शादी हुई, जिसमें दुल्हन सातवीं कक्षा की छात्रा थी, तो दूल्हा छः में पढ़ता है। इस मौके पर कुछ विडंबनाएँ दिलचस्प थीं : 1. यहाँ दो दर्जन (24 जोड़े) बाल-विवाह हुए और नियम-कानून किताब में पड़े रहे। 2. सामूहिक बाल-विवाह कराने के लिए जो मंदिर चुना गया था, उससे लगभग 22 किलोमीटर पूर्व एक और प्रसिद्ध स्थल है–राणी सती मंदिर (पटना सिटी)। संयोग देखिए कि बाल-विवाह की त्रासदी और विसंगतियों को संजीदगी से प्रस्तुत करनेवाले टी.वी. धारावाहिक 'बालिका वधू' की बड़ी बहू गहना यानी नेहा मारका भी अक्षय तृतीया पर अपने वैवाहिक कार्यक्रम के सिलसिले में सती मंदिर में थीं। वह पटना की बहू बननेवाली हैं।

राजस्थान की मूल निवासी गहना की शुक्रवार को सगाई हुई। अपने चहेते कलाकार की झलक पाने को लोग बेताब थे। ताक-झाँककर मीडिया ने कवरेज किया। गहना के असली जीवन में भी उनकी मासा (सासू माँ) या ससुराल का दबदबा दिखा। उन्हें मीडिया से बात करने का मौका नहीं दिया गया, इसलिए कोई पूछ नहीं पाया कि बाल-विवाह के मुद्दे पर छोटे पर्दे के पार वास्तविक जीवन में कोई रोल (ऐक्टिविजम) उनके मन में है या नहीं ? किसी मसले पर सीरियल का हिट होना और उसके एक प्रमुख पात्र का उसी मुद्दे से निजी जीवन में विमुख रहना–यह भी एक विडंबना है, जिसका गवाह पटना बना। गहना अपनी सगाई में व्यस्त रहीं और उधर बाल-विवाह होते रहे। राजधानी में अक्षय तृतीया पर एक नेक काम अवश्य हुआ। प्रयास भारती ट्रस्ट ने एक ऐसी कन्या (राधा) का विवाह कराया, जो देह-व्यापार के लिए बेच दी गई थी। पुलिस ने उसे बरामद किया था। वह ट्रस्ट के ही पुनर्वास केंद्र में रह रही थी। जिस समाज में विवाह के लिए सबको कुलीन और सर्वगुणसंपन्न कन्या के साथ-साथ हैसियत से ज्यादा

दहेज की भी कामना रहती है, उसमें दागदार दामन और दुःखद अतीतवाली किसी लड़की के लिए वर मिलना लगभग असंभव था। एक ब्राह्मण युवक के संकल्प ने इसे संभव बनाया। उसने व्रत लिया था कि वह ऐसी ही किसी पीड़िता से विवाह करेगा। उसने राधा का हाथ थामा। यह साहस मूल्यहीनता के घुप्प अंधेरे में छोटा-सा दीप जलाने जैसा था। कल्याण मंत्री परवीन अमानुल्ला ने एक यौनकर्मी की इस बेटी का कन्यादान किया। सामाजिक मसले सिर्फ कानून से हल भी नहीं हो सकते। इसके लिए कुछ और ऐक्टिविस्ट मंत्रियों की जरूरत है।

[8 मई, 2011]

□

बाजी हारती बेटियाँ

यह लगभग स्थापित हो चुका है कि लड़कियाँ पढ़ाई-लिखाई में लड़कों से बेहतर हैं। कम-से-कम स्कूली शिक्षा के स्तर पर तो यही बात सिद्ध होती है। सेंट्रल बोर्ड ऑफ सेकेंड्री एजुकेशन (सीबीएसई) ने जब पटना क्षेत्र का 12वीं का रिजल्ट घोषित किया, तब फिर बेटियों की बारी थी। इस परीक्षा में जहाँ 81. 1 प्रतिशत लड़कियों ने सफलता प्राप्त की, वहीं लड़कों का प्रतिशत 66.5 ही रहा। दूसरी तरफ एक कड़वा सच यह है कि ज्यादा सफलता के बावजूद इनकी आगे की पढ़ाई बाधित होती है। वे करियर के विभिन्न क्षेत्रों में पिछड़ने लगती हैं; क्योंकि उन्हें लड़कों के बारबर मौके नहीं दिए जाते। जिन परिवारों की कन्याएँ 10–12वीं तक पढ़ जाती हैं, उनमें से अधिकतर पर शादी का दबाव बढ़ने लगता है। यह एक ऐसी रीति है, जिनमें कन्याएँ निर्णायक आसन पर नहीं होतीं। उनके परिवार तक को वर पक्ष के समक्ष दोयम कोटि का व्यवहार झेलना पड़ता है। इस विषमता को सामाजिक स्वीकृति प्राप्त है।

यही कारण है कि जो शीर्षक स्कूली परीक्षाओं के परिणाम में सुनने-पढ़ने को मिलने लगे हैं, उनका विस्तार उच्चतर कक्षाओं के परिणाम में नहीं दिखता। आर्थिक सुरक्षा के लिहाज से हर दंपती को अधिकाधिक पुत्र की कामना रहती है, लेकिन बेटी एक से ज्यादा हुई कि उसे (दहेज प्रथा के कारण) बोझ माना जाने लगता है। यह हकीकत सिर्फ उन्हीं परिवारों की नहीं है, जो विकास की दौड़ में पीछे छूट गए हैं। ताजा शोध के अनुसार शिक्षित और धनी माताएँ दूसरी संतान के भी लड़की होने की सूरत में उसका गर्भपात करा देती हैं। इसका एक अर्थ यह है कि बेहतर जीवन-स्तर बनाए रखने की व्यावहारिक समझदारी के अनुसार परिवार में एक ही कन्या होनी चाहिए। जिस क्षेत्र में शिक्षा का जितना ज्यादा प्रसार होता है, उस क्षेत्र में इस प्रकार की समझ भी विकसित होती देखी जाती है। प्रतिष्ठित 'लैंसेट' पत्रिका के आगामी अंक में छपने के लिए तैयार इस शोध के अनुसार

1980 से 2010 के बीच इस तरह के गर्भपात की संख्या 40 लाख से 1 करोड़ 20 लाख के बीच रही है। राजधानी पटना में शिशु जन्म निबंधन के आँकड़ों पर गौर करें तो लिंग अनुपात में आया अंतर यही साबित करता है। जरूरत है कि समाज अपनी रीति-नीति और नजरिए में बदलाव लाए। यदि गर्भपात की वजहें हमारे समाजशास्त्र में गहरे धँसी रहेंगी, तो अल्ट्रासाउंड मशीनों पर छापा मारने से खास फर्क नहीं पड़ेगा। लड़कियाँ स्कूल में आगे रहकर भी जीवन की बाजी हारती रहेंगी।

[29 मई, 2011]

□

चुनाव, राजनीति और गठबंधन

नीतीश का नायकत्व
जे.पी., बुद्ध और हाईकोर्ट

अंग्रेजी में एक कहावत है–'हैबिट इज द सेकेंड नेचर।' तात्पर्य यह कि आदतें लगभग स्वभाव बन जाती हैं। बिहार की नौकरशाही के मामले में भी यह कहावत लागू होती है। जब लगातार कई वर्षों से प्रशासनिक ढाँचा स्वतःस्फूर्त काम करना लगभग छोड़ चुका हो और सिर्फ किसी-न-किसी दवाब में हरकत करना उसकी सामूहिक आदत बन चुका हो, तो कुछ माह के राजनीतिक बदलाव से बड़े परिवर्तन कठिन हैं। प्रशासन से काम करवा लेनेवाला दबाव कई नाम से जाना जाता है। आमतौर पर लोग इस प्रेरक बल को पैरवी, सुविधा शुल्क, तबादले का डर या निलंबन–भय के रूप में जानते हैं। इनमें से पहले दो बल ही प्रचलन में ज्यादा होते हैं। अंतिम दो बल राजनीतिक नेतृत्व या न्यायपालिका के सबल होने का संकेत देते हैं। जब शासन कमजोर पड़ता है, तो न्यायपालिका को सक्रिय होना पड़ता है। हाल के दिनों में फिर ऐसे मामूली मामले सामने आने लगे हैं, जिनका समाधान या तो अदालत के कड़े रुख से हुआ या समाधान न होने पर माननीय न्यायाधीश को सरकार के खिलाफ कड़ी टिप्पणी करनी पड़ी।

राजधानी के कदमकुआँ क्षेत्र में आयुर्वेदिक कॉलेज के सामने भव्य बुद्ध मूर्त्ति स्थापित है। इससे चौराहे की शोभा और गरिमा बढ़ती है, लेकिन इसके चारों ओर व सड़क किनारे अतिक्रमण से इस इलाके की सूरत बिगड़ चुकी है। 1977–79 के बीच, जब 1974 के ऐतिहासिक छात्र आंदोलन की राजनीतिक परिणति के रूप में जनता सरकार बनी थी और उसके वैचारिक सूत्रधार जे.पी. इसी मुहल्ले में रहते थे, तब इसका रुतबा आज के 10 जनपथ (श्रीमती सोनिया गांधी का आवास) जैसा था। विदेशी हस्तियाँ भी लोकनायक से मिलने कदमकुआँ पहुँचती थीं। फिर जैसे-जैसे उनके राजनीतिक उत्तराधिकारी सिद्धांतों से दूर होकर

टूटते-बिखरते चले गए, कदमकुआँ के वे दिन भी नहीं रहे। नौबत यहाँ तक आई कि जे.पी. और बुद्ध के नाम से जुड़ी जगह की सफाई कराने के लिए कोर्ट को कड़ा रुख अपनाना पड़ा। हाईकोर्ट ने पिछले सप्ताह पटना के जिलाधिकारी व नगर निगम आयुक्त को यहाँ से अतिक्रमण हटाने का निर्देश दिया था। मगर अफसर मौन साधे रहे। अदालत ने जब इस मामले में नाराजगी जाहिर करते हुए डी.एम. व निगमायुक्त को कोर्ट में बुलवाया, तब तो रातों-रात सबकुछ साफ करा दिया गया। इस संबंध में लोकहित याचिका दायर की गई थी। सरकारी वकीलों की फीस वृद्धि के मामले में भी अदालत को ही पहल करनी पड़ी। हाईकोर्ट ने इस मामले की सुनवाई के दौरान सरकार से पूछा–'यह कैसा सुशासन है, जिसमें न रिटायर लोगों को समय पर सेवानिवृत्ति-लाभ मिल रहा है, न कॉलेज शिक्षकों को समय पर वेतन ! ऐसे मामलों में सैकड़ों की संख्या में मुकदमे दर्ज हो रहे हैं।' अंततः विधि सचिव की तरफ से अदालत को बताया गया कि हर हाल में 21 मई को फीस वृद्धि संबंधी अधिसूचना जारी हो जाएगी। हाईकोर्ट ने सरकारी वकीलों की फीस बढ़ाने का आदेश जारी किया था, मगर उसके अरसे बाद भी इसका अनुपालन नहीं हुआ। सरकार काररवाई नहीं कर पाई; क्योंकि उसके उपकरण (नौकरशाही) बिना बाहरी बल के काम नहीं करने के आदी हैं। इस प्रवृत्ति के और उभरने से पहले ही कुछ किया जाना चाहिए।

[14 मई, 2008]

□

आँकड़ों पर राजनीति

केंद्रीय ग्रामीण विकास मंत्रालय ने कांग्रेस गठबंधनवाली (संप्रग) सरकार की चौथी वर्षगाँठ की पूर्व संध्या पर एक पुस्तिका जारी की। यह एक तरह से ग्रामीण विकास के क्षेत्र में केंद्र की उदार पहल और उस पर मुख्यमंत्रियों की क्रियान्वयन क्षमता का रिपोर्ट कार्ड है। इसमें दिए गए तथ्य और आँकड़ों के जरिए यह इशारा करने का प्रयास किया गया है कि केंद्र की योजनाएँ अगर गाँव तक नहीं पहुँच रही हैं, तो जिम्मेदार राज्य सरकार ही है, केंद्र नहीं। इस प्रशासनिक संकेत को यदि राजनीतिक संदेश में बदलकर पढ़ा जाए, तो अर्थ और साफ होता है। मंत्रालय की रिपोर्ट जोर देती है कि योजनाएँ लागू करने में लापरवाही वहीं ज्यादा हुई है, जहाँ सरकारें विपक्ष (भाजपा, जदयू, बसपा) की हैं। निशाने पर बिहार की नीतीश सरकार को रखा गया है। इसी तरह केंद्रीय जल संसाधन मंत्रालय भी मानता है कि बिहार में बाढ़-नियंत्रण योजनाओं की गति सुस्त है। इस केंद्रीय मंत्रालय की समीक्षा रिपोर्ट के अनुसार भागलपुर जिले के खैरपुर-राघोपुर व अकीदतपुर गाँवों में गंगा नदी पर कटावरोधी कार्यों के लिए 23.55 करोड़ की परियोजना को जो स्वीकृति दी गई है, वह मंत्रालय के सकारात्मक रुख का नतीजा है।

उधर योजना आयोग की टीम मानती है कि इस प्रदेश में नीतियों तथा विकास कार्यक्रमों के मोर्चे पर कई ऐसे कदम उठाए गए हैं, जो दूसरे राज्यों के लिए भी अनुकरणीय हैं। बेशक, प्रति व्यक्ति आय, निवेश, कृषि व शिक्षा के क्षेत्र में राज्य को और तेज छलाँग लगाने की दरकार है। आयोग के सदस्य बी.के. चतुर्वेदी का यह निष्कर्ष राज्य सरकार के 19 विभागों की समीक्षा पर आधारित है। उन्होंने माना कि प्रदेश सरकार अच्छा काम कर रही है। सरकार के कामकाज और जरूरतों को देखते हुए इस साल राज्य योजना आकार (13,500 करोड़) में 30 फीसदी की वृद्धि की गई है। प्रदेश को एक हजार करोड़ रुपए की सालाना अतिरिक्त मदद भी दी जा रही है। ऊर्जा क्षेत्र में थर्मल पावर प्लांट लग रहे हैं।

आयोग की टीम के मुखिया श्रीचतुर्वेदी के जुटाए आँकड़े, उसका विश्लेषण और सरकार के समक्ष इन बातों को रखने की भाषा सकारात्मक थी। उधर केंद्र के दो मंत्रालयों की राय भिन्न है। बिहार सरकार के काम पर आयोग की सुविचारित टिप्पणी और मंत्रालयों की राय में काफी फर्क रहा। योजना आयोग की निगाह में बिहार बदल रहा है। आयोग की टीम ने योजना क्रियान्वयन के कई बिंदुओं पर विचार किया, लेकिन ग्रामीण विकास और बाढ़ नियंत्रण की योजनाओं में कहीं कोई उल्लेखनीय त्रुटि नहीं पाई। इस आयोग के प्रमुख प्रधानमंत्री हैं और उपाध्यक्ष का पद सँभालते हैं अर्थशास्त्री मोंटेक सिंह अहलुवालिया। उधर, जिन मंत्रालयों की रिपोर्ट में बिहार के कामकाज को नाकारा बताया गया है, उनमें बिहार के ही मंत्री मायने रखते हैं। जाहिर है कि मंत्रालयों की रिपोर्ट में आँकड़ों की व्याख्या राजनीतिक पुट के साथ की गई है, जबकि आयोग ने शुद्ध अर्थशास्त्रीय कसौटी पर विकास कार्यों को कसा है। इन दोनों के अलग-अलग सुर यह बताने के लिए काफी हैं कि विकास पर राजनीति न करने का कोई वादा खरा नहीं है। आँकड़ों पर राजनीति हावी है।

[24 मई, 2008]

□

समरथ के दोस

'समरथ को नहिं दोस गोसाईं'–अर्थात् जो सामर्थ्यवान हैं, उनके दोष नहीं देखे जाते। आज के पैमाने पर देखा जाए तो वे लोग ही सामर्थ्यवान या ताकतवर हैं, जिनके पास राजनीतिक, सामाजिक और आर्थिक शक्तियों का श्रेष्ठ समन्वयपुंज है। ऐसे लोगों के सिर्फ औपचारिक सार्वजनिक परिचय से विनम्रता झलकती है, वास्तविक जीवन से प्रायः नहीं। पदनाम उनकी छवि से अक्सर मेल नहीं खाता। जैसे जनप्रतिनिधि कहने से लगता है कि कोई सज्जन विधायिका में हमारी बात रखनेवाले विज्ञ व्यक्ति होंगे और सादगी से जीवन यापन करते होंगे। हकीकत कुछ और है। जनप्रतिनिधि की जगह सांसद या विधायक कहते ही अलग इमेज बनती है। बात सिर्फ शब्दों के फेर की नहीं, आचरण में अंतर की है। शब्दकोश में अर्थ दोनों के भले ही एक मिलें, लेकिन इनके अर्थताप का अंतर हम बिना थर्मामीटर के महसूस कर सकते हैं। विधायक-सांसद के सामने कानून बौना साबित होने लगता है। अगर कोई मंत्री, विधान सभा का अध्यक्ष या विधान परिषद् के सभापति जैसे ऊँचे ओहदे पर पहुँच जाता है, तब तो इसी अनुपात में उसकी शक्तियाँ भी बढ़ जाती हैं। जब लोग ज्यादा दिनों तक ऐसे शक्तिमान पदों पर रह जाते हैं, तब उनके भीतर ऐसा अजेय भाव पैदा हो जाता है कि वे संविधान में वर्णित विधान को लगभग काला अक्षर समझने लगते हैं। मनोदशा के उसी दौर में मनमानियाँ होती हैं।

अप्रैल 2005 में विधानपरिषद् के तत्कालीन सभापति प्रो. जाबिर हुसैन शायद ऐसे ही संवेदनशील दौर में थे, जब उनकी पहल पर 78 लोगों की नियुक्तियाँ हो गई। ये नियुक्तियाँ प्रथमदृष्टया अनुचित मानी गई। अब उनके खिलाफ मुकदमा दर्ज किया गया है। कहा जाता है कि इन सभी नियुक्तियों का लाभ रसूखवालों के नाते-रिश्तेदारों को मिला था। सचिवालय थाने में दर्ज प्राथमिकी में परिषद् के तत्कालीन सचिव कपिलदेव प्रसाद को भी आरोपी बनाया गया है। प्राथमिकी में

विस्तार से बताया गया है कि कैसे सामार्थ्यवानों के बाल-बच्चों को एक दूसरे सामर्थ्यवान शख्स ने परिषद् के विभिन्न पदों पर नियुक्त करने में कायदे-कानूनों की धज्जियाँ उड़ाईं। नियुक्तियाँ वर्ग तीन-चार के अलावा उच्च पदों के लिए थीं। हालाँकि मामले का खुलासा होने के बाद इन सभी नियुक्तियों को रद्द कर दिया गया और मामला हाईकोर्ट तक पहुँचा, लेकिन समरथ होने की मनोदशा ने अपना असर तो दिखाया ही। हाईकोर्ट ने जाँच का जिम्मा जब मौजूदा सभापति प्रो. अरुण कुमार को दिया, तो जाँच में आरोप सही पाए गए। इसी आधार पर अवैध तरीके से नियुक्त लोग हटाए भी गए। यह सब तार्किक परिणतियाँ तभी सामने आईं, जब इस प्रकरण के नायक (या खलनायक) की वह सामर्थ्य नहीं रही। अब वह न तो सभापति की शक्तिमान कुरसी पर रहे, न उनकी पार्टी प्रदेश की सत्ता में ही बची रह पाई। वर्तमान सरकार ने ताकतवर लोगों के अपराध के बारे में राजनीति निरपेक्ष नजरिया अपना कर एक नया वातावरण बनाया है। अब तो सत्तारूढ़ दल का विधायक भी अनुचित आचरण करने पर संरक्षण नहीं पा रहा है। ऐसे में पूर्व सभापति के अपराध को राजनीतिक संरक्षण कैसे मिल पाता? शायद इसी तरह दिन बदलेंगे और बदलेगा मुहावरा भी। अब समरथ के दोष भी दंड के दायरे में होंगे।

[26 मई, 2008]

□

साध्वी, मौलाना और नीतीश

29 फरवरी, 2008 को साध्वी ऋतंभरा ने राजधानी में आयोजित एक संवाददाता सम्मेलन में कहा था कि हिंदू समाज अराजकता के दौर से गुजर रहा है। हिंदू समाज के लिए एक आचार संहिता बनाने की जरूरत है। नैतिक मूल्यों में गिरावट आने के कारण लोग कन्या-भ्रूण का गर्भपात करा रहे हैं। दहेज के लिए बहुएँ मारी जा रही हैं। बुजुर्गों को अपमानित किया जा रहा है। इससे पहले फरवरी की ही 16 तारीख को फुलवारीशरीफ में मुसलिम पर्सनल लॉ बोर्ड के तत्वावधान में लड़कियों की गर्भ में हत्या विषयक सेमीनार में बोर्ड के महासचिव हजरत मौलाना सैयद निजामुद्दीन ने कहा था कि बालिकाएँ ईश्वर द्वारा प्रदान की गई एक सप्रेम भेंट हैं। उनका जन्म रोकना किसी भी धर्म में उचित नहीं है। यह कानूनन भी अपराध है। सेमिनार की समाप्ति के पूर्व समाज में फैलती इस बुराई की समाप्ति के लिए दुआ की गई थी। फिलहाल, न इन धार्मिक प्रयत्नों, अपीलों और दुआओं का असर दिख रहा है, न कानून की सख्ती का। महिलाओं के खिलाफ अपराध बढ़ रहे हैं।

बिहार पुलिस के आँकड़ों के अनुसार 2006 में सिर्फ दहेज के लिए 1006 महिलाएँ मार डाली गई थीं, जबकि 2007 में रंगीन टी.वी., स्कूटर, नकद राशि से लेकर कार तक दहेज के नाम पर वसूलने के लिए 1026 बहुएँ यातनापूर्वक मौत के घाट उतारी गई। क्रूरता के वास्तविक आँकड़े कहीं अधिक हैं। ऐसे कुछ ही मामलों में बड़ी मुश्किल से दोषियों को सजा हो पाई। दहेज के चलते या तो शादी के बाद लड़कियाँ मारी जाती हैं या इसके भय से लोग लड़कियों को पैदा होने से ही रोकने लगे हैं। 'भ्रूण हत्याएँ' बढ़ रही हैं। इस त्रासद स्थिति से उबरने के लिए बहुआयामी प्रयास की जरूरत है। लड़कियों को शिक्षित और स्वावलंबी बनाने के लिए नीतीश सरकार ने कई उपाय किए हैं। इनकी पढ़ाई-लिखाई के लिए पोशाक से लेकर साइकिल देने तक की योजना लागू की गई है। इस कड़ी

में एक और लड़ी जोड़ने के लिए शनिवार को कन्या सुरक्षा योजना के अंतर्गत यू.टी.आई. म्यूचुअल फंड के साथ सरकार ने करार पर दस्तखत किए। इसका लाभ यह होगा कि किसी गरीब (बी.पी.एल.) परिवार में 22 नवंबर 2007 के बाद जन्म लेनेवाली हर बच्ची के नाम पर राज्य सरकार यू.टी.आई. चिल्ड्रेन प्लान (बैलेंस्ड) में 2000 रुपए निवेश करेगी। गरीब की बेटी जब 18 साल की होगी, तब प्लान की परिपकवता के अनुसार उसके खाते में इस राशि (लगभग 20 हजार रुपए) का भुगतान किया जाएगा। इससे ताजा सर्वे के मुताबिक सवा करोड़ बी.पी.एल. परिवारों की लगभग सात लाख कन्याएँ हर साल लाभांवित होंगी। इतने बड़े पैमाने पर इस योजना को लागू करनेवाला बिहार पहला प्रदेश बन गया है। इसकी प्रक्रियाएँ जल्द पूरी करने का आदेश दिया गया है। मुख्यमंत्री मानते हैं कि सिर्फ कानून से न दहेज रुकेगा, न भ्रूण-हत्याएँ समाप्त होंगी, इसलिए ऐसी कुछ समानांतर पहल जरूरी है। आशा की जानी चाहिए कि साध्वी ऋतंभरा, हजरत मौलाना सैयद निजामुद्दीन और नीतीश कुमार के प्रयास कन्याओं के सुनहरे भविष्य को आश्वस्त करेंगे।

[8 जून, 2008]

□

प्रदेश भाजपा के ओबामा

बराक ओबामा और सुशील कुमार मोदी में क्या समानता है ? इस सवाल का उत्तर आसान है। दोनों पिछले डेढ़-दो माह से अपनी ही पार्टी के भीतर नेता पद के लिए कठिन संघर्ष करते दिखे। जीत दोनों की हुई और वह भी इसी जून में। दोनों में कुछ फर्क भी साफ है। एक यह है कि ओबामा ने अमेरिकी राष्ट्रपति पद के लिए डेमोक्रेटिक पार्टी की ओर से उम्मीदवारी की जंग जीती है, तो मोदी ने अपने पद पर बने रहने की। दूसरा अंतर यह रहा कि ओबामा एक स्थापित राजनीतिक प्रक्रिया के तहत मैदान में थे, मगर मोदी की जीत से एक पार्टी में फैसले करने की स्थापित परंपरा बदली गई। बिहार में 69 सदस्यीय भाजपा विधायक दल के नेता पद पर बने रहने के लिए उपमुख्यमंत्री मोदी को जिस आंतरिक चुनौती और संघर्ष का सामना करना पड़ा, उससे पार्टी नेतृत्व के अनचाहे ही सही, एक तार्किक और स्वस्थ परंपरा की नींव पड़ी है। उन्होंने पार्टी के मंच पर एक तरह से अविश्वास प्रस्ताव का सामना किया और विश्वास जीतने में सफल रहे। इस लिहाज से भाजपा के इतिहास में 8 जून, 2008 एक उल्लेखनीय तारीख बन गई है। छात्र आंदोलन से निकलकर विपक्ष की राजनीति के लंबे अनुभव के बाद पिछले ढाई साल से राज्य सरकार के वित्त और अन्य विभागों का संचालन करने में अपनी प्रशासनिक मेधा का परिचय देनेवाले मोदी ने मुख्यमंत्री नीतीश कुमार के साथ बेहतर तालमेल बनाकर जदयू-भाजपा की पहली साझा सरकार को ताकत दी है। दोनों दलों का गठबंधन इसका लाभ अगले लोकसभा चुनाव में उठा सकता है, लेकिन मोदी के खिलाफ मुहिम से इस संभावना पर अंदेशे के बादल घिर आए थे। गत 13 अप्रैल को राज्य मंत्रिमंडल के पहले पुनर्गठन के बाद से ही मंत्री पद से वंचित, हटाए गए या विभाग परिवर्तन से विक्षुब्ध हुए विधायकों ने मोदी के खिलाफ सघन और आक्रामक प्रचार अभियान चला रखा था। डेढ़ माह की इस मुहिम का अंत आखिरकार गुप्त मतदान से

किया गया। भाजपा ही नहीं, शायद किसी भी भारतीय राजनीतिक दल में ऐसा पहली बार हुआ। इससे पहले तो आम सहमति के नाम पर आलाकमान की अकाट्य इच्छाएँ ही निर्णय की भाषा में प्रकट की जाती थीं। इसे महिमा-मंडित करने के लिए परंपरा, शालीनता, अनुशासन आदि-आदि कहा जाता था।

भारत में राजनीतिक पार्टियाँ लेनिन के षड्यंत्रपूर्ण 'लोकतांत्रिक केंद्रवाद' या पालित ब्यूरो की तानाशाही' को कितना भी अस्वीकार्य बताएँ, लेकिन व्यवहार वे सब इन्हें अपनाती हैं। भारत में नेता केंद्रित दल ही नहीं, काडर आधारित भाजपा भी इसका अपवाद नहीं। इसी के चलते पार्टियाँ (सत्ता में आने पर) अपने मतदाताओं, कार्यकर्त्ताओं और समर्थकों से दूर हो जाती हैं। प्रदेश कार्यसमिति की बैठक या कार्यकर्त्ता सम्मेलनों में नेतृत्व और संगठन के निचले स्तर के बीच फासले की कड़वाहट अक्सर देखने को मिली है। ऐसा उस लोकतांत्रिक केंद्रीकरण के चलते होता रहा है, जिसमें फैसले के लिए गुप्त मतदान या किसी पारदर्शी प्रक्रिया से परहेज किया जाता है। फैसले थोपे जाते हैं। सुशील मोदी के मामले में जो हुआ, वह पहले हुआ होता तो मध्य प्रदेश में उमा भारती और झारखंड में बाबूलाल मरांडी (दोनों पूर्व मुख्यमंत्री) या इंदर सिंह नामधारी (पूर्व विधानसभा अध्यक्ष) जैसे कद्दावर नेता आज शायद भाजपा से बाहर न होते।

[9 जून, 2008]

□

राजद में ताजा बयार

केंद्र में सत्तारूढ़ संयुक्त प्रगतिशील गठबंधन (संप्रग) के प्रभावशाली घटक और बिहार के मुख्य विपक्षी दल राजद ने लोकसभा चुनाव की आहट सुनकर आगे की रणनीति पर गंभीर और सामूहिक चिंतन की जरूरत महसूस की। उसके विरोधी और प्रदेश की वर्तमान सरकार के कर्त्ता-धर्ता इस प्रयत्न का उपहास कर सकते हैं। लोकतंत्र में यह तो परस्पर चलता है, लेकिन जिस पार्टी पर कांग्रेस के परिवारवाद के खिलाफ लड़ने से शुरू होकर अपने परिवारवाद पर उतर आने का गंभीर आरोप लगा हो, उसमें ऐसा चिंतन शिविर आयोजित होना इस दल और दलीय लोकतंत्र, दोनों के लिए शुभ संकेत है। इसके लिए स्थान का चयन भी कुछ कहता है। राजद का शीर्ष नेतृत्व कैमूर जिले के उस रामगढ़ में 14-15 जून, 2008 को एकत्र हुआ था, जिसकी जमीन राजनीति की समाजवादी धारा से सींची हुई है। यहाँ के विधायक और पूर्व मंत्री जगदानंद सिंह ने सिंचाई, बिजली और सड़क निर्माण के मामले में इतना काम किया है कि उन्हें अपने मतदाताओं का अक्षय विश्वास मिला हुआ है। जगदानंद इस क्षेत्र में राजद के ब्रांड एम्बेस्डर हैं। उनकी मेजबानी में हुए पार्टी के इस शिविर ने कुछ ईमानदार आत्मनिरीक्षण के संकेत दिए हैं। पार्टी ने 15 साल तक बिहार में शासन करने के दौरान हुई सैद्धांतिक और आचरणगत भूलों में सुधार का इशारा किया है।

शिविर में पार्टी प्रमुख लालू प्रसाद यादव जब यह कह रहे थे कि उन्होंने मुख्यमंत्री के रूप में कभी सीनियर अफसरों से खैनी नहीं बनवाई और न कभी यह कहा कि सवर्णों को सत्ता के रास्ते से हटाया जाए, तो वास्तव में यह एक कद्दावर नेता के 'सॉरी' कहने का सम्मानजनक तरीका ही है। इसे किसी बयान के खंडन से ज्यादा अपनी गलती मानकर आत्मसुधार के लिए तैयार दिखने की विनम्रता के रूप में देखा जा सकता है। इसे बदले राजनीतिक परिदृश्य में सवर्णों को साथ लेकर चलने की विवशता भी कह सकते हैं। लोग जानते हैं कि

पिछड़ावाद के उफान को भुनाकर सत्ता में आए और बीस साल तक सत्ता में बने रहने का दावा करनेवाले लालू प्रसाद के जाने-अनजाने नब्बे के दशक में घोर सवर्ण-विरोधी नारा (भूरा बाल साफ करो) भयावह तरीके से सार्वजनिक हो चुका था। तत्कालीन सरकार और सत्तारूढ़ दल ने सामाजिक ताने-बाने को नुकसान पहुँचानेवाले इस नारे को अफवाह सिद्ध करने के लिए कोई संजीदा पहल नहीं की थी, यह भी लोग जानते हैं। अब अगर पार्टी इससे इनकार करती है, तो हमें इसे भविष्य के लिए राजद का आश्वासन मानना चाहिए। यह तो रहा चेहरे में बदलाव का संकेत, साथ ही संगठनात्मक स्तर पर निर्णय तंत्र विकसित करने का भी संकल्प दिखा। पार्टी शायद यह भरोसा देना चाहती है कि अब इसके अध्यक्ष (लालू प्रसाद) फैसले नहीं थोपेंगे, बल्कि पंचायत स्तर से प्राप्त फीडबैक के आधार पर निर्णय लिया जाएगा। उम्मीदवार तो कम-से-कम ऐसे ही तय होंगे। वैसे, राजद सुप्रीमो ने अपने समापन भाषण में कुछ पुराने राजनीतिक जुमले बिना किसी बदलाव के दोहराए, जैसे–सांप्रदायिक ताकतों को परास्त करें, नीतीश सरकार आर.एस.एस. (राष्ट्रीय स्वयंसेवक संघ) की कठपुतली है, दलित जातियों को कई भागों में विभक्त कर राज्य सरकार महादलित का खतरनाक खेल, खेल रही है आदि। इस सबके बावजूद राजद में बदलाव की बयार सुकून देनेवाली है।

[16 जून, 2008]

□

कौन किसकी गोद में ?

राजनीतिक आरोप-प्रत्यारोप को प्राय: गंभीरता से नहीं लिया जाता। प्रदेश में इस समय सत्तापक्ष और विपक्ष की ओर से जो बयान दिए जा रहे हैं, उन्हें तौलने पर निराशा ही होती है। जनता दल यूनाइटेड (जदयू) के राष्ट्रीय प्रवक्ता सांसद शिवानंद तिवारी कभी राष्ट्रीय जनता दल (राजद) के सुनहरे दिनों के साथी रहे हैं। पिछले ढाई साल उन्होंने खुद को अपने राजद समर्थक अतीत से पल-पल काटने और नए सत्ता प्रतिष्ठान से जोड़ने में लगाए। अब उनके निशाने पर मुख्यत: राजद प्रमुख लालू प्रसाद हैं। प्रवक्ता के कॅरियर में उन्होंने बेशक कुछ तार्किक वक्तव्य दिए हैं, लेकिन अपने विरोधी के बच्चों पर शर-संधान करने से पहले उन्हें मानवीय ढंग से भी सोचना चाहिए था। इसी तरह राजद के राष्ट्रीय प्रवक्ता श्याम रजक भी बयान-वीर हैं। वे अपने आरोप की सच्चाई को तौलना जरूरी नहीं समझते। उनके अद्यतन वक्तव्य में कहा गया है कि मुख्यमंत्री नीतीश कुमार भारतीय जनता पार्टी (भाजपा) की गोद में बैठकर मुसलमानों को बेवकूफ बना रहे हैं।

इसके विपरीत ढाई साल में जद-यू और भाजपा की सरकार ने मुसलमानों के लिए जो काम किया, उतना पहले कभी नहीं हुआ। 1989 के भागलपुर दंगे की जाँच फिर से कराना, 844 पीड़ितों को लाख-सवा लाख मुआवजा व पेंशन दिलाना, कब्रिस्तानों की घेराबंदी तेज कराना और सबसे नई पहल, मदरसा व अल्पसंख्यक स्कूलों में पढ़नेवाली लड़कियों के लिए भी साइकिल देने का एलान। बिहार सरकार ने इस अल्पसंख्यक-जोड़ो अभियान के दबाव में केंद्र की कांग्रेसनीत संप्रग सरकार (जिसमें राजद शामिल है) को पिछले महीने (12 जून, 2008) भागलपुर दंगा के पीड़ितों के लिए 30 करोड़ रुपए का बड़ा पैकेज घोषित करना पड़ा। इसके मुताबिक हर पीड़ित परिवार को 3.5 लाख रुपए की अनुग्रह राशि मिलेगी। यह राशि राज्य सरकार से मिले मुआवजा-पेंशन की रकम के अतिरिक्त होगी। इस तरह नीतीश सरकार ने अल्पसंख्यक मुद्दे पर केंद्र सरकार को फॉलोऑन करा दिया और इस

समुदाय को राजग से जोड़ने में कामयाब भी रही। प्रदेश में हुए पिछले सभी उपचुनावों ने इसे सिद्ध किया है। अब कैसे कहा जा सकता है कि मुख्यमंत्री भाजपा की गोद में हैं। वास्तविकता तो कुछ दूसरी ही लगती है। संघ परिवार के लोग कह रहे हैं कि सत्ता में बने रहने के लिए उनकी राजनीतिक इकाई भाजपा ही जदयू की गोद में चली गई है। सरकार के एक मंत्री ने उसके एक विधायक की टांग तोड़ दी और उसका बाल बाँका न हुआ। भाजपा की जीभ ऐसी सिली कि वह दंगे की फाइल खुलवाने से लेकर कब्रिस्तान की घेराबंदी तक, किसी भी बात पर 'मुसलिम तुष्टीकरण' शब्द का उच्चारण नहीं कर पा रही है। अप्रैल में मंत्रिपरिषद् के महापुनर्गठन में भी सी.एम. ने जलवा दिखाया और भाजपा को अंतर्कलह का गहरा जख्म दे डाला। 2006 में भागलपुर के राधानगर में जब सांप्रदायिक तनाव हुआ, तब वहाँ के गरीब बहुसंख्यकों की आवाज दबा दी गई। उस इलाके के निवासी और भाजपा के एक कद्दावर मंत्री की हिम्मत न हुई कि वे वहाँ के पीड़ितों से मिलने जा पाते। ऐसी अपंग, अंतर्विभाजित और पहचान विसर्जित करती भाजपा अब हस्तिनापुर (1, अणे मार्ग) से बँधी लगती है। राजग में कौन किसकी गोद में है, यह तो जनता ही बेहतर बताएगी।

[3 जुलाई, 2008]

काडर के लिए गंगाजल

बिहार में जदयू और भाजपा के बीच रिश्तों में खटास मिटाए नहीं मिट रही है। कोशिश तो दोनों के शीर्ष नेताओं की रहती है, मगर अक्सर कुछ-न-कुछ हो जाता है। वजह कभी व्यावहारिक हितों का टकराव बनता है, तो कभी कथित उपेक्षा। काडर आधारित भाजपा में इस मुद्‌दे पर नेतृत्व की परेशानी जदयू से ज्यादा होती है। प्रदेश की राजग सरकार में शामिल भाजपा के नेता गठबंधन में बराबरी का हक चाहते हैं, जबकि विधायक दल की ताकत के हिसाब से भाजपा दूसरे नंबर पर है। हाल में सरकारी वकीलों की नियुक्ति के मामले पर भी दोनों दलों में दूरी बढ़ी। दोनों पार्टियों ने 3:2 के अनुपात को पदों के बँटवारे आधार बनाया है। बीस-सूत्री समितियों में यही फार्मूला था, लेकिन भाजपा का आरोप है कि सरकारी वकीलों की नियुक्ति में उसकी राय को तवज्जो नहीं मिली। काडर आधारित होने के नाते इस पार्टी के मंत्री कार्यकर्त्ताओं को ज्यादा नाराज करने की हैसियत में नहीं होते। जदयू की संगठनात्मक बुनावट ऐसी है कि कार्यकर्त्ताओं की लालसा पर लगाम लगाना नेतृत्व के लिए आसान होता है।

संयोगवश या सायास, भाजपाई मंत्रियों के पास जो विभाग हैं, उनके सचिव भी कुछ अधिक असरदार हैं। इस कारण मंत्री विभागीय कामकाज में काडर की अपेक्षाएँ संतुष्ट नहीं कर पा रहे हैं। भाजपा को लगता है कि उसके विधायक दल के नेता व उपमुख्यमंत्री सुशील कुमार मोदी गठबंधन सरकार के सामने अपना पक्ष मजबूती से रख नहीं पा रहे हैं। यह संचित असंतोष मामूली उकसावे पर भी फूट पड़ता है। छपरा में शुक्रवार को प्रदेश कार्यसमिति (18–19 अक्तूबर) की पहली शाम यही हुआ। भाजपा कोटे के मंत्री के खिलाफ खुलकर आरोप लगानेवाले एक जदयू विधायक के घर जब पार्टी के कुछ नेता और मंत्री रात का भोजन करने जानेवाले थें, तो इसकी भनक काडर को आहत कर गई। कार्यसमिति स्थल पर नेतृत्व के खिलाफ गुस्सा जाहिर किया गया। दूसरे दिन भाजपा के वरिष्ठ नेता

और प्रदेश प्रभारी कलराज मिश्र ने इस तपते माहौल पर शीतल गंगाजल डालने का प्रयास किया। उन्होंने कहा कि 'बड़े लक्ष्य हासिल करने के लिए हमें गठबंधन के कटु अनुभवों को भूलना होगा। यह बड़ा मकसद है केंद्र में राजग की सरकार।' नेतृत्व का गंगाजल काम आया, तो राजग के सपने सच हो सकते हैं।

[20 अक्तूबर, 2008]

□

लोकतंत्र का बड़प्पन

चीन से एक रिपोर्ट आई है, जिसमें दावा किया गया है कि जनसंख्या नियंत्रण के लिए उसने 30 साल पहले एकल संतान की जो नीति लागू की थी, उसके फायदे अब सामने आने लगे हैं। रिपोर्ट में आँकड़ों के जरिए सिद्ध किया गया है कि किस तरह सख्त संतान नीति के फलस्वरूप दुनिया की सबसे ज्यादा आबादीवाले चीन में प्रति व्यक्ति आय बढ़ी, संसाधनों का दोहन कम होने से पर्यावरण पर बोझ कम रहा और यहाँ तक कि आज की विश्वव्यापी मंदी का सामना करनेवाला शॉक ऑब्जर्वर भी चीनी अर्थव्यवस्था के पास उसी दूरगामी नीति की वजह से है। ऐसा साम्यवादी चीन में ही संभव है, जहाँ लोकतंत्र नहीं है। यानी, लोकतंत्र में सख्त नीतियों के लिए कोई जगह नहीं है, चाहे वह कितनी भी अच्छी हो। पिछली सदी के आठवें दशक में तत्कालीन प्रधानमंत्री इंदिरा गांधी की सरकार ने भी परिवार नियोजन का कार्यक्रम अपनाया था। 'दो या तीन बच्चे ही अच्छे'–यह नारा था। यह नीति पड़ोसी की एकल संतान नीति की अपेक्षा न सिर्फ उदार थी, बल्कि उससे पहले तैयार की गई थी। शासन-पद्धति के फर्क की वजह से चीन में उस पर अमल हुआ और भारत में कड़ा विरोध। इसे लोकतंत्र की कमजोरी कहा जा सकता है। इसमें और भी खामियाँ गिनाई जाती हैं, लेकिन यह इसी तंत्र में संभव है कि आम आदमी भी देश का कर्णधार हो सकता है। यहाँ राजनीतिक विरोधी को न सिर्फ आँगन कुटी छवाय (नेता प्रतिपक्ष का दर्जा) रखा जाता है, बल्कि उसका सम्मान किया जाता है।

इस परंपरा एक उदाहरण बिहार की राजधानी में स्थापित इंदिरा गांधी आयुर्विज्ञान संस्थान (आई.जी.आई.एम.एस.) परिसर में दिखा। पूर्व प्रधानमंत्री श्रीमती इंदिरा गांधी की आदमकद प्रतिमा का अनावरण शनिवार को मुख्यमंत्री नीतीश कुमार ने किया। श्रीमती गांधी के शासन काल में उन्हें अपदस्थ करनेवाले सबसे बड़े आंदोलन (1974) के सेनानियों में श्रीकुमार भी रहे हैं। उस दौरान वे

जेल गए थे। 2006 में मुख्यमंत्री के नाते जब उन्होंने संस्थान परिसर का दौरा किया, तब श्रीमती गांधी की छोटी-सी प्रभाहीन प्रतिमा देखकर उन्हें अच्छा नहीं लगा। उसी समय देश की इस कद्दावर नेता की ऐसी भव्य प्रतिमा लगाने का फैसला किया गया, जो उनके राजनीतिक व्यक्तित्व के अनुरूप लगे। राजग सरकार ने ऐसा करते समय न इंदिराजी की पार्टी (कांग्रेस) को आड़े आने दिया, न उनके किसी विवादास्पद फैसले को। लोकतंत्र इसीलिए बड़ा है। यह तंत्र बड़े मन के लोगों से अपनी आंतरिक ऊर्जा पाता है।

[26 अक्तूबर, 2008]

□

शांतिपूर्ण मतदान की खातिर

बिहार कभी रक्तरंजित चुनाव के लिए दुर्नाम रहा, लेकिन अब स्थिति सुधरी है। इस बदलाव को बेहतर, पुख्ता और टिकाऊ बनाने के लिए राज्य सरकार ने अपने अधिकारियों को हर संभव काररवाई करने का निर्देश दिया है। सांप्रदायिक सद्भाव बनाए रखना और नक्सल प्रभावित इलाकों में शांतिपूर्ण मतदान कराना खास चिंता का विषय है। इसके लिए सुरक्षा बलों की उपलब्ध बटालियन का सूझ-बूझ के साथ इस्तमाल जरूरी है। जहाँ तक सांप्रदायिक सद्भाव बनाए रखने या उसे बिगाड़नेवाली चिंगारियों को वक्त पर बुझाने की समझ और तत्परता का सवाल है, पिछले तीन साल के दौरान प्रशासन ने भरोसा बढ़ाया है। सरकार के राजनीतिक नेतृत्व की प्राथमिकता के कारण ही संभव हुआ कि 2006 में भागलपुर के राधानगर गाँव में रामनवमी जुलूस के बहाने दिखी तनाव की चिंगारी दंगे की ज्वाला नहीं बन पाई। इस साल सारण में भी एक धार्मिक जुलूस को वर्जित रास्ते से निकालकर या उस पर पत्थर फेंककर ऐसी शरारत का कुचक्र रचा गया था, लेकिन प्रशासन ने अमन के दुश्मनों को अट्टहास का मौका नहीं दिया। प्रशासन यदि इस लाइन पर काम करता रहा, तो चुनावी मौसम में गड़बड़ी का बड़ा खतरा टाला जा सकता है। ऐसे जिन मामलों में कारवाई लंबित है, उनमें तेजी लाने की जरूरत है।

सांप्रदायिकता के बाद दूसरी बड़ी चुनौती अवैध हथियार और शराब से मिलती है। इनका गठजोड़ हर तरह की शुचिता पर हमले का कारण बनता है। लोकतांत्रिक प्रणाली की मर्यादा तोड़ने में इनका खुलकर दुरुपयोग होता है। बूथ और वोट लूटकर जनप्रतिनिधि बनने-बनवाने का रास्ता इसी ताकत या नशे के बल पर गढ़ा जाता है। पुलिस यदि इस मोर्चे पर विजयी रही, तो चुनावी राजनीति में लोगों का यकीन बचा रह सकता है। इस दृष्टि से अपर आरक्षी महानिदेशक (मुख्यालय) का यह दावा मायने रखता है कि चार मार्च से अब तक अपराधियों

के खिलाफ अभियान में 110 अवैध हथियार जब्त किए गए हैं। मिनीगन बनानेवाली 12 नाजायज फैक्ट्रियाँ पकड़ी गई हैं। इनमें चार फैक्ट्री मुँगेर में, बेतिया, बाँका, लक्खीसराय में दो-दो, नालंदा और मोतीहारी में एक-एक फैक्ट्री चलती थी। शाति-भंग की आशंका में जहाँ 50807 लोगों पर काररवाई की गई है, वहीं 15 हजार 943 लोगों के खिलाफ गैरजमानती वारंट तामील किया गया है। क्या ये आँकड़े प्रशासन की नीयत का आईना नहीं माने जाएँगे ?

[17 मार्च, 2009]

□

मान न पाने की कसक

समकालीन समाज की समस्याओं को देखने और महसूस करने पर किसी का एकाधिकार नहीं है, इसलिए हर व्यक्ति या व्यक्तियों का समूह इस पर अपनी अलग राय बनाता और प्रकट करता है। प्रतिक्रिया का स्तर और स्वरूप हर शख्स की समझ-संवेदना के अनुसार आकार लेता है। किसी परिस्थिति पर रचनाकारों की प्रतिक्रिया का माध्यम लेखन होता है, तो रंगकर्मियों की अभिव्यक्ति का जरिया नाटक। फिल्मकार अपनी प्रतिक्रिया अलग ढंग से परदे पर उतारते हैं। आठवें दशक की राजनीतिक-सामाजिक-आर्थिक चुनौतियों का ही जिक्र किया जाए तो उस समय की प्रधानमंत्री श्रीमती इंदिरा गांधी और 1975 के आपातकाल के रूप में उनके कठोर फैसले पर प्रतिक्रिया के कई रंग दिखते हैं। उस पर राजनीति ही नहीं, साहित्य और पत्रकारिता से लेकर सिनेमा की विधा तक में दूरगामी प्रभाव छोड़नेवाली रचनात्मक तरंगें उठीं। 'आँधी' (निर्देशक–गुलजार) जैसी फिल्म बनी, तो 'ए फाइन बैलेंस' (रोहिंटन मिस्त्री), 'द जजमेंट : इनसाइड स्टोरी ऑफ इमर्जेंसी इन इंडिया' (कुलदीप नैयर) और 'कटरा बी आरजू' (राही मासूम रजा) जैसी किताबें लिखी गई।

अब यदि बाद की सरकारें इन लोगों के योगदान की अनदेखी कर इन्हें मानपत्र देने की शालीनता न दिखाएँ, तो क्या इन्हें आंदोलन का खाका तैयार करने में लग जाना चाहिए? क्या आप किसी को अल्टीमेटम देकर कह सकते हैं कि अमुक तारीख तक हमें सम्मानित करो, वरना हम आपका घेराव कर जीना मुहाल कर देंगे? 18 मार्च, 1974 को बिहार से शुरू हुए जनांदोलन की स्मृति में ठीक 35 साल बाद बुधवार को पटना के सभागारों में जुटे तत्कालीन आंदोलनकारियों के एक वर्ग की मुद्रा कुछ ऐसी ही थी। वे जे.पी. को याद करने से ज्यादा मानपत्र और पेंशन की माँग पर सामूहिक सौदेबाजी के अंदाज में बात करने को उद्यत लगते थे। दूसरी तरफ अनेक पूर्व आंदोलनकारियों के भीतर यह वाजिब मलाल

भी था कि सत्ता का स्वाद पानेवाले उनके साथियों ने किस तरह नजरें फेर ली हैं और नजरिया बदल लिया है। वे शासन में आकर व्यवस्था बदलने के बजाय खुद उसके मुताबिक बदल गए हैं। उन्हें ऐतिहासिक भागीदारी निभानेवाले साथियों के सम्मान की प्रक्रिया शीघ्र पूरी करना अपने दायित्व का हिस्सा ही नहीं लगता। कुछ ऐसे वक्ता भी थे, जिन्हें सुनकर लगा कि आंदोलन की बुझी आग की राख के नीचे चिंगारी के कुछ कण शेष हैं। भागलपुर विश्वविद्यालय के पूर्व प्राध्यापक डॉ. रामजी सिंह का यह कहना सही था कि 18 मार्च शहादत का दिवस है। यह माँगने या लेने का दिन नहीं। उन्होंने लोकसभा चुनाव में भ्रष्ट उम्मीदवारों को वोट न देने की अपील कर अपने बचे हुए ताप का अहसास कराया।

[19 मार्च, 2009]

□

कैफियत माँगने की कीमत

लोकतंत्र में बहुत-सी अच्छाइयाँ हैं, तो बुराइयाँ भी कम नहीं हैं। हर पाँच साल पर चुनाव की अनिवार्यता इसका अपवाद नहीं है। अप्रिय पक्ष यह है कि इस पर काफी खर्च आता है। लोकसभा का चुनाव लड़ने पर एक औसत प्रत्याशी का खर्च अब करोड़-सवा करोड़ रुपए तक जाने लगा है। निर्वाचन आयोग की ओर से निर्धारित व्यय-सीमा फिर बेमानी हो गई है। कानूनी पेंच से बचने के लिए तरह-तरह की कागजी कसरत होती है। एक संसदीय क्षेत्र में यदि दस प्रत्याशी हों, तो कम-से-कम दस करोड़ तो चुनाव-प्रचार के विभिन्न कार्यों पर बहाए ही जाते हैं। चुनाव प्रबंधन का सरकारी खर्च अलग होता है। इतनी बड़ी राशि से क्षेत्र में कितने स्कूल बन सकते हैं, कितने अस्पताल बनाए जा सकते हैं या लघु उद्योग की कितनी इकाइयाँ स्थापित कर लोगों को रोजगार दिया जा सकता है, इसका हिसाब लगाना आसान है। लेकिन चुनाव जैसे अनुत्पादक काम के कारण यह सब नहीं हो पाता।

अब इसके फायदे की चर्चा। विधायक-सांसद या मंत्री बनकर जो लोग पाँच साल इठलाते फिरते हैं या नाकारा साबित होते हैं, उन्हें सबक सिखाने का मौका चुनाव ही देता है। कुछ जनप्रतिनिधि (खासकर मंत्री) अपने राजयोग के सुनहरे दिनों में साथी कार्यकर्त्ताओं की अनदेखी करते हैं या व्यस्तता के बहाने उनसे मिलने तक से इनकार करते हैं। वे मन-ही-मन मानने लगते हैं कि उनका जलवा यदि उनके अपने राजनीतिक कौशल, जोड़-तोड़, धनबल, मेधा, जातिबल आदि के कारण ही है, तो हाशिए पर पड़े लोगों को क्यों तरजीह दी जाए? उनके लिए चुनाव ही हकीकत के दूसरे पहलू से मुखातिब होने का कठिन काल होता है। चुनाव आते ही ऐसे लोगों की भाषा और भंगिमा बदल जाती है। वे कहने लगते हैं–'चुनाव उनकी नहीं, कार्यकर्त्ताओं की लड़ाई है।' इस डायलॉग और थोड़ी-सी तरजीह पर फिदा होकर काडर अपने निजी काम स्थगित कर नेता को जिताने में

लग जाता है। चुनाव के जुनूनी दिनों में उसे होश नहीं रहता कि बच्चे की पढ़ाई कैसी चल रही है और दोनों वक्त चूल्हा कैसे जलता है। जीत के बाद जब बात आई-गई हो जाती है, राजनीति का बुखार उतर चुका होता है, तब कोई कार्यकर्त्ता अगर कभी अपने नेता से किसी मामूली बात के लिए भी आग्रह करे, तो उसे किसी बहाने ठुकरा दिया जा सकता है। तब कार्यकर्त्ता से ज्यादा परिवार और बिरादरी प्रिय हो जाती है। चुनाव जनता के लिए ही नहीं, कार्यकर्त्ताओं के लिए भी कैफियत माँगने का मौका है। इस मौके के मुकाबले चुनाव-खर्च एक मामूली कीमत है।

[27 मार्च, 2009]

□

खुली खिड़कीवाला हमाम

बात चुनाव में किसी प्रमुख दल से खुद टिकट पाने की हो, परिवार के किसी शख्स को उम्मीदवार बनवाने की हो, अपने समर्थक को टिकट दिलाने की या अपनी बिरादरी के किसी शख्स को प्रत्याशी बनवाने की, लोग तरह-तरह के तिकड़म करते नजर आ रहे हैं। तालमेल और गठबंधन की राजनीति के दबाव तो अपनी जगह हैं, उम्मीदवारी पाने की व्यक्तिगत, पारिवारिक और जातीय आकांक्षा के दबाव भी लगातार बढ़ रहे हैं। बिहार में सत्तारूढ़ राजग (जदयू-भाजपा), मुख्य विपक्षी दल राजद, लोजपा और कांग्रेस—प्रायः सभी दल जीतने की अपनी-अपनी संभावना के अनुपात में टिकट पाने-दिलाने की हसरतों का दबाव झेल रहे हैं। कोई बीवी को टिकट दिलाना चाहता है, कोई बेटे को। इसके लिए कोई पुराने उपकार भूलने की नंगई पर उतारू है, कोई पार्टी या सरकार में मिला पद ठुकरा रहा है। कहीं खून का रिश्ता बेमानी हो रहा है, तो कहीं वह थाली ठुकराई जा रही है, जिसमें वर्षों तक राजसी मलाई खाई गई हो। जिस पार्टी अध्यक्ष के सामने लोग पाँच साल तक निरीह घूमते रहे हों, उसकी हर गलत-सही बात में हामी भरते रहे हों, किसी बात पर शालीन शब्दों में भी असहमत होने का लोकतांत्रिक साहस न दिखा पाए हों, वे टिकट कटते ही 'क्रांतिकारी' नजर आने लगे हैं।

ऐसे अभद्र दृश्य भी सामने हैं, जिसमें उम्मीदवारी की जंग जीतने के लिए लोग टिकट देनेवाली पार्टी के प्रमुख की 'जय हो' कहते हुए पाला लाँघ गए, लेकिन इस छलाँग में पत्नी पुराने ही दल में छूट गई। इसके बावजूद दंपती के राजनीतिक सुर घर की चहारदीवारी में ही नहीं, सार्वजनिक रूप से भी मिले हुए हैं। कोई नेता कल तक जिसकी आलोचना या उपेक्षा कर रहा था, आज अपने को कहीं से कमजोर मानकर समान शत्रु को परास्त करने के लिए अचानक सुबह की चाय पीने उसके ड्राइंग रूम में पहुँच जा रहा है। जिस चुनाव क्षेत्र में एक बिरादरी को जिताऊ मानकर उसके किसी कद्दावर स्टार को टिकट दिया जाता है, वहाँ

उसी समुदाय के दूसरे नेता उसके पुतले फुँकवाने लग रहे हैं। हालाँकि जातीय आधार पर जनगणना का कोई आधिकारिक आँकड़ा उपलब्ध नहीं है, फिर भी कई जातियाँ मनमाने आँकड़े पेश कर उसके आधार पर टिकट माँगने पर अड़ी हैं। कुछ लोग अपनी बिरादरी को टिकट दिलवाने के लिए सरेआम अधनंगे हो रहे हैं, लेकिन ऐसा लगता है, कपड़े उतारनेवाले अकेले नहीं हैं। इस समय हमाम की खिड़कियाँ खुल गई हैं। सबकुछ दिखता है।

[29 मार्च, 2009]

□

चुनावी सोशल इंजीनियरिंग

एक तरफ चुनाव सुधार की बातें, दूसरी तरफ हर बार वही जातीय जोड़-घटाव। इस विडंबना से गुजरता हमारा संसदीय लोकतंत्र आधी सदी से ज्यादा पार कर चुका है। अभी यह तय करना कठिन है कि लकीर पीटनेवाला यह रास्ता मतदाता समूहों की सियासी सौदागरी करते हुए परिपक्वता की तरफ भी कभी मुड़ेगा या जातीय गणित के प्रयोग यूँ ही चलते रहेंगे। यह चुनाव भी अपवाद नहीं लगता है। पिछली सदी के अंतिम दशक में जब दौर मंडल आयोग की सिफारिशों से पिछड़ी जातियों में आए नए उभार का था, तब 'जनता' या 'समाजवादी' नामधारी पार्टियों में इनके सामूहिक वोट अपनी तरफ करने की होड़ लगी थी। सवर्ण जातियाँ राजनीतिक उपेक्षा और सार्वजनिक निंदा तक का निशाना बनाई गई। भाजपा और कांग्रेस में ही इनके लिए इज्जत की थोड़ी जगह बची थी। उत्तर प्रदेश में बसपा के ब्राह्मण-दलित गठजोड़ के प्रयोग से पिछले विधानसभा चुनाव के दौरान जो अप्रत्याशित बदलाव आया, उसने दूसरी पार्टियों को सवर्ण बिरादरी की राजनीतिक भूमिका पर नए सिरे से सोचने को विवश किया। बिहार में आसन्न संसदीय चुनाव के लिए टिकट बाँटते समय जीत की बेहतर संभावना रखनेवाले मुख्य दलों ने इस पर ध्यान देना शुरू किया है। इसका नतीजा है कि जदयू-भाजपा और राजद-लोजपा गठबंधनों ने राज्य की 40 में से 24 सीटें अगड़ी जातियों के नाम की हैं। इसे 'बसपा इफेक्ट' कह सकते हैं।

अब कहा जा सकता है कि सोशल इंजीनियरिंग में पिछले दशक का असंतुलन दूर करने की फिक्र की जाने लगी है। राजद प्रमुख लालू प्रसाद और बसपा अध्यक्ष मायावती को सवर्ण, खासकर ब्राह्मण फिर से याद आने लगे हैं। भागलपुर और बेतिया की चुनाव सभाओं में रविवार को मायावती ने कहा कि केंद्र की सत्ता मिलने पर उनकी पार्टी गरीब सवर्णों को भी आरक्षण का लाभ देगी; क्योंकि सवर्ण आज बसपा के साथ हैं। दूसरी ओर भाजपा इन दलों में उमड़े नए

अगड़ा प्रेम पर सवाल उठा रही है। पार्टी ने पूछा है कि राजद ने इस लोकसभा चुनाव में अपने हिस्से की 28 में से मात्र एक सीट पर ब्राह्मण प्रत्याशी क्यों दिया, जबकि भाजपा ने अपने कोटे की मात्र 15 सीटों में दो पर ब्राह्मण उम्मीदवार दिए हैं। यह सब वैसे तो हर वर्ग में अपने को बड़ा हितैषी साबित करने के प्रचार-युद्ध का हिस्सा है, लेकिन अंतिम निर्णय जनता को ही करना है। दुर्भाग्यवश, अब भी उम्मीदवार के व्यक्तित्व से ज्यादा उसकी जाति ही देखी जा रही है।

[30 मार्च, 2009]

□

शांतिपूर्ण चुनाव की चुनौती

हिंसा के बल पर चुनाव को प्रभावित करना निंदनीय है, लेकिन राजनीतिक दलों में इससे परहेज की कोई प्रबल इच्छाशक्ति नहीं दिखती। हर बार कानूनी रूप से दागी और बाहुबली लोग या उनके करीबी रिश्तेदार उम्मीदवार बनने में कामयाब होते हैं। इस बार भी ऐसा हुआ है, इसलिए शांतिपूर्ण मतदान की चुनौती बनी हुई है। बिहार में पिछली सदी के आठवें-नौवें दशक से चुनाव पूर्व, मतदान के एक दिन और चुनाव बाद विरोधियों को ताकत दिखाने की घटनाएँ तेजी से बढ़ीं। खिलाफ में वोट देने की संभावनावाले मतदाताओं को चुनाव से पहले हिंसा के बल पर मतदान न करने या समर्थन करने के लिए विवश किया जाना, मतदान के दिन बूथ पर कब्जा कर किसी एक के पक्ष में 90 फीसदी तक वोट जबरन डाल देना और यदि ये तरीके कारगर न हों तो निर्वाचित जनप्रतिनिधि की हत्या तक कर देना प्रदेश में आम होता गया था। 1984 से 2004 तक 19 साल के दौरान विधानसभा और लोकसभा के आठ चुनावों में 453 लोग मारे गए। चुनाव के बाद भाकपा विधायक मंजूर हसन (1972), सीताराम मीर (1978), कांग्रेस के नगीना सिंह (1984), जनता दल विधायक अशोक सिंह (1990) सहित कई जनप्रतिनिधि और नेता राजनीति के अपराधीकरण का शिकार हुए। यह और बात है कि इनमें से कुछ लोग अपराधीकरण की प्रक्रिया में खुद भी भागीदार थे। इन कारणों से बिहार काफी दिनों तक चुनावी हिंसा के लिए दुर्नाम रहा।

पिछले विधान सभा चुनाव के बाद राजग सरकार ने अपराधियों के खिलाफ अभियान चलाने में जो राजनीति-निरपेक्ष नीति अपनाई, उसके अच्छे नतीजे मिले हैं। बाहुबली नेताओं पर कानून का शिकंजा कसा। इसके बावजूद शांतिपूर्ण मतदान आसान नहीं है। राज्य सरकार हर स्तर पर चौकसी बरत रही है। बिहार से जुड़ी उत्तर प्रदेश, झारखंड और नेपाल की सीमा को अपराधियों व नक्सलियों की घुसपैठ की आशंका को देखते हुए ज्यादा संवेदनशील माना जाता है। इससे

निबटने के लिए सीमावर्ती जिलों के एस.पी, डी.एम., डी.आई.जी., आई.जी. व प्रमंडलीय आयुक्त स्तर पर समन्वय बैठकें हो चुकी हैं। गृह सचिव, पुलिस महानिदेशक, मुख्य सचिव प्रमंडलीय स्तर पर समीक्षा कर रहे हैं। प्रदेश की 40 लोकसभा सीटों में से पहले चरण में 13 सीटों पर चुनाव होने हैं। ये संसदीय क्षेत्र मुख्य रूप से नक्सल प्रभावित हैं, इसलिए पड़ोसी राज्यों के साथ मिलकर संयुक्त अभियान की तैयारी की जा रही है। नक्सली चुनावी लोकतंत्र के खिलाफ हैं, इसलिए उनके खतरे से निबटना भी बड़ी चुनौती है।

[31 मार्च, 2009]

□

गेट्स-नीतीश संवाद

माइक्रोसॉफ्ट के सी.ई.ओ. बिल गेट्स और भारत के निर्धनतम राज्य बिहार के बीच शुक्रवार को वार्ता हुई। मुख्यमंत्री नीतीश कुमार ने इस बातचीत में यह ध्यान रखा कि प्रदेश का गरीब और पिछड़ा होना इसके सम्मान में किसी ठेस का कारण नहीं बने। नीतीश ने बदलते बिहार के राजनीतिक नेतृत्व से भेंट-मुलाकात की गेट्स की इच्छा का स्वागत किया, लेकिन इसके लिए विधान मंडल का सत्र छोड़कर वे दिल्ली नहीं गए। स्वाभाविक था कि गेट्स भी अपना कार्यक्रम बदलकर तीसरी दुनिया के एक मुख्यमंत्री से मिलने नहीं आ सकते थे। अंततः वीडियो कांफ्रेंसिंग तकनीक से बराबरी के स्तर पर बात करने का रास्ता निकाला गया। अब दानी और दान के सुपात्र, दोनों एक तल पर थे। इस मौके पर दुनिया के सर्वाधिक धनी लोगों में शुमार गेट्स ने मुख्यमंत्री के कार्यों की तारीफ की। गेट्स जल्दी ही एक टास्क फोर्स यहाँ भेजेंगे जो यह तय करेगा कि उन्हें किन-किन क्षेत्रों में काम (सहयोग) करना है। तय है कि बिल गेट्स मिलिंडा फाउंडेशन के साथ प्रदेश का रिश्ता बनेगा। फाउंडेशन पोलियो उन्मूलन के क्षेत्र में सक्रिय संगठनों की मदद करता है।

मुख्यमंत्री ने गेट्स को राज्य में पाए गए पालियो के उन 13 मामलों के बारे में बताया, जो खुराक पिलाने के बावजूद सामने आए। इसमें आठ ऐसे हैं, जहाँ दस चक्र दवा पिलाई गई थी। यह भी देखा जाना चाहिए कि पूरी सावधानी के बावजूद ऐसा क्यों हुआ। फाउंडेशन कालाजार उन्मूलन में भी सहयोग का इच्छुक है। इन कल्याण-कामनाओं का दूसरा पहलू भी है। एक तरफ सरकार पोलियो उन्मूलन के लिए करोड़ों रुपए खर्च कर रही है और गेट्स फाउंडेशन से लेकर विश्व स्वास्थ्य संगठन तक अनेक संस्थाओं से मदद लेने का प्रयास कर रही है, दूसरी तरफ शासन के निचले स्तर पर अभियान को विफल करने की आपराधिक मंशा भी पल रही है। पिछले साल 22 दिसंबर को सारण में पोलियो निवारण की

हवा निकालने की कोशिश हुई। विश्व स्वास्थ्य संगठन की ओर से मिली पोलियो दवा की सैकड़ों वायल उसी के कार्यालय के पीछे झाड़ी में फेंकी मिली। ऐसे कई कारणों से पोलियो चक्र प्रभावित हुआ है, परंतु आधिकारिक तौर पर पुष्टि नहीं की गई। कहीं-कहीं सरकारी डॉक्टर और स्वास्थ्य कर्मचारी अभियान में रुचि नहीं लेते। नवादा में 26 मई 2009 को नरहट प्रखंड के चार चिकित्सकों का अभियान से गायब रहना इसका शर्मनाक उदाहरण है। नेक काम के लिए मान बचाकर दान पाना कठिन है, लेकिन इसका सदुपयोग सुनिश्चित करना और भी मुश्किल है।

[25 जुलाई, 2009]

□

और अब तस्लीमुद्दीन

विगत 16 मई, 2009 को लोकसभा चुनाव का परिणाम सामने आने के साथ केंद्र की सत्ता से भी राजद बेदखल हो गया। इस झटके के कारण पार्टी प्रमुख लालू प्रसाद के कई पुराने दोस्तों ने न केवल साथ छोड़ा, बल्कि उनके धुर विरोधी दल का दामन थाम लिया। इनमें से किसी पाला-बदल नेता को विधान परिषद् की सदस्यता मिल गई, तो कुछ को अब विधान सभा उपचुनाव में सत्तारूढ़ दल का टिकट मिल चुका है। स्वाभाविक है कि इससे राजद में बचे उन लोगों का मन चंचल हो सकता है, जिन्हें लगता है कि उम्र और जनाधार के लिहाज से उनकी राजनीतिक संभावना खत्म नहीं हुई है। इस मनोदशा के लोगों में जैसे ही सत्ता की कामना जोर मारती है, एक पालाबदल घटित हो जाता है। ताजा नाम जनाब तस्लीमुद्दीन का है। पार्टी के राष्ट्रीय उपाध्यक्ष व केंद्रीय मंत्री रह चुके तस्लीमुद्दीन ने रमजान के पहले जुमे (शुक्रवार) को पार्टी की प्राथमिक सदस्यता से इस्तीफा दे दिया।

एक राजनीतिक कदम उठाने का जो दिन चुना गया, उससे लगता है कि तस्लीमुद्दीन ने अपने हिसाब से कोई नेक काम किया है या इस फैसले पर किसी की रहमत पाना चाहते हैं। उन्होंने पार्टी सुप्रीमो लालू प्रसाद को पत्र लिखकर कई आरोप जड़े हैं, जैसे–पार्टी निजी जायदाद बन गई है, भाजपा का भय दिखाकर अल्पसंख्यकों का वोट लिया गया और राष्ट्रीय उपाध्यक्ष होने के बावजूद उनसे कभी परामर्श नहीं लिया गया। तस्लीमुद्दीन ऐसे आरोप लगानेवाले नए नहीं हैं। पार्टी छोड़नेवाले यही करते हैं, इसलिए इनकी बातों को कोई गंभीरता से लेता ही नहीं। चिंता की बात दूसरी है। समझा जाता है कि तस्लीमुद्दीन भी जदयू में जाएँगे। यदि वाकई ऐसा हुआ तो सोचना पड़ेगा कि क्या सत्तारूढ़ दल ऐसे आगंतुकों के लिए अपने द्वार हमेशा खुले रखेगा ? क्या जदयू को अंततः 'लालू-राबड़ी मुक्त राजद' ही बना दिया जाएगा ? और क्या तस्लीमुद्दीन को वह सब कुछ

भुला देना चाहिए जो राजद ने उनके लिए किया ? ये लालू प्रसाद ही थे, जो दागी केंद्रीय मंत्रियों को हटाने की भाजपा की मुहिम के बावजूद तस्लीमुद्दीन के साथ खड़े रहे। लालू प्रसाद के इस फैसले पर बहस हो सकती है, लेकिन यह तो तय है कि उन्होंने पार्टी के मंत्री का साथ नहीं छोड़ा। उनकी तसल्ली के लिए किसी शायर ने लिखा है–'वक्त-ए-गर्दिश में क्या गिला दोस्तों का, हर कोई चलता है बच के, गिरती हुई दीवार से।' लालू प्रसाद सबकुछ गिराकर पार्टी का नया ढाँचा गढ़ने में लगे भी हैं।

[30 अगस्त, 2009]

□

नीतीश का नायकत्व

पिछली सदी के एक दौर में जब आराधना, अमर प्रेम, खामोशी जैसी प्रेम-प्रधान फिल्मों की लोकप्रियता से राजेश खन्ना हिंदी सिनेमा के सुपर स्टार बन गए थे, तब शिखर से उन्हें हटानेवाला जो सितारा उभरा, वह उनसे निहायत भिन्न था। न तो पारंपरिक रूप से उसका मुखड़ा सलोना था, न नायिका को लुभाने के लिए वह बगीचे में प्रेम के गीत गाता आया था। उसके संवाद बोलने की अदा में अजब किस्म का तेजाब था, कशिश भरी ताजगी थी। फिल्म जंजीर से अभिनय का नया मुहावरा लिखने की शुरूआत करनेवाले उस गुस्सैले नौजवान (एंग्री यंगमैन) को दुनिया अमिताभ बच्चन के नाम से जानती है। तात्पर्य यह कि किसी भी क्षेत्र में चमकती-कौंधती सफलता के लिए नए प्रतिमान जरूरी हैं। राजनीति इससे परे नहीं है। जे.पी. आंदोलन से शुरू कर जो लोग कांग्रेस के परिवारवाद का विरोध करते हुए सड़क पर उतरे और विधानसभा से लेकर सत्ता तक पहुँच गए, उनमें कुछ नेताओं के नेतृत्ववाले दलों में वही परिवारवाद ज्यादा कुरूप और आक्रामक रूप लेकर फैलने लगा।

सन् 2005 के विधान सभा चुनाव में जनता ने जब पिछली सरकार को खारिज किया, तब भले ही यह माना गया कि लोग सिर्फ बेहतर शासन-व्यवस्था चाहते हैं (और नई राजग सरकार ने इस उम्मीद को काफी हद तक पूरा भी किया है), लेकिन जनादेश तो वास्तव में पिछले शासन की रीति-नीति से व्यापक भिन्नता रचने के लिए था। मुख्यमंत्री नीतीश कुमार ने समय के पटल पर लिखी यह इबारत पढ़ ली। वे सरकार और संगठन के मामले में निरंतर ऐसी भिन्नताएँ गढ़ रहे हैं, जिनको सहज स्वीकृति मिल रही है। सोमवार को दिल्ली में अपनी पार्टी जदयू के राष्ट्रीय अध्यक्ष का चुनाव करने के लिए आयोजित राष्ट्रीय परिषद् की बैठक में उन्होंने कहा कि संगठन में परिवारवाद को किसी स्तर पर प्रश्रय नहीं मिलेगा। उत्तराधिकार राजनीतिक कार्यकर्त्ताओं को ही मिलेगा। उन्होंने चुनाव में

पार्टी टिकट के जरिए परिवार के लोगों को राजनीति में लाने की कोशिशों में जुटे अपने दल के नेताओं को साफ और सख्त संकेत दिया कि आगे ऐसा कोई प्रयास नहीं किया जाए। उल्लेखनीय है कि जदयू के कुछ विधायकों को जब लोकसभा चुनाव में उम्मीदवार बनाया गया, तो वे अपनी जगह परिवार के लोगों को विधानसभा का चुनाव लड़वाने की पैरवी में जुट गए थे। मुख्यमंत्री ने कहा–'उत्तराधिकारी परिवार में नहीं तलाशे जाएँगे। यह हमारा सिद्धांत है और इसमें कुछ नुकसान भी हो, तो उसके लिए तैयार हैं।' नीतीश भिन्नता से नायकत्व गढ़ने लगे हैं।

[1 सितंबर, 2009]

□

कहाँ गई इफ्तार पार्टी ?

इसलाम में यकीन रखनेवालों के लिए रमजान का पाक महीना चल रहा है। इसमें सुबह का सूरज निकलने से पहले और शाम ढलने के बाद ही मुसलमान दाना-पानी लेते हैं। रोजा (उपवास) रखते हैं। खुदा को याद करते हैं। पूरे महीने पाकीजगी की खयाल रखा जाता है। यह आत्मशुद्धि की एक पद्धति है। हिंदुओं में भी साल में दो बार नवरात्र में व्रत रखने का चलन है। उपवास या रोजा रखने से जो शारीरिक-मानसिक ऊर्जा मिलती है, उसे विज्ञान भी मानने लगा है। रोजा रखनेवाले बंदे शाम को अपने परिवार और दोस्तों के साथ बैठकर इफ्तार करते हैं। जब इसे थोड़ा बड़ा रूप दिया जाता है, तो इफ्तार पार्टी कहते हैं। इफ्तार का ताल्लुक मजहब से है। एक तरफ मजहब और सियासत के रिश्ते पर देश में तीखी बहस चलती रही, दूसरी तरफ पिछले कई दशकों से राजनेता बड़ी मासूमियत से इफ्तार की दावत का राजनीतिक फायदा उठाने की कोशिश करते रहे। बात यहाँ तक बढ़ गई कि हर बड़ा नेता रमजान में इफ्तार की दावत देने लगा। यह दावत खुद को या अपनी पार्टी को सेक्युलर साबित करने की शर्त बनने लगी।

कई मायनों में तेजी से बदले बिहार में बहुत सालों बाद ऐसा हुआ है कि राज्य विधान सभा की 18 सीटों पर उपचुनाव को लेकर सियासी माहौल बनने के बावजूद किसी नामचीन नेता के घर इफ्तार की पार्टी नहीं हुई। कोई रहनुमा मजहबी टोपी लगाकर रोजेदारों के साथ रोजा तोड़ता नहीं दिखा। यह एक अच्छा संकेत है। ऐसा माना जाने लगा है कि सूबे में अल्पसंख्यक समुदाय अब इतना जागरूक हो चला है कि वह खुद को किसी पार्टी के राजनीतिक इस्तेमाल की आसान जमात नहीं बनने देना चाहता। यह किसी एक दल से नत्थी न होने का इशारा भी है। यह सोच भी पनपी कि दावत या मजहबी मामलों में कुछ रियायतें देकर न उन्हें फुसलाया जा सकता है, न वाजिब तरक्की के मौके देने का मुद्दा कालीन के नीचे छिपाया जा सकता है। नीतीश सरकार ने हाईस्कूल में अव्वल

(फर्स्ट क्लास) आनेवाले छात्रों को वजीफा, मुसलमान लड़कियों के लिए हुनर कार्यक्रम और मदरसों की तालीम बेहतर करने के लिए जो कदम उठाए हैं, उसका संदेश यह है कि सरकार उन्हें तरक्की की मुख्य-धारा में लाना चाहती है। अब तक सिर्फ हज-यात्रा में रियायत, कब्रिस्तान की घेराबंदी, उर्दू और हिफाजत जैसे मुद्दे तक ही मुसलमानों की फिक्र की जाती थी। सरकार का नजरिया बदला है, तो जमात में भी नई तरह से सोचने का इशारा किया है। खुदा खैर करे!

[16 सितंबर, 2009]

□

न ज्यादा खुशी, न ज्यादा गम

चुनाव परिणाम कैसे राजनीति का रंग एक झटके में बदल देते हैं, इसका नजारा फिर सामने है। इस महीने बिहार विधानसभा की 18 सीटों पर हुए उपचुनाव के दौरान सत्तारूढ़ जदयू-भाजपा गठबंधन को मात्र पाँच क्षेत्रों में जीत मिली, जबकि मुख्य विपक्षी दल राजद ने अकेले छह सीटें हासिल कीं। हाशिये की ताकत मानी गई कांग्रेस ने दो सीटें पाकर वापसी का दम दिखाया। परिणाम की अलग-अलग व्याख्या की जा रही है। राज्य सरकार के लिए यह आत्ममंथन का अवसर है। नकारात्मक परिणाम का एक तर्क यह है कि विकास और कल्याण कार्यक्रमों की घोषणाएँ जिस रफ्तार से हुईं, उससे लोगों की अपेक्षाएँ तो काफी बढ़ गई, लेकिन क्रियान्वयन उम्मीद पर खरा नहीं उतरा। सरकार ने उम्मीदें जगाईं, लेकिन नौकरशाही ने निराश किया। सत्ता और संगठन ने शिकायतें सुनने के लिए जनता दरबार और कार्यकर्त्ता सम्मेलन जैसे मंच विकसित किए, लेकिन ये समाधान का संतोषजनक उपकरण नहीं बन सके। सत्तारूढ़ दलों में कार्यकर्त्ताओं और मंत्रियों के बीच खटास बढ़ती रही।

उधर, विपक्ष सरकार के सकारात्मक प्रयासों की आंशिक विफलता को भी भुनाने में सफल रहा। सत्तापक्ष के कुछ नेताओं का अति आत्मविश्वास और शेष विपक्ष की ताकत के प्रति उनके उपेक्षा भाव की प्रतिक्रिया कुछ इलाकों में दिखी। परिवारवाद और दल-बदल राजनीति के पुराने मुद्दे हैं। फिर भी उपचुनाव के परिणाम इस मसले पर कुछ कहना चाहते हैं। मुख्यमंत्री नीतीश कुमार ने अपने को परिवारवाद के खिलाफ मजबूती से खड़ा करते हुए कहा था कि यदि इसके चलते उन्हें नुकसान भी उठाना पड़े, तो वे तैयार हैं। घोसी का नतीज़ा उनके लिए ही नहीं, सबके लिए चिंतन का विषय हो सकता है कि आखिर सही रास्ता क्या है ? मुख्यमंत्री ने कहा कि वे परिणाम का वास्तविक विश्लेषण करते हुए अपने शेष कार्यकाल तक लोगों की सेवा करते रहेंगे। दूसरी तरफ विपक्ष ने कहा है कि

वह सदन में अपनी बढ़ी ताकत का इस्तेमाल हंगामा करने के लिए नहीं, बल्कि जनता से जुड़े मुद्दों को तथ्यपरक, तार्किक और निर्णायक ढंग से उठाने में करेगा। 2005 के विधान सभा चुनाव से लेकर मई 2009 के लोकसभा चुनाव तक बिहार में भाजपा-जदयू का विजयरथ निर्बाध दौड़ता रहा। चुनाव एकतरफा हो चले थे। इस उपचुनाव ने एकरसता भंग कर कई संदेश और सबक दिए हैं। इससे न विपक्ष के लिए ज्यादा खुश होने की जरूरत है, न सरकार के लिए मायूस होकर अपने हाथ-पैर ढीले करने की। यह परिणाम दोनों को संतुलित करता है।

[19 सितंबर, 2009]

□

बटाईदारी पर राजनीति

नेकनीयती कभी भावातिरेक के चलते खुद परेशानी का कारण बनती है, तो कभी इसे तोड़-मरोड़कर अथवा इसके प्रति संदेह पैदाकर राजनीति एक मारक हथियार ही गढ़ लेती है। सामाजिक-आर्थिक रूप से चुनौतीपूर्ण बिहार में अक्सर ऐसा होता है। राज्य सरकार ने लाखों शिक्षित बेरोजगारों को उनके घर के पास सम्मानजनक नौकरी देने के लिए नियत मानदेय पर शिक्षक नियुक्ति का अभियान चलाया, तो उसके भी नकारात्मक पक्ष प्रचारित किए गए। ताजा मसला बटाईदारी को लेकर है। सरकार चाहती है कि बाढ़-सूखा जैसी आपदा के समय यदि राहत राशि, मुआवजा और डीजल अनुदान के रूप में कोई मदद दी जाए, तो वह व्यावहारिक किसानों (बटाईदार) के हाथ लगे। यदि भू-स्वामी खुद खेती करते हैं, तो वे भी इसके हकदार हो सकते हैं। इस विचार से शायद कम ही लोग असहमत होंगे, लेकिन मुश्किल यह है कि इस नेकनीयती को लागू करने का कोई निर्दोष तंत्र नहीं है। कोई नियमावली नहीं बनी है। ऐसे में सरकार ने भूमि सुधार के लिए गठित डी. बंद्योपाध्याय आयोग से कहा था कि वह बटाईदारी के मसले पर भी अपनी राय दे।

कुछ माह पहले आयोग ने जो रिपोर्ट सौंपी (या कहें कि सरकार के पास भेज दी), उसमें वर्णित मशविरे बटाईदारी समेत कई मुद्दों पर अस्पष्ट या अव्यावहारिक मालूम पड़े। आयोग की सिफारिशों का अध्ययन करने के लिए एक समिति गठित कर दी गई। समिति अपना काम कर रही है। इस बीच, यह दुष्प्रचार हो गया कि सरकार बटाईदारों को भू-स्वामी बनाने की साजिश कर रही है। इस महीने राज्य विधान सभा की 18 सीटों पर उपचुनाव हुए तो बेहतर काम करने के बावजूद सत्तारूढ़ गठबंधन को 13 क्षेत्रों में नकार दिया गया। इससे समझा जा सकता है कि एक अच्छी मंशा के बारे में गलत ढंग से प्रचार कर सियासत क्या गुल खिला सकती है! वास्तव में बटाईदारी पर न कोई नया प्रस्ताव

है, न यथास्थिति में कोई बदलाव हुआ है। इसके लिए विधेयक का प्रारूप बनना, विधान मंडल में विधेयक लाना और कानून में संशोधन होना तो बहुत दूर की बात (फिलहाल अकल्पनीय) है। यदि समिति ने आसानी से लागू होने लायक सुझाव दिए, तो जमीन के मालिकों का हक महफूज रखते हुए बटाईदारों का कुछ भला हो सकता है। हालाँकि भूमिहीन किसानों के हितैषी होने का दावा करनेवाले दलों और नेताओं ने इस मामले का जितना गैरजिम्मेदाराना राजनीतिकरण कर डाला है, उससे अब आगे का रास्ता धुंधला हो गया है। क्या कोई सरकार खुद जलकर होम करना चाहेगी ?

[24 सितंबर, 2009]

□

राजगीर में संघ

राष्ट्रीय स्वयंसेवक संघ के अखिल भारतीय कार्यकारी मंडल की वार्षिक बैठक (दीपावली बैठक) पहली बार बिहार (राजगीर) में हुई। राजनीति पर गहरे प्रभाव डालनेवाले इस 84 साल पुराने सामाजिक-सांस्कृतिक संगठन की नीति एवं कार्ययोजना निर्धारित करनेवाले कार्यकारी मंडल में ऐसे लगभग 350 प्रतिनिधि होते हैं, जो विभिन्न क्षेत्रों में संगठन की सेवा करते हुए क्षेत्रीय, प्रांतीय और राष्ट्रीय स्तर पर अपनी जगह बना चुके होते हैं। संगठन में संवैधानिक महत्त्व की ऐसी बैठक साल में दो बार होती है। इसके लिए प्रदेश का चयन करने के पीछे कोई घोषित कारण नहीं था, लेकिन इसके अर्थ निकालने की कोशिश होती रही। इसका एक मकसद यह माना गया कि जिस बिहार में डेढ़ दशक तक साम्यवादी दलों के स्वाभाविक मित्र राष्ट्रीय जनता दल (राजद) के एकछत्र प्रशासन-काल के दौरान संघ को विपरीत परिस्थितियों का सामना करना पड़ा, वहाँ अब वह अपना कार्यक्षेत्र तेजी से बढ़ाना चाहता है। संघ की राजनीतिक इकाई समझी जानेवाली भाजपा और समाजवादी पृष्ठभूमिवाले जदयू की साझा सरकार के सत्तारूढ़ होने से बदले वातावरण का लाभ मिल सकता है।

आँकड़े बताते हैं कि संघ की ताकत 2005 के बाद से लगातार बढ़ी है। 2004-05 में जहाँ उसकी 700 शाखाएँ लगती थीं, वहीं 2009 के सितंबर तक इनकी संख्या 1117 पहुँच गई है। संघ का दावा है कि 2008 में कोसी की बाढ़ आपदा के समय उसके स्वयंसेवकों ने पीड़ितों की जो सेवा की, उससे भी समाज में इसकी स्वीकार्यता बढ़ी। आपदा के बाद कोसी क्षेत्र के सुपौल, सहरसा, अररिया और फारबिसगंज में जो संघ शिक्षा वर्ग लगे, उसमें शामिल होने के लिए उम्मीद से कहीं ज्यादा युवक (स्वयंसेवक) सामने आए। यह संघ नेतृत्व को आमंत्रित करने का दूसरा कारण था। संघ प्रमुख (सर संघचालक) मोहन भागवत संगठन की कमान सँभालने से पहले कई वर्षों तक (1993-98) बिहार में क्षेत्र

प्रचारक के रूप में काम कर चुके हैं। इसके पहले के किसी सर संघचालक के पास इस प्रदेश के लोगों की भावभूमि, समस्याओं और सामाजिक-राजनीतिक चुनौतियों का इतना सीधा-सघन अनुभव नहीं था। संगठन के शिखर नेतृत्व की बैठक राजगीर में (9, 10, 11 अक्तूबर, 2009) आहूत करने के पीछे कारक यह भी था। शिक्षा, श्रम, गोसेवा, धर्म, वनवासी कल्याण, छात्र राजनीति और पर्यावरण से लेकर आई.टी. सेक्टर तक में 25 से अधिक संगठनों का सूत्रधार संघ इस प्रदेश में अपने नए पहाड़ खड़े करना चाहता है। इसका सियासी फायदा भाजपा को मिल सकता है, इसलिए विपक्ष संघ की इस कसरत को तिरछी नजर से देखता है।

[13 अक्तूबर, 2009]

□

सांसद निलंबन की नौबत

प्रदेश में व्यापक जनाधार रखनेवाले जनता दल (यू) के ताजा घटनाक्रम बताते हैं कि यदि अनुचित बातों की अनदेखी लगातार की जाती रहे, तो इसका फायदा उठानेवाले लोग इसे परंपरा और फिर अधिकार मान बैठते हैं। जब तक अनियमितताएँ दूर करने की कोशिश की जाती है, तब तक इसकी जड़ें गहरी हो चुकी होती हैं। उन्हें हिलाना कठिन हो जाता है। जिन्हें रास्ते पर लाने की बात सोची जाती है, वे राजनीति में इतनी ऊँचाइयाँ तय कर चुके होते हैं कि आलाकमान की मंशा या फैसले का विरोध करने की हैसियत में होते हैं। वे खुद पाला बदलकर, बागी होकर या अपने किसी रिश्तेदार को विरोध में उतारकर चुनाव के दौरान नेतृत्व को परेशान और अपनी ही पार्टी को पराजित तक करा सकते हैं। पिछले लोकसभा चुनाव के दौरान जदयू को मुजफ्फरपुर में परिणाम आने से पहले मामूली, मगर परिणाम की घोषणा के बाद बाँका में थोड़ा ज्यादा ही कड़वा घूँट पीना पड़ा था। चंद महीने बाद जब राज्य विधान सभा की 18 सीटों के लिए उपचुनाव हुए, तब तक बगावत का जख्म पककर टीसने लगा था।

पार्टी ने तय किया था कि वह टिकट बाँटने में व्यक्तिवाद और परिवारवाद के अब तक के चलन से खुद को दूर रखेगी। प्राथमिकता वरिष्ठ कार्यकर्त्ताओं या जीत की संभावनावाले किसी नेता को दी जानी थी। औरों से अलग दिखने के लिए ऐसा किया गया। लोकसभा चुनाव (नालंदा) में यह पहल भी सफल रही, लेकिन विधानसभा उपचुनाव के वक्त घोसी और बगहा में इस शुचिता ऑपरेशन का चाकू चलने नहीं दिया गया। बुधवार को पार्टी ने इसके लिए जिम्मेदार माने गए अपने जिन दो सांसदों को निलंबित किया, उनमें से एक अपनी पत्नी के लिए और दूसरे अपने बेटे के लिए टिकट चाहते थे। दोनों ने पार्टी की उपेक्षा की। नतीजा, घोसी में सत्तारूढ़ दल को हार का सामना करना पड़ा, हालाँकि बगहा में इज्जत बच गई। इसके बाद अनुशासन कायम रखने के लिए कड़े कदम उठाना

पार्टी के लिए अपरिहार्य हो गया था। यदि ऐसा न किया जाता, तो परिवारवाद के विरुद्ध उसके संकल्प पर सवाल तो उठते ही, अगले विधान सभा चुनाव के समय संगठनात्मक अराजकता से निबटना मुश्किल हो जाता। जदयू ने जिस तीसरे सांसद (राज्यसभा सदस्य) को पार्टी से निलंबित किया है, उनका मामला नैतिक से ज्यादा राजनीतिक है। उस पर बहस हो सकती है, लेकिन बाकी लोग अपने बचाव में जो कह रहे हैं, उस पर गहन मंथन की जरूरत है।

[22 अक्तूबर, 2009]

□

महाराष्ट्र से मिले जख्म

इस दीपावली की रात कुछ ज्यादा ही काली थी। कोसी आपदा से उबरने के लिए सारी हिम्मत बटोरकर प्रदेश के लोगों ने ईद, दशहरा और धनतेरस तक तो मना लिया, लेकिन महाराष्ट्र में घटिया राजनीति को सींचनेवाली हिंसक प्रांतीयता ने ऐन दीवाली के पहले पटना के युवक राहुल राज को मारकर बिहार की सामूहिक अस्मिता पर बड़ा आघात किया। यह घटना मुंबई की बस में हुई और हत्यारी गोलियाँ महाराष्ट्र पुलिस की थीं। टी.वी. पर जो चित्र दिखाए गए और जो खबरें छपीं, उनसे लगता है कि युवक को जीवित पकड़ा जा सकता था, लेकिन पुलिस ने उसे मार डालने में ही बहादुरी समझी। हाल के दिनों में यह पहली बड़ी घटना है, जिससे लगता है कि महाराष्ट्र पुलिस का राजनीतिकरण हो गया है और वह संविधान-सम्मत दायित्व का निर्वाह करने की अपेक्षा प्रांतीय उन्माद को राज्य संपोषित हिंसा में बदलने की तरफ मुड़ गई है। महाराष्ट्र नवनिर्माण सेना (मनसे) के प्रमुख राज ठाकरे के बयान बिहार-उत्तर प्रदेश के लोगों को एक स्वायत्त गणराज्य के दूसरे प्रदेश में ऐसा घुसपैठी साबित करने पर आमादा हैं, जिन्हें वहाँ से भगाने के लिए मार-पीट से लेकर हत्या तक करना जायज माना जा रहा है। इसके चलते पिछले आठ महीने से मनसे के गुंडे उत्तर भारतीय, खासकर बिहारियों पर हमले कर रहे हैं। सोमवार (27 अक्तूबर, 2008) को पुलिस ने राहुल की जान ली, जबकि वह गुस्से में पिस्तौल लहराते हुए राज ठाकरे के प्रति अपने गुस्से का इजहार कर रहा था। उसने पुलिस कमिश्नर से बात करने की बात बार-बार कही, लेकिन बस-यात्री को नहीं मारा। एक्स-रे टेक्नालॉजी में डिप्लोमा करने के बावजूद बेरोजगार राहुल को निःशस्त्र कर दबोचा जा सकता था। वह अपराधी नहीं था। पटना पुलिस के पास उसका कोई आपराधिक रिकॉर्ड नहीं है। उसके खिलाफ कानून-सम्मत कारवाई की जा सकती थी, लेकिन मनसेवादी उन्माद में मुंबई पुलिस ने गिरफ्तारी के विकल्पों पर सोचना भी जरूरी नहीं समझा।

इस मुद्दे पर मुख्यमंत्री नीतीश कुमार, रेलमंत्री लालू प्रसाद और रसायन व इस्पात मंत्री रामविलास पासवान के सामूहिक नेतृत्व में एकजुट बिहार के सभी नेताओं ने दलीय सीमाओं को दरकिनार कर प्रधानमंत्री मनमोहन सिंह से अपील की है कि महाराष्ट्र में हालात पर अंकुश लगाने के लिए सख्त उपाय तुरत किए जाने चाहिए। मुख्यमंत्री ने सी.बी.आई. जाँच की माँग की है, तो पासवान ने राज्य की देशमुख सरकार को बर्खास्त करने के लिए अनुच्छेद 356 का इस्तेमाल करने की दलील दी है। ये उपाय पता नहीं कब तक कारगर होंगे, लेकिन बिहार की राजधानी ने तो दीपावली की रात बाप के कंधे पर बेटे का जनाजा देखा। ऐसी राजनीति बंद होनी चाहिए।

[29 अक्तूबर, 2008]

□

नरम 'शत्रु', गरम नीतीश

हाल में हमने संघात्मक भारतीय गणराज्य के शिल्पी सरदार वल्लभाई पटेल की जयंती पर उनके योगदान को याद किया। यह एक सशक्त शिल्पकार के साथ-साथ उन ईंट-पत्थरों को भी याद करना था, जिन्हें जोड़कर भव्य आधुनिक भारत का भौतिक स्वरूप साकार हुआ है। आज कुछ लोग देश को जोड़नेवाले रसायन में स्थानीय राजनीति की ऐसी मिलावट करने पर आमादा हैं कि इमारत में दरार पड़ जाए। पत्थरों को बताया जा रहा है कि तुम अकेले ही इमारत हो। लोग प्रांत और भाषा आदि के नाम पर सियासी ताकत जुटाने में राष्ट्रीय हित की अनदेखी करने लगे हैं। एक संगठन अपनी जड़ें गहरी करने के लिए ऐसा माहैल रचने पर आमादा है, जैसे पूरा महाराष्ट्र ही बिहार और उत्तर प्रदेश के लोगों के खिलाफ है। ऐसे में फिल्म-स्टार राजनेता शत्रुघ्न सिन्हा की यह अपील गंभीरता से ली जानी चाहिए कि महाराष्ट्र के जो विराट् व्यक्तित्व पूरे देश के लिए आदरणीय हैं और लाखों लोगों के दिलों पर असर डालते हैं, उनको अब अपनी वाणी से आग पर पानी डालने के लिए आगे आना चाहिए। इस सिलसिले में उन्होंने लता मंगेशकर और सचिन तेंदुलकर का नाम लिया। यह अपील शुक्रवार को उस समय आई, जब महाराष्ट्र नवनिर्माण सेना (मनसे) के प्रमुख राज ठाकरे सार्वजनिक बयान पर अदालती रोक के बावजूद मुंबई में राज्य सरकार की राजनीतिक मर्जी से इस रोक का उल्लंघन कर रहे थे। इधर सिन्हा पटना में उस राहुल राज के घर शोक प्रकट करने गए थे, जिसे छोटी दीवाली के दिन महाराष्ट्र पुलिस ने गोलियों से भून डाला था और उधर राज ठाकरे प्रेस कांफ्रेंस में राहुल को मार डालने की पुलिस काररवाई को जायज ठहरा रहे थे।

ऐसे वातावरण में यह तय करना कठिन हो जाता है कि संयम को कब तक एकतरफा रहना चाहिए। शायद मुख्यमंत्री नीतीश कुमार ने भी कड़े तेवर दिखाए हैं। राँची में उन्होंने सधे शब्दों में कहा कि अपने राज्य की जिस समृद्धि पर इतराए

राज ठाकरे हद पार कर रहे हैं, उसमें देश भर की पूँजी, श्रम और मेधा का योगदान है। महाराष्ट्र संघात्मक प्रयास के बूते विकसित हुआ, अकेले नहीं। मुख्यमंत्री ने चेतावनी दी है कि यदि मनसे की गुंडई बंद नहीं हुई तो उन राज्यों को मुंबई की आर्थिक नाल काटने की बात सोचनी पड़ेगी, जिनके लोग वहाँ प्रताड़ित हो रहे हैं। प्रतिकार कभी-कभी अपरिहार्य हो जाता है, लेकिन देश-हित का ध्यान रखना तब भी जरूरी है।

[1 नवंबर, 2008]

□

धूल में पड़ा आईना

अपनी विद्वत्ता, ईमानदारी और सिद्धांतप्रियता के लिए विख्यात राजनीतिज्ञ सोमनाथ चटर्जी ने सोमवार को जवाहरलाल नेहरू स्मृति व्याख्यान (दिल्ली) में विधायिका के बारे में जो टिप्पणी की, वह लोकतंत्र के वर्तमान और भविष्य के लिए चिंता का विषय है। लोकसभा अध्यक्ष रह चुके चटर्जी ने कहा, 'राष्ट्रीय एकता की प्रतीक और हमारी राजनीति की केंद्र संसद आज विश्वसनीयता के गंभीर संकट का सामना कर रही है। बतौर लोकसभा के पूर्व पीठासीन अधिकारी और करीब चार दशक तक सदस्य के रूप में सदन से जुड़े रहने के बाद मुझे यह अत्यंत पीड़ा के साथ स्वीकार करना होगा कि समग्र मंच और महान् संस्था के रूप में संसद के चरित्र और योग्यता में अवनति हुई है।' तय है कि राज्यों के विधान मंडलों की विश्वसनीयता का तल संसद के इस स्खलित स्तर से ऊँचा नहीं होगा। यह हालत कोई साल-दो साल में नहीं आई है। राजनीतिक कार्यकर्त्ता और जनप्रतिनिधि जैसे-जैसे आचरण की शुचिता-पारदर्शिता से दूर होते चले गए, वैसे-वैसे भरोसा करने लायक मंच के रूप में सदन की साख घटती चली गई।

1969 में पीरो से बिहार विधान सभा के सदस्य चुने गए रामएकबाल वरसी की उपेक्षित सादगी का जिक्र होने के साथ सोमनाथ चटर्जी की बातें सोचने को विवश करती हैं। मथुरापुर (डालमिया नगर) कॉलोनी के एक खंडहरनुमा मकान में जिंदगी बसर करनेवाले 85 वर्षीय पूर्व विधायक वरसी स्वाधीनता आंदोलन में जेल गए, पर स्वतंत्रता सेनानीवाली सुविधा (पेंशन) नहीं ली। वे इसे हराम मानते हैं। अब तो जनप्रतिनिधियों की सुविधाएँ बढ़ानेवाले विधेयक सर्वसम्मति से पारित होते हैं, जबकि वरसी ने कभी सुविधाएँ पाने के लिए प्रयास नहीं किया। उन्हें जीवन-निर्वाह संबंधी कठिनाइयाँ उठानी पड़ रही हैं। अपनों के ताने सहने पड़ रहे हैं। आज कई लोग मुखिया, पार्षद, विधायाक और सांसद होते ही अमीर हो जाते हैं। वरसी पेंशन नहीं चाहते जबकि कई सामाजिक कार्यकर्ता पेंशनभोगी बनने के

लिए आंदोलन तक कर सकते हैं। पैसे और रुतबे की चाहत इतनी बढ़ गई है कि लाखों रुपए झोंककर चुनाव जीते जाते हैं। जब चुनाव में धन बड़ी भूमिका निभाएगा, तो जीतनेवाले इसे कई गुना बढ़ाने में लगेंगे ही। ऐसे में विधायिका की साख में बट्टा लगने से कितना रोका जा सकता है ? चुनाव आयोग ने इस दिशा में कुछ प्रयास किए हैं, लेकिन वे ज्यादा कारगर नहीं हो पाए। सवाल यह भी है कि एक रामएकबाल वरसी जैसों की समाज कितनी कद्र करता है ? वरसी हमें आईना दिखाते हैं, खुद धूल में पड़े रहकर।

[17 नवंबर, 2009]

□

रेलवे का लालू मुखड़ा

आरा-सासाराम को रेलपथ से जोड़ने के लिए ब्रिटिशकालीन मार्टिन रेलवे ने जो छोटी लाइन बिछवाई थी, उस पर आजादी के लगभग तीन दशक बाद तक रेलगाड़ियाँ चलीं। यदि उसे बचाए रखा जा सका होता, तो भापवाले इंजन से चलनेवाली वह छुकछुक गाड़ी आज बिहार के हरे-भरे गाँवों की सैर करानेवाली हेरिटेज ट्रेन का रूप ले सकती थी। दुर्भाग्यवश, बेटिकट यात्रा की हेकड़ी से लेकर गाड़ियों को मनमाने ढंग से गाँव-गाँव रोकने तक की हरकतें गर्व के साथ की गई कि बढ़ते घाटे के चलते रेलवे को यह सेवा बंद करनी पड़ी। फिर इस क्षेत्र को लंबे समय तक उसका खामियाजा भुगतना पड़ा। कांग्रेस शासनकाल में बाबू जगजीवन राम से लेकर डॉ. रामसुभग सिंह तक बड़े कद के कई मंत्री हुए, लेकिन आरा-सासाराम रेल-खंड के दिन नहीं फिर सके। दोनों नेता इसी क्षेत्र से चुने जाते थे, लेकिन रेल-भूमि पर कई जगह कब्जा होने जैसे अनेक जटिल कारणों से कोई रेलमंत्री इस लाइन का उद्धार नहीं करा पाया। वर्तमान रेलमंत्री लालू प्रसाद ने यह साहस दिखाया है। इससे मेन लाइन और ग्रैंडकॉर्ड को जोड़नेवाले जरूरी रेल-खंड के अच्छे दिन लौट सकते हैं। लगभग 110 किलोमीटर के आरा-सासाराम फासले को पूरी तरह रेलगम्य बनाने में अभी और वक्त लगेगा। आरा-पीरो के बीच रेलपथ बनना बाकी है।

शनिवार को रेलमंत्री ने पीरो से बिक्रमगंज तक 18 किलोमीटर के टैक विस्तार का उद्‌घाटन करने के लिए नई रेलगाड़ी को रवाना किया। उसी दिन उन्होंने डालमियानगर में रेल कारखाने की आधारशिला भी रखी। डालमियानगर की समारोह सभा में उन्होंने कहा कि रोहतास उद्योग समूह वर्षों से बंद घड़ा था और कबाड़ की तरह बिकनेवाला था। इस बंद उद्योग समूह को पुनर्जीवित करने की पहल की गई। यह अनोखा मौका था, जब रेलवे किसी निजी उपक्रम को खरीदकर उसमें कारखाना लगाने आगे आया। इसमें पड़े स्क्रैप लगभग दो सौ करोड़ में बिक जाएँगे। इसमें

वैगन बोगी व कपलर बनाने का कारखाना लगाया जाएगा। इसके लिए पैसों का प्रावधान कर लिया गया है। इस तरह बिहार में सात कारखाने लगाने का काम चल रहा है। रेलमंत्री ने घोषणा की है कि बी.ए. की छात्राओं और इंटर के छात्रों को यात्रा के लिए मुफ्त रेल पास दिया जाएगा। रेलवे चार हजार रुपए में तीर्थ यात्राएँ भी कराएगी। इस तरह लालू प्रसाद रेलवे के व्यावसायिक साहस और लोकप्रिय मुखड़े के बीच संतुलन साधने में लगे दिखते हैं।

[23 नवंबर, 2008]

□

के.जे. राव और राहुल

चुनाव आयोग के पूर्व सलाहकार के.जे. राव ऐसे लोकसेवकों में रहे हैं, जो अपनी ईमानदारी, कानून-पालन की दृढ़ता और सुधारवादी संकल्प के लिए जाने जाते हैं। गुरुवार को वे पटना में थे। बिहार के लोग उन्हें वर्ष 2005 की विषम राजनीतिक परिस्थिति में (तामाम आशंकाओं के बावजूद) विधान सभा का चुनाव बेहद निष्पक्ष और हिंसामुक्त तरीके से संपन्न कराने के लिए जानते हैं। इससे पहले यहाँ लगभग डेढ़ दशक तक ऐसा दौर था, जब हिंसा को चुनाव से जुड़ी अनचाही वारदात माना जाता था। उसे टालना शासन-व्यवस्था के लिए असंभव हो गया था। ऐसी घटनाएँ तीन चरणों में होती थीं–मतदान से पहले, इसके दौरान (बूथ लूटने की कोशिश में) और चुनाव के बाद राजनीतिक रंजिश के चलते। लोकतंत्र में सत्ता जनता के वोट से निर्धारित होती है, लेकिन उन दिनों हिंसा ही चुनाव का नतीजा लिखने लगी थी। जीत की संभावनावाला उम्मीदवार बनने की एक प्रमुख अघोषित पात्रता यह हो गई थी कि वह शख्स चुनावी हिंसा का मुकाबला करने के लिए कितना बाहुबल जुटा सकता है। समय संसदीय राजनीति के गहरे और व्यापक अपराधीकरण का था।

राव को चुनाव का यह रक्तरंजित चेहरा साफ करने का श्रेय दिया जाता है और माना जाता है कि यदि उन्होंने चुनाव प्रक्रिया की अवधि में बाहुबली उम्मीदवारों और उनके दुस्साहसी समर्थकों पर कानून का शिकंजा न कसा होता, तो प्रदेश में न राजनीतिक जड़ता खत्म होती, न आज खुलकर साँस लेने लायक एक बदला हुआ सामाजिक-आर्थिक परिवेश बन सका होता। अवकाश ग्रहण के बाद भी राव चुनाव-सुधार की आकांक्षाओं को मूर्त्त रूप देने के लिए उपलब्ध हैं। वे पूर्व चुनाव आयुक्त जे.एम. लिंगदोह की संस्था 'फाउंडेशन फॉर एडवांस मैनेजमेंट ऑफ इलेक्शंस' (फेम) से जुड़े हैं। फेम की सेवाएँ सबके लिए खुली हैं, लेकिन फिलहाल कांग्रेस महासचिव राहुल गांधी के सिवा इसका कोई ग्राहक

सामने नहीं आया। राहुल की पहल पर राव प्रदेश युवा कांग्रेस का संगठनात्मक चुनाव अपनी देखरेख में कराएँगे। उन्होंने इसी शर्त पर यह काम अपने हाथ में लिया है कि आपराधिक छवि का कोई व्यक्ति संगठन में शामिल नहीं होगा और चुनाव में पूरी पारदर्शिता बरती जाएगी। बकौल राव, राहुल ने उनकी दोनों शर्तें मानने में दो मिनट की भी देर नहीं लगाई। देखना यह है कि स्वच्छ संगठनात्मक चुनाव के लिए और कितने दल 'फेम' की सेवाएँ लेने के इच्छुक हैं? किन-किन दलों में कसौटी पर खरा उतरने की इच्छाशक्ति है? दिखाने को राजनीति में पारदर्शिता और उच्च मानदंड स्थापित करने की बातें तो बहुत होती हैं।

[8 जनवरी, 2010]

□

मूर्ति तोड़ने-बनाने का खेल

देश के प्रथम राष्ट्रपति देशरत्न डॉ. राजेंद्र प्रसाद की 125वीं जयंती के बहाने प्रदेश में पिछले दिनों कुछ छोटे-बड़े आयोजन हुए। स्वाधीनता आंदोलन और उसके बाद नवोदित भारत की रीति-नीति तय करने में राजेंद्र बाबू का बहुआयामी योगदान हमारे आधुनिक इतिहास का एक सुनहरा अध्याय है। विलक्षण प्रतिभा के धनी छात्र राजेंद्र ने एक परीक्षा में अपने परीक्षक से जो अनन्य सराहना पाई, उसका आज भी कोई समतुल्य नहीं मिलता। उनकी उत्तर पुस्तिका पर एक परीक्षक ने टिप्पणी की थी–'एक्जामिनी इज बेटर दैन एक्जामिनर (विद्यार्थी को विषय का ज्ञान परीक्षक से ज्यादा है)। प्रश्न-पत्र पर परीक्षार्थी से की गई यह अपेक्षा तो अब भी लिखी मिलती है कि किन्हीं पाँच या छह प्रश्नों का उत्तर लिखें, लेकिन सारे प्रश्नों का उत्तर लिखने के बाद परीक्षक के लिए उत्तर-पुस्तिका पर यह लिखनेवाला आत्मविश्वास विद्यार्थी राजेंद्र का ही था कि किन्हीं पाँच उत्तरों को जाँच लें। यह प्रतिभा जैसे-जैसे निखरी, वैसे-वैसे वकालत, स्वाधीनता आंदोलन और संविधान-सृजन तक विविध क्षेत्रों में फैली; लेकिन अकूत संपदा बनाने के तिकड़म में कभी नहीं लगी। राजेंद्र बाबू की विनम्र विद्वत्ता देश के काम आई और छोटी-छोटी क्यारियों को तोड़कर उसकी खुशबू पूरे चमन की हो गई।

उनकी स्मृति का मकसद उनके सद्‌गुणों का विकास करना होना चाहिए, लेकिन राजधानी में इस साल के पहले बड़े आयोजन से ही विवाद की शुरुआत हो गई। उक्त आयोजन इस महापुरुष की जाति के कारण इन्हें अपना माननेवाले संगठन के कराया, जबकि राजेंद्र बाबू ने खुद को कभी ऐसी संकीर्णता में नहीं बाँधा। समारोह में आयोजकों की यह इच्छा छलकती रही कि वे बिहार में किसी बड़े पावर ब्रांड (राजनीतिक दल) के साथ अपनी बिरादरी के वोट की थैली का सौदा कर लेना चाहते हैं। इसके लिए किसी को रिझाने को ऐसी-ऐसी बातें कही गई, जिनसे देशरत्न की चमक फीकी पड़ने लगी। वहाँ मौजूद उनकी पौत्री डॉ.

तारा सिन्हा को आहत होकर बीच में ही निकल जाना पड़ा। दिखाने को राजेंद्र बाबू की कई प्रतिमाएँ कई स्थानों पर लगी हैं, बेगूसराय शहर में गुरुवार को उनकी नवीनतम कांस्य प्रतिमा का अनावरण हुआ और राजधानी के राजेंद्र नगर टर्मिनल पर आदमकद प्रतिमा भी लगाई जा रही है, लेकिन दूसरी तरफ विचार और आचरण के स्तर पर उनकी प्रतिमाएँ तोड़ने का काम भी जारी है। लगभग सभी महापुरुषों के साथ यह ज्यादती होने लगी है। जरूरत परोक्ष मूर्त्ति-भंजकों से सावधान रहने की है।

[10 जनवरी, 2009]

□

सर्द मौसम में महापुरुष

वक्त के साथ सोच और प्राथमिकता बदलने के कई नजारे सामने से गुजरते हैं। इनमें से कुछ तो मौसम की तरह आते-जाते हैं और कुछ गहरे प्रभाववाले टिकाऊ दौर की तरह। सदी भर लंबी लड़ाई के बाद देश का स्वाधीन होना, संप्रभुता-संपन्न भारतीय गणतंत्र का उदय और इसके लिए लगभग चार सौ देसी रियासतों का विसर्जन–एक दौर यह भी था। यही विलय या विसर्जन बृहत्तर राष्ट्रीयता का आधार बना। वक्त आगे बढ़ता है और राज्यों के बँटवारे शुरू होते हैं। पहले पंजाब को हरियाणा और हिमाचल प्रदेश में, सौराष्ट्र को महाराष्ट्र और गुजरात में और सन् 2000 आते-आते बिहार-उत्तर प्रदेश को भी बाँट दिया जाता है। आंचलिक अस्मिता के नाम पर छोटे राज्यों की माँग यहीं नहीं थमी है। यह जानते हुए भी कि विभाजन-दर-विभाजन हर भौगोलिक-राजनीतिक परिस्थिति में अच्छा ही नहीं होता, इसकी माँग जारी है। तेलंगाना, बोडोलैंड और पूर्वांचल से लेकर मिथिलांचल तक की आकांक्षाएँ हवा में सनसनी पैदा कर रही हैं। बदलाव का चक्र घूम गया है।

देश के भूगोल के साथ जो रहा है, उसकी छाया समाजशास्त्र पर भी पड़ रही है। चिंतक राजनेता डॉ. राममनोहर लोहिया ने 'जाति तोड़ो, दाम बाँधो और हिमालय बचाओ' का नारा दिया था। ये तीनों मुद्दे आज भी प्रासंगिक हैं। सातवें दशक में इनको लेकर समाजवादी एकजुटता के जो भी उत्तप्त आंदोलन हुए, उनका सबसे ज्यादा असर बिहार और उत्तर प्रदेश पर हुआ। तब सवर्णों ने लोहिया के आह्वान पर विकास की मुख्यधारा में पिछड़ों, दलितों और वंचितों की भागीदारी सुनिश्चित करने के लिए खाद बनाना खुद स्वीकार कर लिया था। कोई टकराव नहीं था। 1974 में जे.पी. के नेतृत्व में शुरू हुआ ऐतिहासिक आंदोलन लोहिया के जाति तोड़ो आंदोलन का विराट् रूप लेकर सामने आया। लोकतंत्र के भीतर पनपे अधिनायकवाद और भ्रष्टाचार के विरुद्ध लड़ने के लिए जातियों के खाने बिसरा

दिए गए। लोग एक लोकतांत्रिक समुदाय के लोक में बदल चुके थे। उनके नायक भी अलग-अलग नहीं रह गए थे। सभी लोकनायक (जे.पी.) के सेनानी थे। बिहारी समाज की एकजुटता का वह सबसे सबल मुकाम था। तीस साल बाद यहाँ भी चक्का घूम गया है। अलग-अलग तर्क के साथ लोगों ने अपने-अपने नायक खोज लिए हैं। श्रीकृष्ण, परशुराम, सम्राट् अशोक, महाराणा प्रताप, महात्मा गांधी, विद्यापति, डॉ. राजेंद्र प्रसाद और सर गणेशदत्त जैसे सर्वमान्य महापुरुषों को छोटा कर जात के खाने में फिट करने की कोशिश 'गर्व' के साथ की जा रही है। इस सर्द मौसम के बीतने का इंतजार कीजिए। वसंत इसके पार है।

[20 जनवरी, 2010]

□

कर्पूरी ठाकुर

बिहार में उत्तर-कांग्रेसी काल के जमीनी नेताओं में कर्पूरी ठाकुर ऐसे शख्स थे, जिनकी सक्रियता ने साढ़े चार दशक से अधिक समय तक हिंदी पट्टी की राजनीति को प्रभावित किया। 24 जनवरी को उनकी जयंती मनाई गई। वे जीवित होते तो इस वर्ष 90वें साल में प्रवेश कर रहे होते और इस प्रदेश का राजनीतिक समुदाय अपने बीच कुछ वैसे ही कद्दावर बुजुर्ग की छत्रछाया अनुभव कर रहा होता, जैसे हाल तक कामरेड ज्योति बसु की मौजूदगी से पश्चिम बंगाल ने महसूस किया। उनकी जयंती पक्ष-विपक्ष के नेताओं ने अपनी-अपनी तरह से मनाई। दलों के पार कर्पूरी ठाकुर की इस व्यापक स्वीकार्यता से प्रदेशहित के सवाल पर बहुत छोटे-मोटे टकराव टाले जा सकते थे या कुछ मामलों में इसकी भी नौबत न आती। सामाजिक, आर्थिक और राजनीतिक रूप से बेहद जटिल संरचनावाले इस राज्य को उनके मार्गदर्शन की आवश्यकता थी, लेकिन सिर्फ 67 साल की अवस्था में उनका देहांत हो गया। कर्पूरी ठाकुर का अचानक जाना बड़ा राजनीतिक शून्य छोड़ गया।

अंग्रेजी राज के दरभंगा जिले के पितौंझिया गाँव (अब समस्तीपुर का कर्पूरी ग्राम) में जन्मे कर्पूरी ठाकुर ने स्वाधीनता आंदोलन में शामिल होकर 26 महीने तक जेल की सजा काटी। अनीति और विषमता का सतत प्रतिकार करने का स्वभाव संजीदगी के साथ सँजोने के कारण उनके जैसे स्वाधीनता सेनानी आजादी के बाद कांग्रेस और सत्ता प्रतिष्ठान के साथ नहीं रह सके। लोहिया, नरेंद्रदेव और जयप्रकाश नारायण के गहरे समाजवादी प्रभाव में कर्पूरी ठाकुर ने गैरकांग्रेसवाद की राजनीति को धार देना शुरू किया। पिछली सदी के सातवें दशक में जब नेहरू के बाद की कांग्रेस जनता को उसकी समग्रता में खुद से जोड़े रहने में नाकाम होने लगी थी, तब विपक्ष प्रबल हुआ। बिहार सहित कई राज्यों में गैरकांग्रेसी सरकारें बनीं। दिसंबर 1970 में कर्पूरी ठाकुर पहली ऐसी सरकार के मुख्यमंत्री बने। यह

कार्यकाल संक्षिप्त था, लेकिन दूसरी बार जब वे जनता पार्टी की सरकार के मुख्यमंत्री बने, तब उन्हें अपने सामाजिक सोच के अनुरूप काम करने का ज्यादा वक्त मिला। उन्होंने राज्य में शराब पर पूर्ण प्रतिबंध लगाया, पिछड़े इलाकों में बड़ी संख्या में स्कूल खोलवाए और पहली बार पिछड़ी जातियों के लिए सरकारी नौकरी में 26 फीसदी आरक्षण लागू किया। एक बहुत बड़े वर्ग को इस कदम से राहत मिली। ऐसे बड़े फैसले करने के साहस ने ही उन्हें जननायक बनाया। उनका व्यक्तित्व पीढ़ियों के लिए प्रेरक बना रहेगा।

[27 जनवरी, 2010]

□

एक आईना है सिनेमा भी

हमारे देश में कुछ-न-कुछ बातें जिंदगी के हर किरदार पर चिपका दी जाती हैं। यह एक सामाजिक प्रक्रिया के अनुसार घटित होता है। जैसे यदि कोई व्यक्ति शिक्षक है, तो उसके किरदार में फिट होने के लिए उसे जीवन में सादगी का ध्यान रखना चाहिए। उसे बहुत चटख रंगों और अद्यतन प्रचलन (फैशन) के कपड़ों में नहीं दिखना चाहिए। इस छवि की अपेक्षा करने के कई वाजिब तर्क हैं, लेकिन ऐसा भी नहीं कि इससे बाहर आते ही अनर्थ हो जाएगा–बल्कि औसत से अधिक रचनाशील चरित्र अपने किरदार की स्थापित छवि से बाहर ही दिखाई पड़ते हैं। वे विवादास्पद होने का जोखिम उठाकर नई लीक बनाते हैं। फिर कुछ और लोग साहस करते हैं, जिससे कालांतर में परिदृश्य बदला-बदला नजर आता है। जब एक परिपाटी घिसे-पिटे अनुकरण से बेमानी होती है, तो फिर कोई नई लकीर खींचनेवाला आता है। समाज का डायनेमिक्स इसी तरह काम करता है। बिहार की राजनीति में भी इसके उदाहरण मिलते हैं। अब तक के मुख्यमंत्रियों पर ही नजर डालें, तो कई ऐसे व्यक्तित्व मिलेंगे।

कभी किसी सी.एम. ने प्रदेश का नेतृत्व करते हुए अकादमिक जड़ों को मजबूत किया, किसी ने छात्रों से अपने भावुक रिश्ते बनाए, तो किसी ने समाज़ की पिछड़ी जमात से तादात्म्य बनाने के लिए उन्हीं की तरह की ठेठ बोली और लिबास को अपनाया। पिछले पचास महीनों में मुख्यमंत्री नीतीश कुमार ने भी एक अलग पहचान बनाई है। यह एक ऐसे शख्स की छवि है, जो अपने दायित्व के प्रति गंभीर रहते हुए भी जीवन में कुछ सहज मानवीय पल जीने का प्रबंधन कर सकता है और अपने सरोकार को थोड़ा बड़ा फलक देता है। नीतीशजी ने रविवार को कॉलेज के जमाने के दोस्तों के साथ चर्चित फिल्म 'थ्री इडियट्स' देखी। आमिर खान की यह फिल्म भी खाने में फिट होने के यांत्रिक और जानलेवा दबाव के खिलाफ एक कलात्मक अभिव्यक्ति है। इससे पहले मुख्यमंत्री ने ऑस्कर

पुरस्कारों से झोली भरनेवाली फिल्म 'स्लमडॉग मिलेनीयर' देखी थी। यह फिल्म व्यवस्था की विडंबना पर अलग ढंग से चोट करनेवाली थी। बिहार में कानून-व्यवस्था की दुर्दशा के एक दौर की पृष्ठभूमि पर बनी फिल्म 'अपहरण' भी वे देख चुके हैं। जब साहित्य के समानांतर सिनेमा भी समाज को देखने का एक आदमकद आईना हो चुका है, तब यह एक अच्छी बात है कि शासन के सूत्रधार सार्वजनिक रूप से फिल्म देखें और इससे मिले फीडबैक का उपयोग भविष्य की नीतियाँ बनाने में करें।

[1 फरवरी, 2010]

□

असली आइकन कौन ?

पिछले साल लोकसभा चुनाव से पहले जिस तरह निहित स्वार्थों या मुद्दों पर असहमति के चलते प्रमुख दलों में असंतोष के अलग-अलग स्वर फूटे और घात-प्रतिघात से लेकर आश्चर्यजनक पाला-बदल तक के नजारे दिखे, वैसा विधान सभा चुनाव के पहले भी होना है। हालाँकि अभी चुनाव के वक्त को लेकर ऐसी अटकलें लगाई जा रही हैं कि यह बरसात के बाद होगा या पहले, इसके लिए माहौल बनने लगा है। मुख्य विपक्षी गठबंधन राजद-लोजपा के आह्वन पर 'बिहार बंद' (28 जनवरी), कांग्रेस महासचिव राहुल गांधी का व्यापक बिहार दौरा (1-2 फरवरी) और सत्तारूढ़ जनता दल यू. के प्रदेश अध्यक्ष का इस्तीफा सौंपना (पहली फरवरी) इस तेजी से बदलते वातावरण के चंद इशारे हैं। इन सबके निशाने पर सत्तारूढ़ दल, जदयू-भाजपा गठबंधन और इनके नेतृत्ववाली राज्य सरकार का होना स्वाभाविक है। यह भी सहज है कि सरकार और गठबंधन के नेता अपनी आंतरिक शक्ति (एकजुटता) बढ़ाने के साथ-साथ राजनीतिक हमलों का माकूल जवाब देकर अपनी जमीन बचाएँ।

मंगलवार को राजधानी के एक कार्यक्रम में मुख्यमंत्री नीतीश कुमार इसी मुद्रा में दिखे। किसी नेता का नाम लिए बिना जवाब देने की अपनी शालीन शैली में उन्होंने हर बात का उत्तर दिया और यह इरादा भी साफ कर दिया कि वे न्याय के साथ विकास की उस राह से सहसा डिगनेवाले नहीं हैं, जो बड़ी मेहनत से बनाई गई है। सरकार समाज के सभी तबकों के लिए बराबरी के भाव से काम कर रही है। कार्यकर्त्ताओं की उपेक्षा और दल में लोकतंत्र नहीं रहने के आरोप पर उन्होंने विरोधियों से ही पूछा–'मैंने आखिर कौन-सा ऐसा काम किया है या किस तबके की उपेक्षा की है ?' कांग्रेस महासचिव राहुल गांधी की ओर इशारा करते हुए मुख्यमंत्री ने कहा–"कुछ लोग जन्म से ही 'आइकन' बन जाते हैं। असली आइकन तो गया का किसान रामसेवक प्रसाद है, जो छह एकड़ में खेती कर

वार्षिक आय चार-पाँच लाख रुपए तक कर लेता है। नालंदा की वह स्कूली छात्रा स्नेहलता भी आइकन है, जिसने पॉकेट मनी से पैसे बचाकर भीषण बाढ़ आपदा के समय मुख्यमंत्री राहत कोष में 1001 रुपए दान दिए।" इस वक्तव्य से मुख्यमंत्री ने फिर यह बहस छोड़ दी है कि समाज के असली हीरो कौन हैं और राजनीति में जिस युवा नेतृत्व को आगे लाने की बात की जा रही है, उसका तात्पर्य क्या सिर्फ कम उम्र के सुदर्शन चेहरे से है? और क्या यह नई पौध केवल नेता परिवारों के चमन से आनी चाहिए?

[3 फरवरी, 2010]

□

लालू का हौसला

हाल के लोकसभा चुनाव में बिहार के 5.44 करोड़ मतदाताओं में से जिन 2.42 करोड़ लोगों ने वोट दिए, उनमें 92 लाख लोगों के मत पाकर राष्ट्रीय जनतांत्रिक गठबंधन (जदयू-भाजपा) ने अपने विरोधी राजद-लोजपा गठबंधन को काफी पीछे छोड़ दिया। 40 में से 32 संसदीय सीटें राजग ने जीतीं, जबकि लालू प्रसाद के नेतृत्ववाला राजद सिर्फ 4 सीटें पा सका। रामविलास पासवान की अध्यक्षतावाली लोजपा का खाता भी नहीं खुल सका। इस पराजय पर गुरुवार को राजद ने उच्चस्तरीय मंथन किया और तय किया कि आत्मचिंतन का यह सिलसिला जारी रहेगा। इस प्रक्रिया में सहयोगी दल लोजपा को भी भागीदार बनाया गया। दोनों दलों को लोकसभा के इस चुनाव परिणाम से जितना बड़ा झटका लगा है, उससे उबरने के लिए उतने बड़े आत्मबल और गंभीर प्रयास की जरूरत है। इस पर अमल करते हुए राजद ने अपने सांसद व पूर्व केंद्रीय मंत्री रघुवंश प्रसाद सिंह की अध्यक्षता में 21 सदस्यीय समिति का गठन किया है। 11 जून को राजधानी में राजद-लोजपा सम्मेलन आयोजित किया जाएगा और सबसे बढ़कर राजद प्रमुख लालू प्रसाद ने गाँव में रात बिताने का कार्यक्रम बनाने का फैसला किया है।

गुरुवार की समीक्षा बैठक में पार्टी का हौसला बनाए रखने के लिए लालू प्रसाद ने कहा–'बड़े-बड़े आँधी-तूफान को हमने देखा है। हम इस हार से घबरानेवाले नहीं हैं।' इस संदेश से पार्टी को मदद मिलेगी। वैसे, हार की राख में छिपी जीत की जिजीविषा खोजने के लिए कई बातों की जरूरत पड़ती है। बेशक, उन कारणों की निर्मम पड़ताल की आवश्यकता होती है, जिन पर लगातार मिलनेवाली सफलता पर्दा डाल चुकी होती है। राजद की संगठनात्मक और नीतिगत कमजोरियों पर तो पर्दा कई वर्षों से लगातार मोटा होता रहा और नौबत यहाँ तक आ पहुँची। अब पार्टी के भविष्य के लिए यह ठीक ही है कि वह अपनी कुछ खामियाँ सार्वजनिक रूप से मान रही है और कुछ पर भीतर-भीतर

सोच रही है। उसने स्वीकार किया है कि चुनावी जीत के लिए सिर्फ पार्टी अध्यक्षों के हाथ मिलाने से दो दलों के दिल (कार्यकर्त्ता) नहीं मिलते। गठबंधन की राजनीति के दौर में यह सबक वैसे सभी दलों के लिए है, जो नया दोस्त बनाने से पहले संगठन की राय लेना जरूरी नहीं समझते। राजद बिहार विधान सभा में मुख्य विपक्षी दल है, इसलिए उसका फिर से मजबूत होना एक लोकतांत्रिक आवश्यकता है। विधान सभा चुनाव अभी 16 माह दूर है, इसलिए सँभलने के लिए वक्त कम नहीं है।

[जुलाई, 2009]

□

अपील या डायलॉग ?

अब वो जमाना नहीं रहा, जब लोग विचारधाराओं का अध्ययन, समकालीन राजनीतिक चिंतकों की संगत, उनकी दीक्षा और मुद्दा आधारित आंदोलनों में उम्र का खासा हिस्सा गुजारने के बाद चुनावी राजनीति में सक्रिय होते थे। उस दौर की एक खास बात यह थी कि सभी दलों में प्रायः सभी जातियों के लोग हुआ करते थे। वैचारिक कारणों से किसी दल में कुछ जातियों का वर्चस्व भी रहा, लेकिन निहायत जातीय नजरिए से संगठन का काम नहीं चलाया जाता था। वामपंथी पार्टियाँ आज भी ठोस वैचारिक आधार पर ही संगठन चलाती हैं। केरल, पश्चिम बंगाल और त्रिपुरा में सक्रिय वाम धारा के संगठनों के बारे में दावे के साथ यह नहीं कहा जा सकता कि वहाँ की कौन-सी बिरादरी किस पार्टी के साथ है। उनके लिए बिहार भी अपवाद नहीं है। इस राज्य में भी भाकपा (माले) और साम्यवादी दलों ने जातीयकरण से परहेज किया है। जीत-हार की फिक्र किए बिना अगर इन दलों ने अपना चरित्र बनाए रखा है, तो इसकी तारीफ होनी चाहिए। इसके विपरीत बिहार और उत्तर प्रदेश में साफ-ससाफ दिखता है कि किस जाति के लोग (अपवाद को छोड़कर) मुख्यधारा की किस पार्टी के साथ हैं। पार्टियाँ वैचारिक पहचान धूमिल कर जातियों का प्रतिनिधित्व करने लगी हैं। समाजवाद, गांधीवाद, राष्ट्रवाद, जे.पी. की संपूर्ण क्रांति जैसी बातें घोषणा-पत्र की शोभा के लिए रह गई हैं। टिकट बाँटने से लेकर मंत्री बनाने तक के काम जातीय राजनीति की जोड़-तोड़ की जमीनी सचाई के आधार पर हो रहे हैं।

इस माहौल में फिल्मस्टार से राजनेता बने शत्रुघ्न सिन्हा ने एक अच्छी बात कही है। लोकसभा की पटना साहिब सीट से नामांकन करने से पहले एक सभा में उन्होंने जातिवाद से परहेज करने की अपील करने का साहस दिखाया। उन्होंने कहा–'कास्ट योर वोट, डोंट वोट योर कास्ट।' यानी, अपना वोट जरूर दीजिए, मगर उम्मीदवार की जाति देखकर मतदान कतई नहीं करिए। सिनेमा और राजनीति

में अपना कद कुछ ऊँचा रखनेवाले बिहारी बाबू की इस अपील को सिर्फ फिल्मी डॉयलाग नहीं मानना चाहिए। देश और दल की सीमा से बाहर भी कई राजनेताओं से उनके रिश्ते हैं, इसलिए मतदान में जातीय दुराग्रह को परे रखने की उनकी अपील सर्वदलीय क्यों नहीं हो सकती? यह अलग बात है कि सिन्हा ने टिकट माँगने के लिए अगर सिर्फ पटना साहिब के लिए जोर दिया और उनकी अर्जी मंजूर भी की गई, तो पूरी प्रक्रिया जातिनिरपेक्ष नहीं थी। अपील और आचरण में फासला कम होना चाहिए।

[28 मार्च, 2009]

□

सागर के पार से दिखा विकास

बिहार के बदलाव की गूँज अब सरहद और सागर के पार सुनी जाने लगी है। पिछले दिनों अमेरिकी पत्रिका 'न्यूज वीक' ने भारत जैसे अति पिछड़े प्रदेश बिहार के बारे में लंबी रिपोर्ट प्रकाशित की थी। उसमें जिक्र था कि मुख्यमंत्री नीतीश कुमार के नेतृत्ववाली राजग सरकार ने किस तरह विकास के चौतरफा प्रयास से एक बड़ा परिवर्तन कर दिखाया है। अब मशहूर अमेरिकी दैनिक 'न्यूयार्क टाइंस' में प्रकाशित एक आलेख ने बिहार के चमकदार विकास पर मुहर लगाई है। 10 अप्रैल को इस अखबार में प्रकाशित एल. पोलग्रीन के आलेख (टर्नअराउंड ऑफ इंडिया, स्टेट कुड सर्व ऐज ए मॉडल) में बदलते बिहार की तसवीर पेश की गई है। पोलग्रीन ने लिखा है कि उस बिहार में कानून का राज स्थापित हुआ है, जहाँ पहले जंगलराज था। अपहरण उन दिनों सबसे मुफीद धंधा था। जातिगत और सांप्रदायिक उन्माद के लिए राज्य की जमीन उपजाऊ थी। अपराधियों को पुलिस और नेताओं का संरक्षण प्राप्त था।

यही नहीं, पिछले शासन काल में आम किसान बाढ़-सुखाड़ से त्रस्त थे। व्यापारी सहमे हुए थे। ऐसे में आर्थिक विकास की बात बेमानी थी। लेकिन यही बिहार अब 11.03 प्रतिशत की औसत विकास दर हासिल कर देश का दूसरा सबसे तेज विकास दर हासिल करनेवाला राज्य बन गया है। इसने सिद्ध किया है कि बेहतर नीति, सुदृढ़ प्रशासन और स्वच्छ कानून-व्यवस्था से कुछ भी संभव है। पोलग्रीन ने लिखा है कि नीतीश कुमार ने सत्ता में आने के बाद सबसे पहले पुलिस महकमे को साफ संकेत दिए कि कानून का राज स्थापित करना है। संगठित और छिटपुट अपराध करनेवालों को जो राजनीतिक छतरी मिली हुई थी, वह हट गई। ऐसे नेताओं को जेल जाना पड़ा और उनका भी स्पीडी ट्रायल हुआ, जिनकी अपराध में संलिप्तता थी। इनमें कई सांसद और विधायक थे। अपराध-नियंत्रण के बाद सर्वाधिक जोर सरकारी स्कूल और अस्पताल का संचालन ठीक करने पर

रहा। आलेख में भोजपुर के पवना गाँव का उदाहरण दिया गया है, जहाँ शाम होते ही सौर ऊर्जा की दूधिया रोशनी बिखरती है और बाजार अब सूर्यास्त होते ही बंद नहीं होते। गाँव में नया पुलिस थाना, कई स्कूल और नया वाटर पंप बदलाव के चिह्न हैं, जो साबित करते हैं कि विकास सिर्फ राजधानी पटना की सड़कों, पार्कों और फ्लाईओवरों तक नहीं सिमटा रहा है। 'न्यूयार्क टाइंस' और पोलग्रीन को जो बदलाव दिखता है, विपक्ष उसे देखना नहीं चाहता। पब्लिक इसे कितना देखती है, यह रिपोर्ट शायद चुनाव बाद आएगी।

[2 अप्रैल, 2010]

□

बहुत याद आएगा यह साल

समाज के हर क्षेत्र में घनीभूत पुरुष प्रधानता के बावजूद यह साल (2010) महिला एवं बालिका सशक्तीकरण के बढ़ते तापमान के लिए स्मरणीय रहेगा। बर्फ पिघलने लगी है। इससे जो नदियाँ निकलनेवाली हैं, उन्हें आनेवाला समय पहचान और मान देगा। 21वीं सदी के पहले दशक का बीतना बिहार की महिलाओं को ऐतिहासिक पहचान सौंप रहा है। इसके निमित्त बने मुख्यमंत्री नीतीश कुमार। उनके नेतृत्व में बनी राजग सरकार ने अपने पहले कार्यकाल (2005-10) में आधी आबादी के हित में दूरगामी महत्त्व के इतने काम एकसाथ शुरू किए कि अभूतपूर्व बदलाव हुए। सामाजिक-आर्थिक-राजनीतिक कारणों के चलते दशकों से दबाई-सताई लड़कियों और महिलाओं के चेहरे पर सरकार के बहुआयामी प्रयास से जो संतोष और खुशी की रेखाएँ उभरीं, उन्हें नकारने की चौतरफा चेष्टाएँ विफल हुईं। अक्तूबर-नवंबर-10 के विधानसभा चुनाव के दौरान महिलाओं ने बड़े उत्साह के साथ सकारात्मक बदलाव लानेवाली नीतीश सरकार के पक्ष में मतदान किया। 60 साल पुरानी लोकतांत्रिक प्रक्रिया में महिला मतदाताओं ने पहले कभी ऐसी दिलचस्पी और हिस्सेदारी नहीं दिखाई थी। यह मतदान इनके वोटर-रूप का विराट् दर्शन था और नेक लकीर पर चली सरकार के प्रति शुक्रिया कहने का अंदाज भी।

यह साल हमारी मातृशक्ति के लिए लोकतांत्रिक सहभागिता और नागरिक व्यक्तित्व के उदय का निर्णायक काल रहा। नवंबर 2005 के मुकाबले महिलाओं ने इस बार दस प्रतिशत अधिक मतदान किया। यदि पहले की तरह पुरुष-प्रधान वोटिंग होती, तो भी राजग (राष्ट्रीय जनतांत्रिक गठबंधन) की सत्ता में वापसी होती, लेकिन तीन चौथाई से भी अधिक (206) सीटें इसकी झोली में नहीं समा गई होतीं। पहले लोकतांत्रिकता भी पुरुष की ही अभेद्य सत्ता थी। इस विधानसभा चुनाव में अगर यह अवधारणा टूटी, तो इसका श्रेय निश्चित रूप से राज्य सरकार

की उन योजनाओं को जाना चाहिए, जो बीते पाँच सालों में संचालित होती रहीं। ये योजनाएँ उन तक पहुँचीं और वे जान गई कि राजनीतिक सहभागिता 'शक्तिरूपेण संस्थिता' बनाने का नया मंत्र है। इस तरह बिहार में महिला सशक्तीकरण की योजनाएँ बड़ी सामाजिक क्रांति की वाहिका बन गई। शिक्षक नियोजन और पंचायत चुनाव में उन्हें 50 प्रतिशत आरक्षण मिला। कानून-व्यवस्था में सुधार से उपजी शांति ने महिलाओं को सुकून दिया; क्योंकि हिंसा का खामियाजा उन्हें ही भुगतना पड़ता है। स्कूली बच्चियों को साइकिल और शिक्षण की बेहतर सुविधाओं ने महिलाओं में नए आत्मविश्वास का संचार किया। अब विधानसभा की समितियों में इनकी भागीदारी बढ़ाई गई है। राजग–2 ने भी महिला हितैषी बने रहने के संकेत दिए हैं। यह वर्ष बार-बार याद आएगा।

[28 दिसंबर, 2010]

□

पॉवर प्रेजेंटेशन ऐसा भी

शिक्षण-प्रशिक्षण की जिन विधियों को आज आधुनिक कहा जाता है, उसमें एक है पॉवर प्वाइंट प्रेजेंटेशन। किसी निष्कर्ष को अत्यधिक उपयोगी सिद्ध करने के लिए उस विषय के आवश्यक बिंदुओं (प्वाइंट्स) पर जोर दिया जाता है। इन्हें प्रभावोत्पादक (पॉवरफुल) बनाने की दृष्टि से ये बिंदु संप्रेषणीय भाषा में आकर्षक ढंग से लिखे जाते हैं। फिर बड़े बोर्ड या कंप्यूटर स्क्रीन पर दिखाकर उन्हें क्रमशः एक्सप्लेन किया जाता है। व्याख्या की जाती है। यह पॉवर प्रजेंटेशन उन्नत क्लासरूम या छोटे समूह के लिए कारगर भी है, किंतु इसके जरिए बड़े समुदाय या बृहत्तर समाज को गंभीर संदेश देना संभव नहीं है। इसे एक माध्यम की सीमा मान सकते हैं। बड़े उद्देश्य के लिए तो मानक व्यक्तित्व गढ़ने का लंबा और सनातन रास्ता ही अपनाना पड़ता है। मुख्यमंत्री नीतीश कुमार ने भ्रष्टाचार के विरुद्ध अभियान छेड़ने के लिए किसी पॉवर प्रेजेंटेशन या वीडियो कांफ्रेंसिंग की तकनीक नहीं अपनाई, बल्कि स्वयं अपनी संपत्ति की घोषणा कर एक मिसाल पेश की। खुद को ही प्रेजेंट करने लायक पॉवर आइकन बनाया। इसके बाद उनकी मंत्रिपरिषद् के सभी सदस्यों के लिए इस राह पर चलना बाध्यकारी हो गया। 1.1.2011 की रात से सभी मंत्रियों की निजी संपत्ति का ब्योरा राज्य सरकार की वेबसाइट पर उपलब्ध है।

राजग (राष्ट्रीय जनतांत्रिक गठबंधन) सरकार ने 26 नवंबर, 2010 को फिर से कामकाज सँभालने के बाद पहले 35 दिन अगले पाँच साल का रोडमैप गढ़ने और कुछ कड़े कदमों के लिए नैतिक जमीन तैयार करने में लगाए। यह जरूरी था, क्योंकि हर काम सिर्फ कानून और प्रशासकीय शक्ति से नहीं किया जा सकता। जब केबिनेट के सारे मंत्री अपनी संपदा से पर्दा हटा चुके हैं, तब सरकार ने आदेश दिया है कि करीब तीन लाख स्कूली शिक्षक भी अपनी-अपनी संपत्ति की घोषणा करें। यह आदेश शिक्षा अधिकारियों और कर्मचारियों के लिए भी है। ब्योरा 31 जनवरी

तक दे देना है। अगले माह का वेतन इसके बाद ही मिलेगा। 3 जनवरी को इस आशय का आदेश जारी किया गया। मानिटरिंग के लिए मानव संसाधन विभाग ने मुख्यालय में एक सेल बनाया है। सरकार ने सेवा आचार नियमावली 1976 के नियम 19 के उप-नियम 1 का हवाला दिया है, जिसके मुताबिक अधिकारियों, कर्मचारियों एवं शिक्षकों को अपनी संपत्ति का ब्योरा अवश्य देना है। इस नियम को सख्ती से लागू करने का वक्त 34 साल बाद आ रहा है; क्योंकि किसी मुख्यमंत्री ने स्वेच्छा से पहले इसे खुद पर लागू नहीं किया था।

[5 जनवरी, 2011]

□

अँधेरे की सियासत फिर

मकर संक्रांति को उत्कर्ष की दिशा में संक्रमण का अवसर माना जाता है, लेकिन नवीनगर (औरंगाबाद) के कुछ लोगों ने उस दिन (15 जनवरी, 2011) उत्कर्ष में व्यवधान डाला। बिहार सरकार एवं एन.टी.पी.सी. के संयुक्त उपक्रम से माधे गाँव (नवीनगर) में स्थापित होनेवाले विद्युत् संयंत्र के लिए भूमि अधिग्रहण का विरोध किया गया। कुछ किसान उस सरकारी जमीन पर अवैध कब्जा बनाए हुए हैं, जो परियोजना के अधीन आती है। इसके चलते काम शुरू नहीं हो पा रहा है। अवैध कब्जेवाली भूमि के बदले मुआवजा देने की माँग करते हुए 15 जनवरी को उग्र आंदोलन किया गया। पुलिस ने जब पानी की बौछार की और आँसू गैस के गोले छोड़े, तब इन अहिंसक उपायों के जवाब में पथराव किया गया। इसी दौरान एक बुजुर्ग ग्रामीण की मौत हुई। इसे रेलवे की संपत्ति फूँकने का बहाना बना लिया गया। उन्मादियों ने सोननगर-बरवाडीह रेलखुड के अंकोरहा स्टेशन पर खड़ी 53360 डाउन वाराणसी-बरवाडीह पैसेंजर ट्रेन में आग लगा दी। इंजन के साथ ही छह बोगियाँ राख हो गई। यात्री गिरते-पड़ते भागे। रेल ट्रैक जाम कर प्रशासन के खिलाफ नारेबाजी की गई–'मुआवजा नहीं, तो काम नहीं।'

प्रशासन के मुताबिक ग्रामीण की मौत स्वाभाविक थी। वास्तविक किसानों को मुआवजा तो पहले ही दिया जा चुका है। जिन लोगों ने ट्रेन में आग लगाई, उनके खिलाफ काररवाई की जाएगी। उधर, उपद्रव करनेवालों से सहानुभूति दिखाई एक पूर्व विधायक ने। एक विपक्षी दल के प्रदेश महासचिव ने भी आंदोलनकारियों का पक्ष लिया है। पूरे विवाद पर मुख्यमंत्री नीतीश कुमार ने कड़ा रुख अपनाया और सोमवार को साफ कहा कि लोग यह तय करें कि उन्हें अँधकार में रहना है या प्रकाश में। सरकार किसी निजी उद्यमी को मालामाल करने के लिए नहीं, बल्कि बिहार को बिजली देने के लिए जमीन का अधिग्रहण करने जा रही है। मुआवजा भी इतना दिया जा रहा है, जितना देश में कहीं और नहीं

दिया जाता। लोग अगर सरकारी जमीन पर भी मुआवजा माँग रहे हैं, तो बिजली इकाई कैसे लगेगी ? सवाल यह भी है कि जो ताकतें विकास को दिखावा बताते हुए विधान सभा चुनाव में करारी हार झेल चुकी हैं, क्या वे अब भी विकास-विरोधी ताकतों को शह देकर राजनीति चमकाने के मुगालते में हैं ? क्या वे नहीं चाहतीं कि 1980 मेगावाट बिजली पैदा करनेवाली इकाइयाँ लग जाएँ और अँधेरा दूर हो ? परियोजना 2015 तक पूरी होनी है। बिजली हमारी सबसे बड़ी आवश्यकता है। इस पर घटिया राजनीति नहीं होनी चाहिए।

[19 जनवरी, 2011]

□

विकास की राह पर साझा कदम

राजग सरकार की यह पहल स्वागत-योग्य कही जाएगी। उप-मुख्यमंत्री सह वित्तमंत्री सुशील कुमार मोदी ने बिहार को विशेष राज्य का दर्जा देने में आनाकानी कर रही केंद्र की संप्रग सरकार पर दबाव बढ़ाने को आंदोलन तक करने का एलान कर दिया है। उन्होंने इसके लिए विपक्ष का भी सहयोग माँगा है। तेज विकास के लिए बिहार को विशेष सहूलियतें मिलें, इसके लिए लगातार आवाज बुलंद करनेवाली नीतीश सरकार ने संघर्ष की राह में विपक्ष से सहयोग माँगकर बिहारी अस्मिता के मुद्दे पर एकजुटता कायम करने की कोशिश की है, चूँकि मुद्दा संवेदनशील है और आमजनों के हितों से जुड़ा है, इसलिए विपक्ष ने भी इसे स्वीकार करने में हिचक नहीं दिखाई। विपक्ष की अगुवाई कर रहे राजद विधायक दल के नेता अब्दुलबारी सिद्दकी ने इस मसले पर एकता का संदेश देकर नीतीश सरकार के जज्बे को सलामी दे दी है।

विदित हो कि पिछले 25 मार्च को सुशीलकुमार मोदी ने विधानसभा में विशेष राज्य का दर्जा के लिए मनमोहन सरकार पर दबाव बढ़ाने को विपक्ष से मिलकर आंदोलन करने की पहल की। उन्होंने कहा कि सामूहिक रूप से बिहार बंद का एलान करने की जरूरत पड़े, तो यह भी किया जाए। हालाँकि उन्होंने बिहार के पिछड़ेपन के पीछे जो तथ्य रखे, वे राजग सरकार से पहले के राजनीतिक नेतृत्व को कटघरे में खड़ा करते हैं। मोदी के अनुसार बिहार के आर्थिक विकास में राजनीतिक अस्थिरता बड़ी बाधक रही है। 1961 से 1990 के दौरान 25 मुख्यमंत्री हुए और 1967 से 1972 की अवधि में जो सरकारें बनीं, वे अस्थिर रहीं। प्रथम पंचवर्षीय योजना 1952 से 1957 में बिहार का योजना आकार 65.80 करोड़ रुपऐ था और तब खर्च हो जाता था 73 करोड़ रुपया। द्वितीय योजना में भी स्थिति अच्छी रही। 1955 में तो चार सबसे अधिक प्रगति करनेवाले राज्यों की सूची में महाराष्ट्र के समकक्ष था बिहार। लेकिन आगे विकास की गति

गड़बड़ाने लगी। 1992 से 1997 यानी आठवीं योजना में तो यह पूरी तरह से डिरेल हो गई। पुनरीक्षित योजना आकार 11 हजार करोड़ रुपए स्वीकृत हुआ, पर खर्च हुए मात्र 5 हजार करोड़। कांग्रेस शासनकाल में शुरू हुई सूबे की बदहाली की बीमारी को लालूप्रसाद ठीक नहीं कर पाए। चूँकि मोदी के तर्क आँकड़ों पर आधारित हैं, इसलिए इन्हें झुठलाने की हिम्मत शायद ही कोई दल करे। बहरहाल, विकास के पायदान पर चढ़ने को विपक्ष का साथ लेने की राजग सरकार की पहल फिलहाल यही संकेत दे रही है कि विशेष राज्य का दर्जा के लिए केंद्र की संप्रग सरकार पर बिहार का दबाव बढ़ेगा।

[28 मार्च, 2011]

□

दरबार एक आईना

जनता के दरबार में मुख्यमंत्री कार्यक्रम कई दृष्टि से महत्त्वपूर्ण साबित हुआ है। यह सरकार और जनता के बीच संवाद का मजबूत पुल तो बन ही चुका है, इसे समकालीन समाज, लोक-व्यवहार, कार्यपालिका की शैली, पुलिस की भूमिका और कल्याणकारी योजनाओं की विसंगति के आईने के रूप में भी देखा जा सकता है। गत सोमवार को आरा की एक महिला ने दरबार में बिलखते हुए बताया कि पिछले वर्ष 21 अक्तूबर को उसके पति को गोली मारकर उसकी हत्या कर दी गई थी। उसके मुताबिक एक डी.एस.पी. और दो इंस्पेक्टर ने घर का दरवाजा खुलवाया था और फिर उसके पति को गोली मार दी गई थी। दरबार की प्रणाली मजबूत (संस्थागत) न की गई होती, तो यह दुःखद पक्ष (जिसकी सत्यता अभी परखी जानी है) सरकार के मुखिया के समक्ष सीधे पीड़िता के मुख से आ ही नहीं पाता। मुख्यमंत्री नीतीश कुमार ने इस मामले की सी.आई.डी. जाँच का आदेश दिया। इसी तरह समस्तीपुर में आई महिला के मामले की जाँच भी अब सी.आई.डी. ही करेगी। उसकी शिकायत है कि जमीन के विवाद में उसकी बहन की हत्या कर दी गई थी और इस मामले में भी पुलिस ने पीड़ित पक्ष को ही हत्या के मामले में उलटे फँसा दिया। अब ऐसे मामलों की जाँच के नतीजे ही बताएँगे कि सरकार की नीति और कामना के अनुरूप पुलिस कितना पीपुल्स फ्रेंडली बन पाई है।

राज्य सरकार इस रिपोर्ट को एक्स-रे की तरह देखकर तय कर सकती है कि पुलिसिंग के भीतरी जख्म ठीक करने के लिए उसे कौन-सी दवा देनी चाहिए और कब ऑपरेशन करना चाहिए। दरबार में शिकायत यह भी आई कि गया जिले की एक पंचायत की मुखिया के पति ने सिर्फ इस बात पर दो लोगों को पीट-पीटकर अधमरा कर दिया कि उसने किसी बात पर उनका विरोध किया था। यदि आरोप सही है, तो घटना पंचायती राज के वर्णित और वांछित उद्देश्यों के विपरीत थी। मामले की गंभीरता को समझकर मुख्यमंत्री ने इस मामले में तत्काल गया के एस.

पी. से बात की और उन्हें यह निर्देश दिया कि मुखिया पति पर तुरंत प्राथमिकी दर्ज की जाए। दरबार ने हमें फिर यह बताया कि सामाजिक रीति-रिवाजों (खासकर दहेज-प्रथा) में कितनी क्रूरता घर कर चुकी है। सिपारा से पहुँची महिला के अनुसार उसके दामाद ने उनकी बेटी को आँगन में ही किरासन डालकर जला डाला। उसकी बेटी के साथ उसकी सात वर्षीया नातिन भी मारी गई। समाज के ऐसे निर्दयीअक्स भी दरबार में दिखा करते हैं।

[6 अप्रैल, 2011]

□

ट्रांजिस्टर से क्रांति

वैज्ञानिक इरा प्लैटो के अनुसार ट्रांजिस्टर बीसवीं सदी (1948) का संभवतः सर्वाधिक महत्त्वपूर्ण आविष्कार है। इसने सूचना क्रांति को ऐसे पंख दिए कि दुनिया तेजी से बदलने लगी। राजग सरकार ने अपने पहले कार्यकाल में जब महादलित समुदाय को यह उपकरण देना शुरू किया था, तब शायद मंशा इनकी दुनिया बदलने की ही रही होगी। यह अलग बात है कि इस पर कई सवाल उठाऐ गए थे। यह भी कहा गया कि इस वर्ग के लिए ट्रांजिस्टर नहीं, रोटी जरूरी है और सरकार लोगों को फुसलाने की कोशिश कर रही है। आलोचना का अपना महत्त्व है, लेकिन किसी पहल के नकारात्मक और सतही पक्ष को विराट (एनलार्ज) करके देखना सही नहीं होता। रोटी जरूरी है, तो यह भी सच है कि किसी समुदाय के सूचना एवं मनोरंजन संबंधी अभाव को दूर न करना उसके साथ परोक्ष अन्याय ही है। जो वर्ग सदियों से अधिकार, ज्ञान और सूचना से वंचित रहा है, उसे यह ताकत लौटाने का अभियान समय की माँग है। दूसरे कार्यकाल में राजग सरकार इसे विस्तृत करने जा रही है। व्यावहारिक पक्ष को चुस्त रखने के लिए अब महादलितों को ट्रांजिस्टर खरीदने के लिए रुपए की जगह कूपन दिए जाएँगे। इतना ही नहीं, इस वर्ग को शिक्षित करने के लिए मुख्यतः इसी समुदाय से चुने गए जिन लोगों को 'विकास मित्र' बनाया गया था, उनके मानदेय में एक हजार रुपए की वृद्धि की जाएगी। यानी अब वे तीन की जगह चार हजार रुपए मासिक पाएँगे।

इस आशय की घोषणा मुख्यमंत्री नीतीश कुमार ने भारतरत्न बाबा भीमराव अंबेडकर की जयंती पर आयोजित समारोह में की। जिस तरह साइकिल को महिला सशक्तीकरण और इनके जीवन में बदलाव का पहिया माना गया, उसी तरह ट्रांजिस्टर महादलितों में परिवर्तन का प्रतीक बन सकता है। इंजीनियरिंग की पढ़ाई और समाजवादी पृष्ठभूमि, दोनों का उपयोग कर मुख्यमंत्री एक तरफ साइकिल और ट्रांजिस्टर को सोशल इंजीनियरिंग का उपकरण बना रहे हैं, तो दूसरी

तरफ विज्ञान को विकास से जोड़ने की कोशिश कर रहे हैं। 13 अप्रैल को बिहार काउंसिल एंड साइंस टेक्नोलॉजी की बैठक में उन्होंने घोषणा की कि कोलकाता की साइंस सिटी की तरह पटना में बिहार विज्ञान केंद्र की स्थापना की जाएगी। तारामंडल को राजधानी के बहुद्देशीय पर्यटक स्थल के रूप में विकसित किया जाएगा। गया व दरभंगा में तारामंडल के निर्माण के लिए पाँच-पाँच एकड़ जमीन व पचास-पचास करोड़ रुपए उपलब्ध कराए जाएँगे। नालंदा एवं भागलपुर में भी विज्ञान केंद्र भवन का निर्माण कराया जाएगा। साइंस और समावेशी विकास यहाँ साथ-साथ दिखेंगे।

[15 अप्रैल, 2011]

□

कलाम की सुनिए

कहा जाता है कि अपने उच्चतम स्तर पर राजनीति भी धर्म (संप्रदाय नहीं) है, जबकि अपने निम्नतम स्तर पर धर्म भी छद्म राजनीति है। अच्छे राजनेता (स्टेट्समैन) और श्रेष्ठ धर्माचार्य उच्च स्तर पर शायद इसीलिए समान लगते हैं। राजनीति के उच्च मानदंड गांधी को महात्मा और पंडित मदनमोहन मालवीय को महामना बना देते हैं। पूर्व राष्ट्रपति ए.पी.जे. अब्दुल कलाम का व्यक्तित्व इसी परंपरा का विस्तार है। मंगलवार 3 मई को बिहार विधान परिषद् शताब्दी व्याख्यानमाला में उनके विचार सुनते या पढ़ते हुए यही अनुभूति हुई। उन्होंने 'व्हाट केन आई गिव मिशन' की चर्चा की और इसे भ्रष्टाचार की समस्या से जोड़ा। उन्होंने कहा कि भ्रष्टाचार पैदा होता है इस अंतहीन लालच से कि मैं क्या-क्या ले सकता हूँ। भ्रष्टाचार से लड़ाई वास्तव में अपने भीतर के बेलगाम लालच से टकराना है। वैज्ञानिक-राजनेता-सह-शिक्षक कलाम ने समझाया कि यदि 'व्हाट केन आई टेक (फ्राम द स्टेट)' यानी मैं राज्य से क्या ले सकता हूँ ? के भाव अत्यंत सीमित कर 'व्हाट केन आई गिव' (टू द स्टेट)' अर्थात् मैं राज्य को क्या दे सकता हूँ ? की भावना में बदला जाए, तो भ्रष्टाचार दूर हो सकता है। छात्रों, सरकारी कर्मियों, विधानमंडल सदस्यों तथा मंत्रियों के रूप में हमें स्वयं से यह प्रश्न पूछने की जरूरत है। उन्होंने कहा कि इस मिशन में सहभागी बनकर आप प्रदेश को अच्छा शासन दे सकेंगे।

भ्रष्टाचार आज देश के समक्ष बड़ा मुद्दा है, इसलिए पूर्व राष्ट्रपति ने जो बातें कहीं, उस पर अमल किया जाना चाहिए। चेंबर ऑफ कॉमर्स सभागार में उद्योग एवं व्यापार जगत् के प्रतिनिधियों को संबोधित करते समय स्वप्नदर्शी कलाम ने एक खाका भी खींचा। वे ऐसा प्रदेश चाहते हैं, जिसमें ऊर्जा व स्वच्छ जल की पर्याप्त उपलब्धता हो, कृषि, उद्योग व सेवा क्षेत्र के बीच बेहतर तालमेल बने, किसी होनहार को श्रेष्ठ शिक्षा से वंचित नहीं होना पड़े और सरकार

संवेदनशील, पारदर्शी व भ्रष्टाचार-मुक्त हो। उन्होंने चीनी, डेयरी, बागवानी, स्टोरेज तथा प्रसंस्करण उद्योग को बढ़ावा देने की बात की, जो राज्य सरकार के कृषि रोडमैप में शामिल है। मुख्यमंत्री नीतीश कुमार ने कलाम के बहाने जनता को भरोसा दिलाया है कि यहाँ सपने हकीकत में बदलने लगे हैं। जल्द ही अस्तित्व ग्रहण करनेवाला नालंदा विश्वविद्यालय भी मिसाल बनेगा। डॉ. कलाम ने कई मुद्दों पर अपनी राय रखी। राष्ट्रीय जनगणना रिपोर्ट आने के बाद सघन आबादीवाले बिहार में यह उनकी पहली यात्रा थी। काश, वे जनसंख्या विस्फोट और गरीबी के बीच सीधे समानुपात पर भी कुछ बोले होते।

[5 मई, 2011]

□

चीन से क्या लाएँगे सी.एम. ?

भ्रष्टाचार किसी भी शासन-व्यवस्था को खोखला कर सकता है। सेना-शासित या सैन्य प्रभाववाली सरकार हो या एकदलीय शासन, योजनाएँ घपले-घोटाले और घूसखोरी से मुक्त नहीं रह पातीं। भारत जैसे विकासशील और बहुदलीय लोकतंत्र में यह समस्या अपने सबसे भयावह रूप में दिखती है। हालत यह है कि अब छोटे-बड़े किसी भी पद पर बैठे व्यक्ति को संदेह से परे नहीं माना जा रहा है। ऐसी छवि न तो एक-दो साल में बनी है, न मुट्ठी-भर लोगों को इसके लिए जिम्मेदार ठहराकर व्यवस्था चलानेवाले लाखों लोगों को क्लीन चिट दी जा सकती है। भ्रष्टाचार जब राजनीतिक नेतृत्व की सतत उदासीनता या गहरी संलिप्तता से होता है और उपलब्ध नियम-कानून के दायरे में ऐसे तत्त्वों को सजा दिलाना संभव नहीं होता, तब जनता अपनी अदालत (चुनाव) में फैसले सुनाती है। वह साक्ष्य से ज्यादा अपनी धारणा पर विश्वास कर दागी नेताओं और उनके पूरे कुनबे को सजा देती है। हाल के विधानसभा चुनावों ने यही सिद्ध किया है।

लोकतांत्रिक शासन में राजनीतिक नेतृत्व को तो देर-सबेर सजा मिल जाती है, लेकिन कार्यपालिका में फैले भ्रष्टाचार पर जनता का सीधे कोई जोर नहीं चलता। मुख्यमंत्री नीतीश कुमार की बड़ी चिंता अभी यही है। उन्होंने अपने पिछले कार्यकाल में निगरानी ब्यूरो की सक्रियता और काली कमाई से अर्जित संपत्ति को जब्त करने का कानून बनाने तक कई ठोस कदम उठाए, लेकिन अब भी इनका असर अपेक्षा के अनुरूप नहीं हो सका है। किसी भी बड़े रिश्वतखोर के महलनुमा मकान को जब्त कर उसमें स्कूल नहीं खुल पाया है। यह हमारी शासन-व्यवस्था की आंतरिक मजबूरियाँ हैं। दूसरी तरफ साम्यवादी चीन में सिर्फ 20 माह के भीतर (सितंबर 2009–मई, 2011) 11 हजार से अधिक भ्रष्ट लोकसेवकों को दंडित किया गया और 5,698 अफसरों के खिलाफ मुकदमा चलाया गया। 13,416 लोकसेवक घपले में लिप्त पाए गए। इन लोगों ने कुल

मिलाकर 2.99 बिलियन युआन (460 मिलियन डालर) की घूसखोरी की। चीनी समाचार एजेंसी के मुताबिक वहाँ की सरकार अपनी काररवाई के बूते 360 मिलियन डॉलर की संपत्ति बरामद करने में सफल रही। बुद्ध पूर्णिमा पर मुख्यमंत्री ने भ्रष्टाचार के विरुद्ध अपना संकल्प दोहराया है। वह अगले महीने चीन जानेवाले हैं। हो सकता है कि वहाँ से लौटने पर वे कुछ ऐसा करें कि कभी बिहार में भी भ्रष्टाचार के खिलाफ चीन-जैसी सख्ती दिखाई पड़े। चीनी सामान पहले से ही हमारे बाजार में हैं, मुख्यमंत्री के लौटने पर उनसे खास सौगात का इंतजार तो रहेगा ही।

[19 मई, 2011]

□

चिनगारी के पीछे हवा ?

बिहार में कानून-व्यवस्था की स्थिति में व्यापक सुधार होने से राजग के पहले कार्यकाल में इतना अवश्य हुआ कि उद्योग-व्यापार पटरी पर आया। धीरे-धीरे राज्य की छवि सुधरी और निवेशक रुचि लेने लगे। पाँच साल में बड़ी परियोजनाओं के लिए कई हजार करोड़ रुपए के सहमति पत्रों पर हस्ताक्षर भी हुए। इसके आधार पर सरकार ने दावा किया कि उद्योगीकरण की प्रक्रिया गति पकड़ेगी। कृषि पर विकास की निर्भरता कम करने के लिए भी यह जरूरी है और रोजगार के अवसर बढ़ाकर प्रति व्यक्ति आय बढ़ाने के लिए भी। उद्योगीकरण राज्य से पलायन को रोक सकता है, इसकी दिशा भी बदल सकता है। इस दृष्टि से सरकार निजी निवेश को आकर्षित करने के लिए लगातार प्रयास कर रही है। अच्छी बात है कि बहुआयामी प्रयास रंग लाए और कुछ उद्यमियों ने कारखाने लगाने के लिए पहल की। दूसरी तरफ खेद का विषय है कि उद्योगीकरण की इन कोशिशों को जमीनी कठिनाइयों का सामना करना पड़ रहा है। कुछ समस्याएँ प्रशासन की तरफ से आती हैं, कुछ सरकारी बैंकों की तरफ से, तो कुछ स्थानीय लोगों की तरफ से। अररिया के फारबिसगंज औद्योगकि क्षेत्र में 130 करोड़ रुपए की लागत से बन रही स्टार्च फैक्ट्री तीसरे प्रकार की चुनौती से मुखातिब है। स्थानीय लोग आरोप लगा रहे हैं कि फैक्ट्री बनने से गाँव को जोड़नेवाला उनका पुराना रास्ता बंद हो रहा है। वे गलियारा चाहते हैं। फैक्ट्री मालिक की अड़चनें दूसरी हो सकती हैं।

इस विवाद ने शुक्रवार को तूल पकड़ा। ग्रामीण इससे इतने उत्तेजित हुए कि फैक्ट्री में जेबीसी मशीनों व ट्रैक्टर सहित अन्य सामानों को आग के हवाले कर दिया गया। बीच-बचाव के लिए पहुँची पुलिस के साथ हिंसक झड़प हुई। एस.पी. (पुलिस अधीक्षक) के वाहन पर भी क्रुद्ध भीड़ ने पथराव किया। पहले पुलिस ने आँसू गैस के गोले छोड़े, फिर एक दर्जन से अधिक राउंड फायरिंग भी की। बेहद

दु:खद था कि इस घटना में चार लोगों की जान गई। एक दंडाधिकारी सहित 15 पुलिसकर्मियों के घायल होने की बात भी कही गई है। जाहिर है कि गुस्से का अनियंत्रित होना कितना आक्रामक था, अनिष्टकारी भी। मुख्यमंत्री ने इसे गंभीरता से लिया। उधर, कंपनी के कर्मचारियों ने स्थिति नहीं सँभालने का आरोप लगाते हुए दंडाधिकारी के साथ हाथापाई की। गृह विभाग के प्रधान सचिव और ए.डी. जी. (मुख्यालय) को मामले की जाँच सौंपी गई है। जाँच का विषय यह भी होना चाहिए कोई ऐसा तत्त्व तो नहीं, जो चिंगारी को शोला बनाना चाहता है?

[5 जून, 2011]

□

चीन से कुछ सीखें

प्रदेश को विकास की राह पर लौटाने के बाद इसकी गति तेज करने के लिए सतत प्रयत्नशील मुख्यमंत्री नीतीश कुमार रविवार को सप्ताह-भर की चीन-यात्रा से राजधानी लौटे। उनके अनुसार वहाँ बुनियादी ढाँचा क्षेत्र में जबर्दस्त काम हुआ है। आठ लेन की सड़क, पुल, रेलवे या फिर विद्युत् उत्पादन इकाइयाँ, इन सभी क्षेत्रों में चीन की प्रगति प्रभावित करती है। यह सही बात है कि भारत और चीन विशाल जनसंख्या के मामले में समान चुनौती का सामना कर रहे हैं, लेकिन दोनों देशों के बीच भिन्नता के कई कारण हैं। हमारे यहाँ बहुदलीय लोकतंत्र है, तो चीन एकदलीय कम्युनिस्ट शासन के अंतर्गत है। माना जाता है कि चीन ने अपनी शैली के साम्यवाद में पूँजीवाद का पुट डाल लिया है। उसने जनसंख्या स्थिरीकरण, पर्यावरण, अर्थव्यवस्था, अंतरिक्ष विज्ञान, कृषि, निर्माण और सामरिक क्षेत्र में अपनी सफलता से दुनिया को चमत्कृत किया है। चीन क्रिकेट नहीं खेलता, लेकिन एशियाड से लेकर ओलंपिक खेलों तक में उसके तमगों की संख्या और चमक, दोनों की चकाचौंध देखते बनती है। चीन के सामने उग्रवाद, धार्मिक कट्टरता और आतंकवाद जैसी आंतरिक चुनौतियाँ वैसी नहीं हैं, जैसी हमारे देश में पग-पग पर सिर उठाती दिखती हैं। दोनों देशों के बीच इतने अंतर हैं, इसलिए तरक्की का फार्मूला भी समान नहीं हो सकता।

चीन से लौटे मुख्यमंत्री ने भी स्वीकार किया कि "हम चीन की प्रगति के मॉडल को शायद ही अपना पाएँ, पर उनकी प्रगति देखने लायक है। चीन ने प्रगति के साथ पर्यावरण का भी खूब खयाल रखा है। सड़क के किनारे हरित पट्टी सभी जगहों पर मिलती है।" मॉडल भले अलग हो, लेकिन अपने पड़ोसी से हम उसकी संकल्प शक्ति तो ग्रहण कर ही सकते हैं। चीन जो लक्ष्य निर्धारित कर लेता है, उसे पूरा करके दम लेता है। हमारे यहाँ योजनाओं के क्रियान्वयन में देर होती है। फिर लागत बढ़ती है। उसमें अक्सर घोटाले हो जाते हैं। या तो इसकी

जाँच नहीं होती और होती है तो दोषी पाए गए लोगों को आसानी से सजा नहीं मिल पाती। बड़े-छोटे नौकरशाह और राजनीतिक नेतृत्व के लोग हमारे देश की लंबी, महँगी व जटिल न्याय प्रक्रिया का लाभ उठाकर अपनी जिम्मेदारी से बच जाते हैं। पूरा तंत्र तेज विकास की गति पर कुठाराघात करता है। मुख्यमंत्री ने अपनी यात्रा का फॉलोअप करने की योजना बनाई है। इसके अनुसार किसान और विधायकों के प्रतिनिधि-मंडल को कृषि क्षेत्र में प्रगति का जायजा लेने चीन भेजा जाएगा। उम्मीद है, सघन संवाद से हम कुछ तो सीखेंगे ही।

[21 जून, 2011]

□

अन्न के साथ नीतीश

यह महज संयोग है कि जिस दिन मुख्यमंत्री नीतीश कुमार भ्रष्टाचार के विरुद्ध सक्रिय सामाजिक कार्यकर्ता अन्न हजारे और उनके सहयोगियों से बिहार निवास (दिल्ली) में लोकपाल मुद्दे पर चर्चा कर रहे थे, उसी दिन बिहार काडर के एक आई.ए.एस. अफसर सेंथिल कुमार को राज्य सरकार ने भ्रष्टाचार के आरोप में निलंबित कर दिया। उन पर आरोप है कि पटना नगर निगम के मुख्य कार्यपालक अधिकारी (सी.ई.ओ.) के नाते उन्होंने बड़े भवन-निर्माताओं को लाखों रुपयों का अनुचित लाभ पहुँचानेवाले ऐसे फैसले किए, जिससे निगम को 8.77 करोड़ रुपए के राजस्व का नुकसान हुआ। 66 बैच के इस अधिकारी ने सी.ई.ओ. के रूप में सिर्फ एक साल के कार्यकाल (20 फरवरी, 2009 से 23 फरवरी, 2011) के दौरान 180 ऐसे नक्शे पास किए, जो नियम-विरुद्ध थे। उनके विरुद्ध पहली नजर में जो सबूत मिले, उसके आधार पर राज्य सरकार के विजिलेंस ब्यूरो ने पिछले साल 21 जुलाई को प्राथमिकी दर्ज की थी। सेंथल के अलावा जिन 13 लोगों की मिलीभगत पाई गई, उनमें निगम के अपर आयुक्त, कार्यपालक अभियंता और राज्य के अग्निशमन अधिकारी के भी नाम हैं। निगरानी विभाग ने पिछले पाँच सालों में छोटे-बड़े लोकसेवकों की रिश्वतखोरी के खिलाफ जो अभियान चला रखा है, उसमें कई बड़ी मछलियाँ फँस चुकी हैं।

निगरानी की सक्रियता ने राज्य में प्रचलित कुछ धारणाओं को झकझोरने में सफलता अवश्य पाई है। जैसे यह कि विजिलेंस कुछ मामूली लोगों पर हाथ डालकर सिर्फ खानापूरी करता है, जबकि बड़े लोग इसकी पकड़ से बाहर होते हैं। इसके विपरीत जो लोग निगरानी के हत्थे चढ़े, उनमें जिलाधिकारी, निदेशक और प्रधान सचिव स्तर के अधिकारी रहे हैं। सेंथिल इसी कोटि में आते हैं। निगरानी को लेकर दूसरी धारणा यह है कि इसकी गिरफ्त में आने के बावजूद सजा मिलने में बहुत देर लगती है। इससे उबरने के लिए निगरानी से जुड़े मामलों

में स्पीडी ट्रायल का रास्ता निकाला गया। इन सीमाओं के बावजूद राज्य सरकार भ्रष्टाचार के खिलाफ जीरो टालरेंस की नीति पर काम कर रही है। मुख्यमंत्री ने अन्ना हजारे से राज्य में लोकायुक्त के गठन पर चर्चा की है और कहा है कि वे भ्रष्टाचार-विरोधी निकाय का दायरा व्यापक रखने के पक्षधर हैं। अन्ना ने भी माना कि जिन मुद्दों के लिए वह संघर्ष कर रहे हैं, उनसे जुड़े कई कदम नीतीश कुमार पहले ही उठा चुके हैं। जो राज्य एक दौर में भ्रष्टाचार के लिए काफी बदनाम हो चुका है, अब वहीं से इसके कड़े प्रतिरोध को धार भी मिल सकती है।

[2 जुलाई, 2011]

□

भाजपा की परेशानी

बिहार सहित देश के आठ राज्यों में पूरी तरह या साझेदारी में सत्तारूढ़ भारतीय जनता पार्टी (भा.ज.पा.) जानना चाहती थी कि उसके कार्यकर्त्ता (खासकर पदाधिकारी) संगठन व विचारधारा के बारे में कितनी तथ्यात्मक जानकारी रखते हैं ? भगवान् महावीर की भूमि पावापुरी में प्रशिक्षण शिविर (3 से 5 जुलाई, 2011) का आयोजन किया गया। इसमें पार्टी की जिला इकाई और उससे ऊपर तक के ऐसे सक्रिय कार्यकर्त्ताओं को बुलाया गया था, जो मूल पार्टी या इसके किसी मंच-मोर्चा के मुख्य कर्ताधर्ता (अध्यक्ष-महामंत्री आदि) हैं। निश्चय ही इन्हें अपने-अपने क्षेत्र में संगठन का स्थानीय चेहरा माना जाता है। प्रशिक्षण के बाद जब इनकी परीक्षा ली गई, तब बिहार की दूसरी सबसे बड़ी पार्टी के अधिकतर पदाधिकारी खरे नहीं उतरे। लगभग सवा तीन सौ लोगों में से ज्यादातर कार्यकर्ता केवल 50 सामान्य सवालों के जवाब लिखने में परेशान हो गए। जो लोग राजनीति के जरिए देश की सेवा करने का दावा करते हैं, उनसे यदि दूसरे दलों के प्रमुख नेताओं और सिद्धांतों के बारे में पूछा जाता, तो न जाने क्या होता ? इनका ज्ञान खुद अपने दल के नेताओं और नीतियों के बारे में पर्याप्त नहीं था।

शर्मसार होने से बचने-बचाने के लिए परिणाम घोषित नहीं किए गए। पार्टी इस पर मंथन करेगी, लेकिन इस हालत के लिए क्या वाकई कार्यकर्ता जिम्मेवार हैं ? देखा जाए तो जब से भाजपा सत्तारूढ़ दल होने के मिजाज में ढलने लगी है, तब से इसका चाल-चरित्र तेजी से बदला है। जीतने की संभावना अब एक ऐसा मुहावरा है, जिसमें जात-पात, धन-बल और बाहुबल जैसी समस्त बुराइयों को व्यावहारिकता के नाम पर स्वीकार कर लिया जाता है। चुनावी राजनीति में भाजपा इसका अपवाद नहीं बन सकी, लेकिन वह संगठन, सरकारी पद और उच्च सदन में कार्यकर्त्ताओं को भेजने के मौके पर तो अपने आदर्शों का पालन कर ही सकती थी। जीतने के तर्क को परे रखा जा सकता था, लेकिन इन अवसरों के लिए भी

पार्टी कोई पारदर्शी फार्मूला नहीं अपना सकी। क्या ऐसे मौके पर किसी के राजनीतिक अध्ययन की कोई कद्र की जाती है ? पार्टी प्रवक्ता नियुक्त करने तक में भी क्या कभी पूछा जाता है कि उन्होंने एकात्म मानववाद (दीनदयाल उपाध्याय), बंच ऑफ थॉट्स (मा.स. गोलवलकर) और माई कंट्री, माई लाइफ (लालकृष्ण आडवाणी) जैसी कुछ पुस्तकें पढ़ी हैं ? जब बिना स्वाध्याय के ही सिर्फ किसी बड़े नेता की कृपा या बिरादरीवाद से लोग राजनीति में ओहदे पाते रहेंगे, तो कोई पढ़ना क्यों चाहेगा ? इसका जवाब भाजपा को अपनी कार्यशैली में कुछ निर्मम बदलाव से देना होगा।

[7 जुलाई, 2011]

□

दिल्ली ने सुनी बात

14 जुलाई, 2011–यह भी एक खास तारीख बन गई। इस दिन बिहार को विशेष राज्य का दर्जा देने की माँग से संबंधित ज्ञापन देने के लिए दिल्ली पहुँचे जनता दल (यू) के शिष्टमंडल से प्रधानमंत्री डॉ. मनमोहन सिंह ने भेंट की। उन्होंने भरोसा दिलाया कि राष्ट्रीय विकास परिषद् (एन.डी.सी.) की बैठक में इस मामले पर विचार किया जाएगा। बिहार में नेशनल हाई वे की सड़कों की मरम्मत पर राज्य सरकार की ओर से हुए खर्च (700 करोड़ रुपए) का भुगतान रोके जाने के मामले पर भी उन्होंने शीघ्र काररवाई करने का आश्वासन दिया। जनता दल (यू) के अध्यक्ष शरद यादव के नेतृत्व में जो ज्ञापन सौंपा गया, उस पर 1.25 करोड़ लोगों के हस्ताक्षर हैं। शिष्टमंडल से मिलकर प्रधानमंत्री ने पूरे राज्य की भावना का आदर किया है। इस तरह अभियान का एक चरण पूरा हुआ। प्रधानमंत्री से सीधा संवाद ('कम्युनिकेशन') होना सामान्य बात नहीं है। राज्य में ऐतिहासिक सत्ता-परिवर्तन के बाद से विशेष राज्य के सवाल पर चर्चा तेज हुई थी। 4 अप्रैल, 2006 में इस मुद्दे पर विधानसभा में सर्वसम्मत प्रस्ताव पारित हुआ। 3 जून, 2006 को मुख्यमंत्री ने पी.एम. को पत्र भी लिखा था। विस्तृत बातचीत के लिए सर्वदलीय प्रतिनिधिमंडल उनसे मिलना चाहता था। इसके लिए पिछले पाँच साल से प्रधानमंत्री कार्यालय से समय माँगा जा रहा था, किंतु प्रधानमंत्री की राष्ट्रीय और वैश्विक व्यस्तता की वजह से अब तक ऐसा अवसर नहीं आ सका है।

कारण जो भी थे, पर बिहार की जनता तक इसका सही संदेश नहीं जा रहा था। यह माना जाने लगा था कि केंद्र इस मुद्दे की अनदेखी कर रहा है या इससे बचना चाहता है। पूरे प्रकरण को एक पिछड़े राज्य की स्वाभाविक आकांक्षा के रूप में देखना उसके लिए कठिन हो रहा था। कई अवसरों पर यह सब दो राजनीतिक गठबंधनों (यूपीए-एनडीए) के टकराव के रूप में प्रस्तुत हुआ।

सत्तारूढ़ दल के शिष्टमंडल से भेंटकर प्रधानमंत्री ने माहौल को सहज बनाने की पहल की है। उनके सामने दस्तावेज के साथ तर्क रखे गए। मुख्यमंत्री नीतीश कुमार आशांवित हैं। उन्होंने शुक्रवार को पटना में कहा कि एन.डी.सी. की बैठक में वहीं निर्णय होता है, जो केंद्र सरकार चाहती है। इसमें प्रधानमंत्री की बात को उठा देने की परंपरा नहीं है। ऐसी स्थिति में बिहार को विशेष राज्य का दर्जा देने संबंधी मामला यदि एन.डी.सी. में जाता है, तो उस पर सहमति मिलनी तय है। अब देखना यह है कि केंद्र सरकार बिहार के इस वाजिब हक को किस रूप में प्रस्तुत करती है।

[16 जुलाई, 2011]

□

राजनीति वाटिका में पौधा

मुख्यमंत्री नीतीश कुमार ने गुरुवार, 11 अगस्त को अपने गाँव कल्याण बिगहा में पैतृक आवास के समीप स्मृति वाटिका में चंदन का पौधा लगाया। इसके बाद पाँच रुपए देकर अपनी पार्टी जनता दल (यू) की सदस्यता का नवीकरण कराया। इसके जरिए उन्होंने एक बड़ा संदेश देने की कोशिश की है। यह पौधा रोपने की रस्म निभाने का कोई सामान्य कार्यक्रम नहीं था। मुख्यमंत्री ने कहा कि पार्टी के जो सदस्य अपनी सदस्यता का नवीकरण कराएँगे, उन्हें भी एक वृक्ष लगाना होगा। इस तरह उन्होंने पर्यावरण संरक्षण के मुद्दे को मुख्यधारा की राजनीति के एजेंडे में शामिल कर लिया। राज्य में सत्तारूढ़ जनतांत्रिक गठबंधन (राजग) का नेतृत्व करनेवाली पार्टी ने इस तरह 'हरित बिहार' व सदस्यता अभियान का सोद्देश्य शुभारंभ किया। यह उसकी सहयोगी भारतीय जनता पार्टी (भाजपा) और प्रमुख विपक्षी दलों के सामने खींची गई बड़ी लकीर है। एक चुनौती भी है, उन लोगों के लिए जो चुनाव जीतने के लिए या पार्टी के भीतर अपना कद बढ़ाने के लिए कई सही-गलत जोड़-तोड़ करने में ऊर्जा लगाते हैं, लेकिन समाज पर दूरगामी प्रभाव डालनेवाले बड़े मसले हल करने की कोई फिक्र नहीं करते। आर्थिक, शैक्षणिक और सामाजिक क्षेत्र में कई मानकों पर राष्ट्रीय स्तर से पिछड़े बिहार में मुद्दे की कमी नहीं है। प्रमुख पार्टियाँ इनमें से किसी-न-किसी सरोकार से खुद को जोड़ सकती हैं।

जनसंख्या स्थिरीकरण, जल संरक्षण, महिला सशक्तीकरण, दहेज-प्रथा के चलते बढ़ती घरेलू हिंसा, कन्या-भ्रूण का गर्भपात, यतीम बच्चों की पढ़ाई, बाल-श्रम और शिक्षा का प्रसार जैसे कई ऐसे काम हैं, जिनसे जुड़े रहकर चुनावी राजनीति में भी सक्रिय रहा जा सकता है। महात्मा गांधी यदि ब्रिटिश सत्ता के विरुद्ध राजनीतिक संघर्ष कर रहे थे, तो महिलाओं और दलितों के हित में भी सक्रिय थे। वे 'हरिजन' जैसा पत्र निकाल रहे थे और हिंदी को राष्ट्रीय संपर्क की भाषा बनाना भी उनके

एजेंडे में था। एक समय आया, जब समाज के जातीय बँटवारे से असहमति जताने के लिए उन्होंने सिर्फ उन्हीं वैवाहिक समारोहों में शामिल होने का संकल्प लिया, जिनमें अंतरजातीय विवाह हुए हों। गांधी सिर्फ नेता नहीं, अपने समय के नायक कहलाए। राममनोहर लोहिया, दीनदयाल उपाध्याय, डॉ. राजेंद्र प्रसाद और जयप्रकाश नारायण जैसे लोग भी इसलिए समाज को मिले कि उनकी सक्रियता का फलक बड़ा था। चुनाव के समय महान् नेताओं की तसवीर के साथ पार्टियों के बैनर-पोस्टर तो खूब दिखते हैं, लेकिन उनकी परंपरा में नाम जोड़नेवाला काम नहीं। नीतीश कुमार ने परंपरा की सूखती वाटिका में अभी सिर्फ पौधा रोपा है।

[13 अगस्त, 2011]

□

'आरक्षण' के बहाने

बिहार से उभरे समर्थ फिल्मकार प्रकाश झा की ताजा फिल्म 'आरक्षण' देश के कुछ हिस्सों में दुराग्रह भरे प्रतिरोध और एहतियाती प्रतिबंध के बावजूद बिहार-झारखंड के सिनेमाघरों में अपने निर्धारित समय (12 अगस्त) पर प्रदर्शित हुई। एक संवेदनशील मुद्दे की गुत्थियाँ खोलती इस फिल्म की सफल 'रिलीज' ने फिर यह साबित किया कि बिहार में कानून-व्यवस्था की स्थिति उत्तर प्रदेश, पंजाब, आंध्र और महाराष्ट्र से बेहतर है। हो सकता है कि देश की सबसे बड़ी अदालत के सामने इस फिल्म के निर्माता-निर्देशक श्री झा बिहार में इसकी सफल रिलीज को बतौर नजीर अपनी दलील का हिस्सा भी बना लें। नीतीश सरकार ने मुद्दा आधारित एक फिल्म पर प्रशासन और राजनीति के दोहरे स्तर पर साहस दिखाया। साहस, कानून-व्यवस्था की स्थिति को नियंत्रण में रखने का और एक बिसरित हो गए विषय पर सिनेमा के जरिए फिर से बहस करने की आजादी देने का। जो लोग निर्माता-निर्देशक और फिल्म के प्रमुख अभिनेताओं की जाति से परिचित होने की वजह से यह दुराग्रह पाल चुके थे कि इनकी सिनेमाई प्रस्तुति एक तरफ झुकी होगी, यानी आरक्षण-विरोधी ही होगी, उन्हें यह फिल्म अपना नजरिया बदलने के लिए प्रेरित कर सकती है। लोकतंत्र यदि सभी पक्षों को अपने विचार मर्यादित रूप में सार्वजनिक करने के लिए कोई भी माध्यम चुनने का अधिकार देता है, तो इससे किसी फिल्मकार को वंचित कैसे किया जा सकता है?

राज्य सरकार ने 'आरक्षण' के निर्माता-निर्देशक को उनका लोकतांत्रिक अधिकार देकर कोई तरफदारी नहीं की, बल्कि आरक्षण के तर्कसंगत समर्थकों को यह अवसर भी दिया कि वे फिल्म देखने के बाद ही अपनी राय बना सकें। दुर्भाग्यवश कुछ प्रभावशाली नेताओं ने बिना फिल्म देखे इसका प्रबल विरोध करने के फतवे जारी कर दिए और कुछ नेताओं ने फिल्म देखने के बाद भी अपनी राय बदलने की जरूरत नहीं समझी। दूसरी तरफ पटना जैसे सुशिक्षित और सुसंस्कृत

शहर के अधिकतर दर्शकों ने 'आरक्षण' देखने के बाद मुक्तकंठ से इसकी सराहना की। राजधानी के तीन नए-पुराने सिनेमा घरों में पहले दिन से भीड़ रही। हर तबका था—कहीं मॉल संस्कृति से आवेशित मध्यवर्ग प्रमुख था, तो कहीं सामान्य रोजी-रोजगार से जुड़ा आम दर्शक। पंजाब एवं आंध्र प्रदेश की सरकारों ने आरक्षण देखने के लिए जो विशेष कमेटी गठित की थी, उसने अपनी रिपोर्ट में फिल्म को शानदार बताते हुए कहा है कि इसमें कुछ भी आपत्तिजनक नहीं है। शुक्रवार को दोनों राज्यों ने फिल्म के प्रदर्शन पर लगी रोक हटा ली। यह बिहार के परिपक्व रुख की पुष्टि ही है।

[16 अगस्त, 2011]

□

अँधेरे में कौंध

स्वाधीन भारत के इतिहास में जहाँ लगातार भ्रष्ट होती कार्यपालिका का काला अध्याय लिखा जाएगा, वहाँ कुछ तारीखें अँधेरे में बिजली की तरह कौंधती दिखाई पड़ेंगी। गर्व कीजिए कि इनमें कुछ बिहार के नाम होंगी। 4 सितंबर, 2011 ऐसी ही तारीख है, जिस दिन भारतीय प्रशासनिक सेवा (आई.ए. एस.) के 1981 बैच के वरिष्ठ अधिकारी शिवशंकर वर्मा का पटना स्थित आलीशान मकान जब्त कर लिया गया। उन पर आय के ज्ञात स्रोत से अधिक 1 करोड़ 43 लाख रुपए से भी अधिक मूल्य की संपदा अर्जित करने का आरोप सिद्ध हो चुका है। सरकार ने पहले ही स्पष्ट कर दिया है कि भ्रष्ट लोगों के मकान जब्त कर उनमें स्कूल खोले जाएँगे। देश के लिए यह पहला मौका है, जब किसी राज्य सरकार ने सर्वाधिक रौब-रुतबेवाली भारतीय प्रशासनिक सेवा के किसी अफसर की संपत्ति को भ्रष्टाचार के चलते जब्त किया है। इससे उन सभी लोकसेवकों में भय व्याप्त है, जिन पर डीए (आय से अधिक संपत्ति) का मुकदमा है या दायर होनेवाला है। यह उपलब्धि रिश्वतखोरी के खिलाफ राजग सरकार की प्रबल राजनीतिक और प्रशासनिक इच्छाशक्ति का पहला बड़ा प्रतिफल है। इसके लिए सरकार ने पिछली विधान सभा में ठोस वैधानिक उपाय किए थे। भ्रष्टाचार निवारण अधिनियम 1988 की धारा 2 (ग) में संशोधन कर इसके तहत लोकसेवकों को भी लाया गया। इससे लोकसेवकों और उनके संबंधियों के नाम पाई जानेवाली उस सारी संपत्ति के अधिग्रहण का अधिकार सरकार को मिल गया, जो भ्रष्ट तरीके से अर्जित पाई जाएगी। बिहार विशेष न्यायालय विधेयक 2009 पारित किया गया।

6 जुलाई, 2007 को विजिलेंस दस्ते ने जब वर्मा के ठिकानों पर छापा मारा था, तब सिर्फ उनके बैंक लॉकर से 9 किलो सोना मिला था। काली कमाई का सोना देखकर कितनी ही आँखें फटी रह गई थीं। वर्मा उस वक्त लघु सिंचाई